KB106744

백조가 아니어도 괜찮아

백조가 아니어도 괜찮아

알돌북

Contents

Chap 3 혼자에서 '우리'로

Chap 4 내일이라는 담보를 잡다

백조가 되지 못했던 별종, 찬란한 시작을 하다

왜 아무도 내게 얘기해 주지 않았을까?

오리인 나한테 백조가 되어야만 한다고 세상은 왜 강요했을까?

평범하지 않았던 모습을 감추려 무단히도 애를 썼다. 하지만 어느 순간 내 본모습을 인정하자 나의 길이 선명해졌다. 어차피 내가 길을 만들어 가고 있는 중이었다.

처음부터 나는 별종이었다. 어릴 적, 강제적인 홀로서기부터 20대 아가씨가 손해보험을 시작하기까지 말이다. 세상이 정해 놓은 틀에서부터 완전히 다른 시작이었다.

짧다면 짧은, 하지만 결코 가볍지 않은 나의 살아온 시간 속에 타인과 다름은 언제나 능히 감당해 내야 하는 것이었다. 지금도 기억에 생생하게 남아 있는 어린 소녀가 놀이터에서 해질녘까지 혼자 그네를 타던 모습이 있다.

"00아, 밥 먹어라. 어서 들어와라."

"00아, 그만 놀아라. 들어와 씻자."

온갖 재미와 아이들로 북적거리는 동네 놀이터는 저녁 시간이 되면 마치 썰물이 빠져나가듯 친구들이 하나둘 집으로 돌아가며 텅 빈다. 소꿉장난에 여러 가지 놀이로 어울려 놀던 아이들이건만 엄마가 부르는 소리가 들리면 재까닥 일어나 돌아갔는데, 사실 그 모습이 그렇게 부러울 수 없었다. 나는 놀이터에 홀로 있을 때가 많았다. 어떤 날에는 저녁 해가 다 질 때까지 놀이터에 남아 삐걱거리는 그네를 타며 부러 씩씩하게 혼잣말을 하기도 했다.

"뭐, 괜찮다. 뭐. 나도 나중에 엄마가 올 거다."

말은 그렇게 해도 오늘도 없는 엄마가 너무나 보고팠다. 따뜻한 집이 그리웠다. 불행하게도 나는 어린 시절 내내 엄마의 부름을 따라 집으로 끌려가는 경험을 하지 못했다. 한 달에 겨우 한 번 만날까 말까. 늘 만남에 목마름을 주었던 엄마, 그나마 청소년 시기를 제외하곤 또 다시 헤어짐과 상처를 주었던 가족과의 관계 속에서 철저히 혼자가 되었던 시간, 그 안에서 나는 벽을 쌓아갔다.

어린 내가 혼자가 된다는 것은 강제적인 홀로서기를 의미했다. 많은 사람이 홀로서기를 주장하는데 그것은 스스로의 의지로 서겠다는 것을 의미한다. 그러나 과거 나의 홀로서기는 타의적 홀로서기로, 정서적으로 아직 성장하지 않은 상태에서 물리적으로만 혼자가 되는 것이었다. 당연히 삐거덕거렸고 외로웠다. 그 외로움마저 제대로 털어 놓을 곳도 사람도 없었기에 외로움이 목구멍까지 차오를 때엔 그저 꿀꺽 삼킬 수밖에 없었다. 미운 오리 새끼를 벗어나고픈 시간들이었다. 평범한 울타리가 없이 버텨온 내가 보험이란 특수(?)한 곳에 일찍 발을 딛게 된 것이 바로 이러한 사정들 때문이 아니었을까.

그 누구보다도 외로웠고 사람이 필요했기에 사회적인 기반도 없는 젊은 아가씨가 무모한 도전을 했는지 모른다. 그 무모한 도전이 어느 새 기반을 잡아 20대를 지나 30대가 되었고, 처음의 시작이 남과 달랐던 이곳에서 그들과 같아질 수 없었던 나는 별종이 되기를 또 선택했다.

"저, 회사 그만두겠습니다."

입 밖으로 나간 말은 다시 주워 담을 수 없다. 확실히 말을 내뱉고 나니 주변이 선명해졌다. 내안의 생각으로만 머물러 복잡했던 내 심정은, 말로써 상대방 마음에 꽂히자 홀가분해졌다.

'그래, 언젠가 저지를 일이었는데 오히려 잘됐어. 잘한 거야'

불안함 속에서 피어나는 이 근거 없는 자신감은 무엇인지 그렇게 서른 둘 되던 해, 지금까지 울타리가 되어 준 회사를 과감하게 그만두었다. 뱉은 말의 파장은 꽤 컸다. 정작 사고를 친(?) 본인보다 오히려 주변에서 걱정하는 소리가 들려왔다.

"래원아, 너 너무 성급했어. 지금까지 힘들게 쌓아둔 고객들 두고 독립적으로 나가겠다니. 다시 생각해 봐. 나가서 잘된 사람이 얼마나 있었니. 뭘 믿고 그러니."

이런 식의 반응이 대부분이었다. 사회에서 만난 관계에 놓인 분들의 이야기지만 결코 비아냥거리는 말이 아님을 잘 알았다. 워낙 나이 차이도 많이 나는 데에다 조직이란 틀에 처음 발을 디딘 초짜인 나의 시작과 성장을 마치 엄마처럼 언니처럼 지켜봐 주신 분들이었다. 나보다 훨씬 더 깊은 인생 경험을 하신 선배들의 애정 어린 염려라는 것을 잘 알기에 눈물 나게 고마웠다. 부모의 사랑을 제대로 받고 자라지 못했던 나로서는 무척이나 가슴 찡했던 순간이었다.

그럼에도 나는 나의 마음을 모두 터놓을 순 없었다. 대기업 회사라는 틀을 떠나 어찌 보면 광야 같은 곳에 나가 독립적으로 활동하는 이유에 대해 설명하기까지 마음의 여유도 없었고, 사실 그분들과 나는 가야 할 길이 다르다는 것을 깨달았기 때문이었다. 그 당시의 보험이란 인생의 연륜이 좀 쌓이고 사회적 기반이 어느 정도 잡힌 분들이 시작하는 경우가 대부분이었다.

나는 20대부터 시작했으니, 경력이 쌓일수록 결혼과 출산을 거치며, 영업에서의 황금기라고 할 수 있는 시기가 육아와 겹쳤다. 이 시대의 또 하나의 워킹 맘으로서의 고충을 함께 느끼며 일과 함께 2마리 토끼를 잡으려 발버둥 치는 시간이었다.

그런데 일에 대해 깊이가 더해질수록, 삶의 연륜이 쌓일수록 끊임없이 마음으로 물었다.

'과연, 이 길이 맞나? 이렇게 가는 게 맞는 거야?'

뭔지 모르게 사회에 적응하면 할수록, 내가 선택한 일에 대해 알아 가면 갈수록 더 컴컴한 길을 가는 피곤함에 마음이 무거웠다. 또한 나를 믿어 주는 이들을 향해 더욱 진실할 수 있는 방법을 찾고 싶었다. 탄탄하게 성과를 내는 겉모습과 달리 내면의 혼란을 겪던 어느 순간, 보험 영업 6년차인 내가 이제 겨우 32살이라는 사실을 깨달았다. 내가 어떤 길을 가야 하는 것인지 결정짓게 되는 순간이었다. 숫자로 줄 세우기 좋아하는 이곳에서 이달의 보험왕이 되어 누리는 기쁨보다 내가 가고픈 길에 도전하는 용기 있는 선택이 더 행복할 것 같은 자신이 생겼다. 그렇게 나는 백조가 되기를 포기하고 그저 오리로 날아오르는 찬란한 시작을 택했다.

처음부터 나는 세상이 말하는 흙수저였다. 어릴 적부터 남들과는 다른 모습으로 살아왔고, 지극히 평범해지기를 노력했다. 늘 불안하고 쫓기듯 살아왔던 나는 이제야 행복해지는 법을 조금이나마 알게 되었다. 세상이 만들어 놓은 어떤 틀을 거부하고 자신만의 길을 가는 이 시대 '멋짐' 폭발 중일 오리들에게 이렇게 또 하나의 이야기를 꺼내 보려 한다. 지금 스스로 미운오리라고 생각하는 이여, 세상이 강요하는 백조가 되지 않아도 당신은 빛나는 오리로 날아오를 수 있다.

이제 우리, 당당히 오리 날자.

Chapter 1.

미운 오리 새끼 이던 시간

나는 씩씩한 오리였다.
따뜻한 가정, 포근한 집은 애초에 주어지지 않았다.
외로움과 그리움이 친근한 단어였다.
그러던 어느 순간 내가 미운 오리 새끼라는 걸 알게 되었다.
미운 오리 새끼가 원래 백조였다는 동화 속 판타지는
현실 속에 일어나지 않았다.
그래서 나는 스스로 살아가야 하는 방법을 찾아야만 했다.
그 시간들은 오리의 정체성을 세워가는 시간이었다.

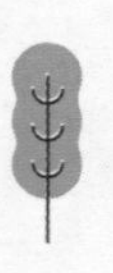

기다림에 익숙한 시간

정확히 몇 살 때부터였는지 기억이 나지 않는다. 나의 유년시절 기억은 외할아버지 댁에서 시작한다. 사람마다 유년시절을 기억하는 시기가 다른데 아마도 나는 서너 살 때부터 외가에 맡겨져 성장했던 것 같다.

"할아부지, 엄마는 안 와?"

"흠… "

할아버지 옷자락을 붙들고 늘어지며 물어볼라치면 무뚝뚝한 할아버진 손녀가 듣고 싶어 하는 대답을 해 주신 적이 없다. 할아버지도 모르셨던 건지 아님 모르는 게 더 낫다고 여기셨는지 하염없이 엄마를 기다리던 나를 외면하곤 했다.

나의 집은 외할아버지 집이었다. 외할아버지, 외할머니가 사는 곳이 내 집이고 그 아파트 놀이터가 내 놀이터였으며 그분들이 나의 부모나 다름없었다. 또래 친구들이 엄마 아빠와 손을 잡고 다닐 때 난 외할아버지 옷자락을 붙들고 다녔다. 친구들이 최신 장난감을 가지고 자랑할 때 난 할아버지 집에 있는 낡은 집기들을 가지고 놀았다. 외할아버지는 부녀복지회관에서 일을 하셨다. 아침에 출근할 때면 나를 회관에 있는 어린이 놀이방에 맡기셨는데 나는 그게 그렇게 싫었다. 나는 할아버지랑 떨어지는 것이 무서웠다. 외손녀를 많이 아낀 외할아버지에게 많이 의지한 나는, 엄마의 부재로 인한 마음의 그리움이 오롯이 외할아버지에게 옮겨 가 뭔가 모를 불안함으로 떼를 쓰곤 했다.

"싫어. 할아부지랑 떨어지기 싫어."

"어허, 말 들어. 할아버진 일해야 하니까 끝날 때까지 여기 있어야 한다."

"싫은데..."

더 이상 투정 부릴 틈도 없이 할아버지가 돌아서서 가 버리면 복지관 놀이방에 덩그러니 남겨졌다. 얼마쯤 지나 몰래 놀이방을 나와 할아버지가 계신 사무실로 올라갔다. 그래도 눈치가 있었기에 사무실 문을 벌컥 열고 들어가진 못하고 밖에서 눈치만 살금살금 보고 있으면, 누군가 알아보고 문을 열어주었다.

"하... 할아버지..."

용기를 내어 할아버지에게 다가가면 할아버지는 성급히 나와서는 다그치셨다.

"여긴 왜 또 왔어? 놀고 있으랬더니..."

"할아버지랑 같이 있으면 안 돼? 아니면 엄마한테 보내 줘."

"하... 이거 참. 너 자꾸 이러면 엄마 안 온다."

사실 그 말이 제일 무서웠다. 까불거리다가도 엄마가 안 올지도 모른다는 말은 나로 하여금 그간의 행동을 '스톱' 시키는 잔인한 무기였다. 할아버진 그 무기를 잘도 사용하셨고, 나는 점점 혼자서도 지낼 줄 아는 아이가 되어 갔다.

엄마는 한 달에 한 번, 그것도 여의치 않으면 한 달을 훌쩍 넘겨서야 집에 한번씩 왔다. 어린 눈에도 나의 엄마는 참으로 젊었다. 그리고 아름다웠다. 아무생각 없이 들어간 집에 엄마가 와 있으면 나는 세상을 다 가진 기분이었다. 조용했던 집안 분위기가 나의 재잘거림으로 활기가 생겼는데, 어린 눈에도 엄마와의 만남은 무척 기다리는 서프라이즈 파티였던 것이다. 하지만 그와 동시에 엄마가 집에 오면 뭔지 모를 무거운 분위기가 감돌곤 했다.

"그래, 사는 건 어떠냐?"

"뭐 맨날 사는 게 그렇죠."

"그거 참… 새끼는 언제까지 저렇게 떨어뜨려 놓으려고… 쯧쯧."

"…"

외할아버지, 외할머니는 엄마를 보면 늘 안타까워하셨지만 부모 자식 간의 애틋함은 별로 느껴지지 않았다. 그저 하루 이틀 머물다가 다시 떠날 때엔 세차게 혀를 차며 걱정할 뿐이었다. 언젠가 두 분이 나지막한 목소리로 나누시던 이야기 때문일 것이었다.

"하필 그딴 놈을 만나서… 하여간 남자 보는 눈도 없지."

"누굴 탓해요. 그 어린 나이에 딸자식을 공장으로 내몬 부모 잘못이지. 그 어린 게 뭘 알았겠어요."

"누가 일부러 그랬는가? 다 사는 게 팍팍하니 그랬지."

"아휴 말해 뭐해요. 그래도 그만 놈하고 갈라선 건 잘한 거예요. 애미랑 떨어져 사는 새끼가 불쌍해서 그러지."

외할아버지, 외할머니가 나누시던 대화 속에서 나는 아주 어릴 적 장면 하나가 떠올랐다. 장롱 옆 구석에 웅크리고 앉아 있던 어린 아이의 모습이었다. 작은 방 안엔 술병이 여기저기 널려 있고 누군가 심하게 다투던 엄마를 보며 공포와 두려움에 떨고 있던 모습이었다. 폭력도 오갔던 것으로 기억나는데, 아마도 그 기억이 실제로 있었던 일이었나 보다. 그날 나는 어렴풋이 엄마가 왜 혼자 살게 되었는지 알 수 있었고, 그것 때문에 더 함께하고 싶었다.

기다리던 엄마를 만난 하루는 너무도 짧았다. 기다림의 시간은 너무도 길었고 만남의 시간은 너무 짧았기에 나는 엄마를 보는 시간이면 내내 손을 꼭 붙잡고 있었다. 어린 눈에도 엄마는 너무 젊고 불안해 보였다. 하룻밤 나와 보내고 다시 돌아가는 엄마의 손을 붙잡고 나설 때면 나도 모르게 울음이 차올랐다.

"우리 원이, 씩씩하게 잘 있을 수 있지?"

"응. 할아버지도 내가 씩씩하게 잘 있어야 엄마가 보러 온다고 하셨어. 근데 엄마 하루만 더 있다가 가면 안 돼? 응?"

"그건 안 돼. 엄마가 얼른 돈 벌어서 데리고 갈게. 그때까지만 이렇게 살자. 엄마 또 올게."

"... 응."

엄마와의 이별은 어린 시절 일상사가 되었다. 엄마는 늘 내 손을 놓고 가는 사람이었고 나는 뒷모습을 하염없이 바라보며 그리움을 삼켰다. 마치 부모 자식의 모습이 뒤바뀐 듯한 장면은 안타깝게도 내내 계속되었다.

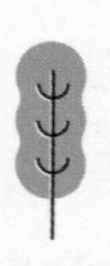

스스로 살아가는 방법을 배워야 했던 아이

"아휴, 걔는 나이답지 않게 정말 야무져요. 어쩜 저렇게 혼자서 척척 알아서 잘할까."

동네 분들이 이렇게 칭찬을 하면 그 말이 그렇게 듣기 좋았다. 마치 나의 존재를 크게 인정받는 것 같은 기분이 들어서다. 생각해 보면 가족에게서 관심이나 인정, 사랑을 충분히 받지 못한 것에서 오는 반사작용 같은 거였는데 말이다.

서너 살 때부터 함께 살게 된 외할아버지의 집은 나의 집이 되었다. 매번 다음번엔 데리고 가겠다던 엄마는 해가 지나도 한 달에 한 번 정도 집에 들렀고, 나는 조금씩 함께 살고픈 마음을 내려놓았다. 서운한 마음이 컸지만 나는 씩씩했다. 처음엔 그래야 엄마가 나를 보러 온다는 어른들의 말씀을 완전히 믿었기에 일부러 씩씩했고, 시간이 지날수록 그렇게 밝게 사는 것에 익숙해졌다. 내가 살던 곳은 도심과 거리가 좀 있었기에 자연을 느낄 수 있었다. 그렇다고 시골이라곤 할 수 없지만 그래도 자연을 느끼고 싶을 때엔 언제라도 갈 수 있는 곳에 산이 있었고 들이 있었다. 그렇다 보니 아이들과 자연 속을 뛰놀며 곤충 잡기에 열중하기도 했다.

"할아버지, 저 친구들이랑 놀고 올게요."

"그래. 늦게 들어오지는 마라."

매미를 좋아했던 나는 여름이 되면 나무 위에 앉아 울어대는 매미를 발견하곤 매미를 잡으러 나섰다. 긴 잠자리채를 휘둘러 봤는데 닿을 듯 말듯하여 할 수 없이 친구의 등을 타고 올라가 채를 휘두르니 운 좋게도 한 마리가 걸렸다.

"앗! 잡았다."

"와. 래원이... 대단하다."

"거봐, 내가 잡을 수 있다고 했지?"

골목대장이었던 나는 매미를 잡아 우쭐거리며 보여주기도 했다. 여자애들 중에 기겁하는 아이들도 있었지만 나는 그럴수록 의기양양하게 엄지와 집게손가락으로 매미를 잡곤 친구들 코앞에 갖다 대며 놀려대기도 했다.

"야, 하지 마!"

"하하하."

매미 잡이가 시큰둥해지면 작은 개울가가 흐르는 곳으로 가서 올챙이를 잡기도 했다. 또한 산딸기가 열릴 때엔 고사리 같은 손으로 빨갛게 익은 산딸기를 따먹던 기억도 난다.

왁자지껄 아이들과 한바탕 놀다보면 어느새 어스름 저녁이 되곤 했다. 사실 나는 어스름 해가 지고 붉은 노을이 석양을 넘어가던 그 시간이 되면 가장 괴로웠다. 다른 친구들은 몰랐겠지만 나는 그랬다.

"00아! 어디 있니?"

어김없이 어스름 저녁때가 되면 여기저기서 친구들 이름이 불리곤 했다. 밥 먹을 시간이 됐다는 부름이 들리면 아이들은 하나 둘 이별을 고하곤 집으로 향했다.

"래원아. 넌 집에 안 가?"

"응. 난 좀 이따 들어갈게."

"그래 내일 만나자."

친구들은 하나 둘 인사를 하며 우리들의 아지트인 놀이터를 떠났다. 마지막까지 곁에서 놀던 친구가 집으로 돌아가면 그 시끌벅적하던 놀이터는 한순간에 고요해졌다. 그 고요함이 나는 제일 괴로웠던 것이다. 어느 날은 투두둑 빗방울이 떨어졌다. 이상하게 빗소리를 좋아하던 나는 저녁 어스름에 떨어지는 빗방울 소리를 들으며 혼자 미끄럼틀 아래에 쭈그리고 앉아 있기도 했다. 그것은 비를 피하기 위함이 아니었다. 비라도 나와 함께해 주는 생각이 들었을까. 물방울이 미끄럼틀에 떨어지는 그 소리가 좋았다.

늘 바깥에서 친구들과 함께였던 나는 비가 오는 날이면, 아무도 나오지 않은 집 앞 공터 앞에서도 비를 친구 삼아 혼자 나와 있었다. 큰 우산을 펴 놓고 그 속에 들어가 빗소리를 듣곤 했다. 박자를 맞춘 것 같이 리드미컬하게 내는 빗소리에 정신이 팔려 있는데, 간혹 지나가던 어른이 우산을 살짝 들어보며 한마디 하셨다.

"얘, 거기서 뭐하니? 어서 집에 들어가라. 엄마가 걱정하시겠다."

"... 네."

걱정스럽게 바라보던 사람이 지나가자 나는 목을 길게 뺐다. 혹시 누가 나를 부를까 기대했지만 역시 그건 아니었다.

'그래, 괜찮아...'

그런데 다행히 그 날은 외할아버지가 일찍 집에 오시는 길에 나를 불렀다. 외할아버지를 보자 나도 모르게 배시시 웃음이 났고 그 날은 외롭지 않게 집으로 돌아갈 수 있었다.

"비가 오는데 왜 여기 있어?"

"할아버지 기다렸어요. 그래도 심심하지 않았어요. 우산 속이 재밌었어요."

"아이고. 참."

어린 나의 눈에도 어린 손녀가 혼자 씩씩하게 지내는 걸 안타까우면서도 대견해 하시는 표정을 읽을 수 있었다. 집으로 들어온 나는 어김없이 다음 날 학교 갈 준비를 했다. 초등학교 1학년, 겨우 여덟 살 밖에 되지 않은 나이, 부모 손이 가장 많이 필요한 시기에 혼자 책가방을 챙겼다. 수업 시간표를 보고 야무지게 교과서와 공책을 챙겨 넣었고, 알림장에 적어 넣은 준비물을 살펴보고 그것을 준비했다.

"할아버지, 저 내일 가위랑 풀 있어야 해요."

"오냐. 근데 그게 어딨더라..."

"제가 알아요. 챙겨 갈게요."

나는 일찌감치 혼자 생활하는 것을 익혀 갔다. 하나부터 열까지 엄마가 다 챙겨 주어야 하는 친구들과는 달리, 스스로 모든 걸 챙겨야 한다는 것을 알았던 것이다. 누군가 챙겨 줄 사람이 있는 친구들이 부러우면서도, 그 친구들에게 나의 사정을 들키고 싶지 않은 마음도 있었다. 그래서 더 씩씩하게 보이려 노력했던 것 같다.

"어머, 래원아. 너 혼자 이걸 다 챙겨 왔니?"

"네. 전 혼자 할 수 있어요."

"너 정말 야무지구나."

그런 칭찬을 들을 때면 좋으면서도 씁쓸한 생각이 들었다. 하지만 그럴 때면 더욱 쾌활했다. 나약한 마음에 울어버리면 안 된다는 생각 때문에 일부러 더 씩씩하게 행동했던 것 같다. 누가 뭐라 한 것도 아닌데 나는 친구들에게 그들과 다른 환경에서 살고 있다는 사실을 알리고 싶지 않았다. 혹시 그로 인해 놀림을 당할까봐 두려웠다. 그러다 보니 눈치를 더 보게 되었다. 혼자라는 사실을 잊기 위해, 친구들의 관심을 끌기 위해 모든 면에서 뒤처지지 않으려고 노력했고, 친구들 앞에서 주도권을 잡았다. 그들의 관심을 주목시킬 얘깃거리 놀거리를 찾았고 그러다 보니 눈치 빠른 아이가 되었다.

지금의 나는 어린 시절부터 장착되었던 독립심으로 인해 가능한 한 스스로 뭐든 해결하려는 모습도 있지만, 그 속엔 어떻게든 인정받고 싶었던 강박적인 인정 욕구가 바탕에 있다. 결혼을 하고 아이를 낳고 또 사회생활을 하다 보니 몸이 몇 개라도 모자라다는 말을 실감할 때가 많다. 사람을 만나는 일인 데에다 상대방의 스케줄에 거의 맞춰야 하다 보니 개인적인 일은 뒷전으로 밀릴 때가 많아 가정 일에 소홀해진다 싶으면 속앓이를 하곤 했다. 그게 싫어 콩 뛰듯 팥 뛰듯 뛰어다니며 몇 가지 일하는 나를 지켜본 지인이 그런 이야기를 한 적이 있다.

"래원 씨, 뭐 그렇게 죽기 살기로 하니? 뭐든 잘하려고 하니 얼마나 힘들겠어."

그때 생각했다. '아, 내가 뭐든 인정받으려고 하는구나. 스스로 잘한다는 어릴 적 칭찬을 아직도 바라고 있구나' 하는 생각이 들자 울컥 서러움이 밀려왔다. 스스로 살아가는 방법을 일찌감치 알아버린 어린 아이의 서글픈 잔상이었던 것이다.

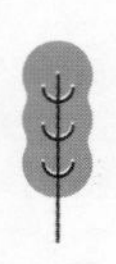

따뜻한 추억 두 편

'왜 나에게는 다른 친구들처럼 평범한 가정이 없을까?'

조금씩 성장하면서 나는 친구들과 다른 상황에 놓여 있다는 것을 알게 되었다. 그래도 씩씩하려고 했지만 세상을 알면 알수록 왠지 모를 주눅이 들고 외로움이 차오르는 건 어쩔 수 없었다. 가끔씩 만나는 엄마는 반가웠지만 사랑을 주지 못했다. 어릴 때엔 그저 한 번씩 얼굴을 보고 만져보고 손잡고 다니는 것으로도 좋았으나 나는 점점 컸고 마음을 나눌 엄마가 필요했다. 하지만 엄마는 한 번도 흡족한 사랑을 준 적이 없다.

꽤 오랜 시간 함께 살던 할아버지 할머니에게서 부모의 사랑을 대신 받는 일은 불가능했다. 생각해 보면 어려운 시기를 살아오신 분들로서 생활의 팍팍함 속에 따뜻한 가정을 만들어 갈 상황도 훈련도 되어 있지 않았기에 어린 손녀에게도 표현하는 법을 모르셨을 것이다. 그러다 보니 나는 늘 사랑에 목말랐다. 더 정확히 말하면 사람이 그리웠던 것 같다. 그래선지 사람에게서 받은 상처는 사람으로 치유된다는 말을 더 믿는데, 고맙게도 어린 시절 따뜻한 사람 기억이 있다.

초등학교 시절이었다. 5학년 때까지 구미에 있는 외할아버지 댁에서 지내면서 같이 등교하던 친구가 있었다. 소정이, 유난히 큰 눈망울이 예뻤던 소정이는 학교에서 인기도 많은 아이였다. 우리 집과 가까운 데 살았던 터라 아침마다 소정이네 집 앞으로 찾아가 학교 가자고 외치면 쪼르르 나와서 함께 등교를 하곤 했다. 해마다 연말이 되면 학년을 마무리하며 학예회를 했는데, 학예회를 앞둔 어느 날이었다. 그날도 일찌감치 아침을 먹곤 소정이네 집으로 향했다.

"소정아! 학교 가자!"

"어! 그래, 잠깐만. 나 머리만 묶으면 돼. 들어와서 기다려."

들어가 보니 소정이는 머리단장 중이었다. 엄마는 딸의 머리를 예쁘게 묶고 계셨고 소정이는 그게 너무도 당연한 듯 앉아 있었다. 다른 친구들 같았으면 그 모습이 하나도 특별하게 느껴지지 않았을 텐데 나는 아니었다. 엄마와 딸의 너무도 평범한 그 모습에 자꾸만 눈이 갔다. 나도 모르게 멀뚱멀뚱 쳐다보고 있었나 보다.

'와, 예쁘다… 좋겠다. 나도 머리 묶고 싶은데…'

생각해 보니 내 기억 속엔 머리카락을 빗어 주고 묶어 준 엄마의 모습이 없었다. 잠깐 잠깐 손님처럼 왔다 가는 엄마와 그 평범한 일상을 공유하는 일이 그토록 어렵다는 사실에 왠지 서글퍼졌다. 나의 복잡한 마음을 소정이네 엄마가 읽으셨던 걸까.

“래원아. 오늘 학예회 있는 날이지? 아줌마가 머리 묶어 줄까?”

“네? 와… 정말요?”

“그럼. 이리 와 봐라. 아줌마가 기가 막히게 묶어 줄게.”

나는 앞뒤 잴 것도 없이 아주머니 앞으로 가서 앉았다. 아주머닌 빙그레 웃으시더니 빗으로 쓱쓱 머리카락을 빗으셨고 묶어 주셨다. 잔머리가 하나도 나오지 않도록 야무지게 묶은 모습을 거울에 비춰 보니 평소 대충 빗고 다닐 때와는 딴판이었다.

“와… 예쁘다. 아줌마 고맙습니다.”

“그래. 마음에 든다니 다행히네.”

“근데 아줌마… 저 소정이랑 같이 학교 갈 때 몇 번 더 묶어 주시면 안 돼요?”

나도 모르게 이야기가 불쑥 나와 버렸다. 왠지 마음을 들킨 것 같아 부끄러운 마음도 들었지만 아주머니는 내 마음을 다 아셨는지 흔쾌히 ‘그러마’ 해 주셨다. 뛸 듯이 기쁜 마음으로 소정이와 손을 잡고 학교로 향했다. 그 날 학예회에서 나는 헤어스타일 때문에 인기를 얻었다. 보는 친구들마다 머리가 예쁘다는 이야기를 해 주었고, 그 이야기를 들을 때마다 ‘소정이네 엄마가 내 머리도 묶어 주신댔다’ 자랑하고픈 마음이 생겼다. 학예회는 그 어느 때보다 자신감 넘치는 무대가 되었다.

그 일이 있고 난 뒤 아주머니는 나와의 약속을 지켜주셨다. 덕분에 즐거운 등굣길이 되었는데, 소정이네 엄마는 그런 나를 많이 위로해 주셨다.

“래원아. 넌 정말 밝다. 자기 할일도 착착 알아서 하고…”

“아니에요.”

"아니긴... 소정이도 너한테 좀 배워야겠다."

칭찬해 주시려고 일부러 하시는 말인 걸 알면서도 그 말이 참 기뻤고 위로가 되었다. 지금도 어린 시절을 떠올리면 내 머리카락을 빗어 주시던 소정이네 엄마가 떠오른다. 그러면 괜히 웃음이 나오고 감사하다. 내 모든 사정을 아시던 아주머니는 내게 '너는 야무져서 커서 뭐든 잘해 낼 수 있을 거야' 축복해 주셨다. 누군가에게 이유 없이 조건 없이 인정을 받았을 때 그것은 굉장한 에너지가 되어 몸 속 어딘가에 저장된다. 그 에너지는 생을 살아가는 긍정적 밑거름이 되어 사람의 훈훈함을 느끼게 해 준다.

소정이네 어머니와 함께 나의 따뜻함을 채워 준 또 한 분이 계시다. 4학년 때 담임선생님이다. 연세는 어느 정도 있으신 분이었는데 유난히 밝은 미소가 인상 깊은 분이었다. 물론 처음 뵈었을 때엔 할머니 선생님인 데에다 무서운 인상 때문에 잔뜩 주눅이 들었는데 이내 마음 따뜻한 분이란 걸 알게 되었다. 아이들 하나하나를 살펴보시며 챙겨 주셨고 스스로 할 일을 찾아서 하는 아이들을 인정하셨다.

하루는 선생님이 물으셨다.

"오늘 물 주전자를 채워 놓은 사람이 누구지?"

"제가 했는데요. 선생님."

그날 내가 주전자를 채웠기에 수줍게 손을 들었더니 선생님이 아주 환하게 웃으며 잘했다고 칭찬을 해 주셨다. 학기 초 상담에서 부모님이 아닌 조부모와 함께 산다는 사실에 적지 않게 놀랐던 선생님은 그날 이후 나를 지켜보셨다. 학교에서는 심부름을 꽤 많이 시켰는데 나중에 살펴보니 반장보다 선생님 일을 더 많이 하는 아이가 되어 있었다. 덕분에 반마다 선생님들을 찾아다니느라 내 얼굴은 선생님들께도 잘 알려졌다. 그래서일까. 반에서 나의 존재감은 더욱 커질 수밖에 없었다. 그렇게 여름방학을 며칠 앞둔 날이었다. 선생님이 나를 조용히 부르셨다.

"래원아. 방학되면 선생님 집에 놀러가지 않을래?"

"정말요? 네 너무 가 보고 싶어요."

"그래, 그러자."

예상치 못한 말씀에 놀라기도 했지만 나는 나를 예뻐해 주시는 선생님과 같이 있을 수 있는 데에다, 혼자 있어야 하는 무료함을 덜 수도 있겠다는 마음에 할아버지에게 자랑삼아 이야기했다.

"할아버지, 선생님이 집에 놀러 오래요."

"…"

그런데 할아버지 반응이 이상했다. 가타부타 말씀이 없더니 어디론가 전화를 하셨다. 엄마와 통화를 하는 듯 보였는데, 통화를 끝낸 할아버지는 선생님 댁에 가지 말라는 말씀을 하셨다.

"왜요? 왜 안 되는데요. 선생님은 오라고 하셨는데…"

"그냥 간단하게 가고 싶다고 해서 될 게 아니야. 선생님 집에 어떻게 가 있는다는 거니. 남의 집에 가서 폐 끼칠 수는 없다."

가지 못하게 막는 할아버지도 엄마도 미웠다. 가장 믿을 수 있는 선생님, 그것도 나를 사랑해 주신 선생님 댁 방문을 막는 건 이해할 수 없었다. 그래서 선생님께 이야기를 전해드릴 때에도 입이 이만큼 나와 있으니 선생님도 마음이 안 좋으셨는지 통화를 했는데, 그 방문은 결국 이루어지지 않았다. 가장 섭섭했던 순간이었다.

그렇게 4학년이 끝났을 때 선생님은 전근을 갔다. 그동안 누구보다 날 예뻐해 주던 선생님이었기에 마치 몸의 일부가 떨어져 나가듯 서운하고 눈물이 나왔다.

"선생님. 흑흑…, 너무 서운해요."

"그래. 나도 그래. 보고 싶으면 꼭 편지해라. 우리 그렇게라도 만나자."

"네."

그렇게 권영구 선생님과는 영영 이별을 고했다. 몇 번의 편지 교환이 있었으나 그마저도 끊겼는데, 선생님은 내겐 키다리 선생님이었다. 그로부터 몇 년이 흘렀을 때 나는 우연히 선생님 이야기를 들을 수 있었다. 대구로 전학을 가고 나서도 한참 지났을 때, 엄마와 이야기 끝에 권 선생님 이야기가 나왔다.

"그때 그 선생님이 정말 이뻐해 주셨는데..." "그래 엄마도 그 선생님 기억난다. 그때 너, 선생님 댁에 놀러가지 못했다고 그렇게 서운해 하더니..."

"그러니까 왜 그랬어?"

"실은 그 선생님이 너 키우고 싶어 하셨거든, 딸 삼고 싶다더라."

"뭐? 정말?"

"그래서 내가 가란 소릴 못 하겠더라구. 근데 그때 널 보냈다면 어땠을까. 네 인생도 달라졌겠지?"

"..."

답은 알 수 없었다. 다만 유난히 춥던 어린 시절, 내 삶에 따뜻한 사랑으로 나를 인정해 주던 소정이 엄마나 선생님이 있었다는 사실은 그래도 유년시절을 아름답게 추억할 수 있는 끈이 되어 준다. 과연 사람은 혼자 외로우란

법은 없나 보다. 공평하게 이런 고맙고 따뜻한 추억을, 사람을 주신 하늘에 감사하다.

하늘을 달리다

나는 '달려라 하니' 라는 만화 영화를 보고 자란 세대다. 삐죽거리는 헤어 스타일에 유별난 성격을 가졌던 하니, 하지만 알고 보면 엄마에 대한 그리움과 외로움이란 상처 때문에 마음을 닫고 살던 아이였다. 달리기라는 통로를 통해 상처를 해소하며 서서히 상처에서 치유되어 가는 하니를 보면서 나는 내 자신의 처지를 많이 투영했던 것 같다. 나도 한때에는 달리기깨나 하는 소녀였다.

"어, 래원아! 잠깐 나 좀 보자."

초등학교 5학년이 되었을 때 담임선생님이 나를 불렀다. 선생님은 육상부를 맡고 계신 체육 담당이었는데 4학년 때 워낙 선생님 일을 책임(?)졌던 경력 때문인지 나를 잘 알고 계셨다. 무슨 일인가 싶어 선생님께 갔더니 기록일지를 유심히 들여다보던 선생님이 대뜸 이러셨다.

"래원이 너, 달리기 좋아하니?"

"네. 좋아해요."

그랬다. 내가 생긴 건 좀 유약해 보여도 강단 있다는 말을 자주 듣곤 했는데 특히 달리는 건 자신이 있었다. 골목대장을 하다 보면 씩씩해져야 했는데, 그 덕분인지 실내에서 얌전히 노는 것보다 밖에서 뛰어 노는 걸 좋아했고 자연히 달리기도 잘하게 된 것이다. 그러다 보니 운동회 때마다 달리기를 하면 1등 도장은 내 차지였는데, 그런 내게 달리기 좋아하냐고 묻는 건 당연한 걸 묻는 거였다.

"보니까 너 100미터 기록도 좋네. 너, 선생님이 육상부 맡고 있는 거 알지? 너도 육상 해 볼래?"

"육상이요?"

"그래 일단 운동장으로 나와 봐라."

운동장엔 몇 명의 아이들이 있었다. 다들 좀 뛴다 하는 애들이었는데 그렇게 달리기 테스트를 시작했고 그 자리에서 나는 육상부로 발탁되었다. 그런데 대부분 100미터 단거리 종목을 하게 된 데에 반해 나는 800미터 장거리와 마라톤 선수에 뽑혔다. 워낙 인내심을 요구하는 종목이다 보니 여자는 6학년 언니와 나, 선수가 둘뿐이었다.

"너희 두 사람은 특별히 훈련에 신경 써야 해. 장거리 선수는 무엇보다 지구력이 바탕 되어야 하니 기초 체력 다지기에 더 신경 쓰자. 자. 그럼 운동장 10바퀴!"

아무리 달리기를 좋아한다지만 운동장 10바퀴를 뛴다는 건 정말 힘든 일이었다. 더군다나 그게 몸 풀기 운동이라니, 나는 몸 풀기를 하기도 전에 지쳐버렸다.

"자자, 힘내고! 마지막 10바퀴째는 전력 질주 알았지?"

육상부 훈련을 하면서 하늘이 노래진다는 게 어떤 의미인지 알 수 있었다. 숨이 턱까지 차오른 상태에서 뛰다 보면 다리에 힘이 풀려 버려서 주저앉곤 했는데, 두 사람밖에 안되다 보니 선생님은 우리 둘 사이에 경쟁을 붙였다. 하지만 우리가 누군가. 6학년 언니가 먼저 꾀를 내어 경쟁하지 말고 속도를 맞추기로 하기도 하며, 그렇게 어렵고 힘든 훈련을 해 나갔다.

"래원아. 너 좋겠다. 육상부니까 수업 빠져도 되잖아."

가끔씩 친구들이 운동장에 있는 내게 이런 말을 할 때면 '남의 속도 모르고...' 원망이 생기기도 했다. 정말이지 나는 그 힘겨운 육상을 하고 싶은 마음이 갈수록 줄어들고 있었다. 그렇지만 악바리 정신으로 달리는 하니를 볼 때면 '나도 저렇게 할 수 있을까. 나도 잘 달렸으면 좋겠다'는 생각이 들기도 했다. 어느 날이었다. 교실에서 운동장을 바라보고 있는데 누군가 곁으로 다가왔다. 담임선생님이자 육상부 코치 선생님이셨다.

"래원아. 요즘 훈련받는다고 많이 힘들지? 선생님도 너 힘든 거 잘 알고 있어. 그런데 내가 보니까 너 아주 잘하고 있어. 재능이 있어. 한번 잘해 보자."

어깨를 두드리며 격려를 해 주시는데, 운동장에서 보던 강한 모습과는 달리 정말 따뜻했다. 진심이 전해진다는 느낌이 어떤 것인지 알 수 있을 정도로 선생님은 진심으로 나를 격려해 주셨다. 칭찬은 고래도 춤추게 한다더니 그분의 관심과 격려로 그날 나는 이를 악물고 달려 기록을 단축시켰다. 진짜 실력을 알아보자는 심산이기도 했다. 덩달아 신이 난 선생님은 나를 더욱 믿어 주며 훈련에 박차를 가하셨다. 그렇게 몇 달간의 훈련이 지나갔다. 때때로 선생님의 격려와 칭찬에 마음을 새롭게 하기도 했지만 사실 나는 많이 지쳐 있었다. 몇 시간씩 운동장을 뛰고 훈련한다는 게 너무도 힘에 부쳤던 것이다. 그러던 어느 날, 나는 뜻밖의 소식을 접했다. 그렇게나 바라던 엄마와 함께 살게 되었단 소식이었다.

"진짜? 엄마, 진짜 같이 사는 거지?"

"그럼. 그나저나 대구로 이사 가야 하는데... 그러려면 전학도 해야 하고."

전학이란 말에 눈이 번쩍 띄었다. 실은 시합을 앞둔 여름방학을 맞아 가장 강도 높은 훈련이 기다리고 있던 터였다. 그런데 전학이라니 합법적으로 육상을 그만둘 수 있게 된 것이다. 생각해 보면 엄마와 함께 살게 된 기쁨보다 육상을 그만둬도 된다는 기쁨이 더 컸던 것도 같다.

이 소식을 전해들은 선생님의 실망이 이만저만이 아니었다. 그동안 훈련한 것이 얼마나 아까웠으면 엄마를 붙잡고 몇 번이나 부탁을 하셨다. 시합만이라도 하고 가면 안 되겠냐는 말씀이셨다. 이에 엄마도 마음이 좋지 않았는지, 내게 전학을 좀 미루고 시합을 나가면 어떻겠냐고 물으셨다. 그때 나는 고비를 넘기지 못했다. 마지막 훈련의 고비를 넘겼더라면 시합도 참여하고 성적을 냈을 텐데 그것을 미처 포기해 버렸다.

"엄마, 나 못할 것 같아. 너무 힘들어."

이렇게 말해 버렸고 결국 예정대로 전학을 갔다. 옛 속담에 '가다가 아니 가면 아니 간만 못하다'는 말이 있다. 이 속담을 접할 때마다 나는 '달려라 하니'와 함께 육상부 때 기억이 떠오른다. 그때 조금만 버텼더라면 어린 시절 성취감을 경험해 줄 멋진 추억이 생겼을 텐데, 아쉬움이 차오른다. 어른이 된 지금도 나는 중간에서 뭔가 포기하거나 그만두는 일에 대해 상당히 예민한 편이다. 뭔가 시작했을 때엔 나름 각오와 기대치가 있을 것인데, 그것의 결과물을 경험해 보지 못했다는 것은 과정에서 배운 것에 비해 손해가 더 큰 것 같아서다. 더 큰 자신감과 한계에 부딪혀서 이겨내는 내 자신과의 싸움에서 맞설 좋은 기회를 놓쳤단 생각이 들기 때문이다. 나는 결국 하늘을 달리는 소녀가 되진 못했다. 대신 나와의 약속을 끝까지 지켜내야 한다는 또 하나의 교훈을 얻었다. 다행히 그 교훈은 지금까지도 유효하다.

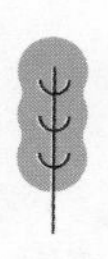

불안한 가족

"인사해라. 새아빠야."

"안녕하세요…"

내 나이 열두 살, 사춘기의 시작점에 섰다고 할 수 있는 나이에 나는 새로운 환경을 온 몸으로 맞았다. 그렇게 바라고 또 바랐던 엄마와 함께 살게 되었다는 기쁨도 잠깐, 나에게 새로운 가족, 새아빠가 생긴다는 말에 잠시 움찔했다. 나는 아빠라는 말이 많이 낯설었다. 더 정확히 말하면 생소했다. 열두 살이 될 때까지 아빠라는 말을 해 본 적도 없고 아빠를 그리워한 적도 없었는데 갑자기 아빠가 생긴다니 당황스러웠다. 그럼에도 선택의 여지가 없었다. 엄마랑 함께 살 수 있다는 사실 하나만으로 낯선 환경쯤은 이겨낼 수 있다는 자신감이 있었던 것 같다. 갑작스런 이사와 전학, 밀물처럼 밀려오는 새로운 사건들과 함께 나는 대구로 옮겨갔다.

"래원아. 할아버지 할머니랑 사느라 고생 많이 했다. 이제 엄마 따라가서 잘 살아라."

"네 할아버지. 할머니!"

오랫동안 손녀를 거두어 주신 외할아버지와 담백한 인사를 나누며 그렇게 구미를 떠났다. 익숙했던 것들을 내려놓으며 나름 장밋빛 인생을 꿈꾸었던 것 같다.

'와, 드디어 나도 가족과 함께 산다. 이제 나도 남들처럼 가정이 생긴 거야. 그동안 해 보지 못했던 거, 부러웠던 거 다 하면서 살아야지'

나름 가족에 대한 로망을 품고 가족과 만났다. 내게 아빠가 되어 주실 분은 굳게 다문 입술이 꽤나 강인해 보이는 그런 분이었다. 아직까지 젊고 고왔던 엄마에 비해 연세가 있는 새 아빠는 시계 수리를 하셨다. 자기 가게도 아닌 시계 점 한구석에서 수리를 도맡아하셨기에 큰 수입이 있는 것도 경제적으로 여유가 있는 것도 아니지만 성실한 분이었다.

"엄마, 새아빠랑 어떻게 만났어?"

"얘는 별걸 다 묻고 그래. 뭐 그냥 만났어. 내가 술 먹는 남자라면 학을 뗐잖니. 새아빠는 그런 거 없이 아주 성실한 사람이야. 그러니 잘해."

"알았어."

그렇게 우린 셋이 한 가족이 되어 생활했다. 엄마는 아빠를 도와 일을 하셨는데, 말하자면 시계 수리를 맡기기 위한 영업을 엄마가 뛰면 아빠는 맡겨온 시계를 수리했다. 엄마의 절대적인 영업력이 요구됐는데, 어린 눈에도 엄마가 참 성실하게 아빠 일을 돕는다는 생각이 들었다. 그만큼 노력한 것이지만 다르게 보면 눈치 보며 살았다는 말도 된다. 어느덧 중학생이 된 나는 나름 사춘기도 겪었다. 엄마와 함께 살면서 그리움이 해소되어 좋았지만 그동안 엄마에 대해 잘 알지 못했던 면들이 보였고 불만도 생겨났다. 새 가정 속에서 엄마는 철저히 새아빠의 편이었다. 어떤 일에든 맺고 끊는 것이 분명했고, 강하고 대쪽 같은 성격인 남편의 성격을 맞추는 것이 최고의 내조라고 생각했을 수도 있겠지만 엄마의 관심 속엔 딸이 별로 없는 것 같았다. 특히나 누구보다 열심히 살고 있지만 경제적으로 나아지지 않는 삶 속에서 지쳤던 것 같기도 하다.

"엄마, 나 참고서 사야 하는데…"

"뭐? 아니 그걸 또 사?"

"지난번에 샀던 건 다른 과목이잖아."

"아니 무슨 책을 맨날 사니? 또 돈 달라는 거야?"

"그럼 어떡해. 내가 뭐 사먹겠다는 것도 아니고 공부에 필요하다는데…"

이런 다툼이 적지 않게 일어났다. 엄마는 경제적인 필요가 있을 때엔 아빠의 눈치를 심각하게 봤다. 정작 아빠는 무뚝뚝하긴 했어도 해 줄 건 해 주려고 했는데 오히려 엄마 쪽에서 나를 경계하는 기분까지 느껴졌다. 엄마가 그러니 나는 더욱 잘해야겠다고 생각했다. 그래서 할 수 있는 한 최선을 다해 공부했고 뭐든 열심히 하려고 했다. 지금도 엄마에게 무척 서운했던 기억이 하나 있는데, 한번은 내가 교내에서 학업 우수상을 받곤 기쁜 마음으로 집으로 돌아왔다. 어린 시절 외할아버지께 상장을 보여드렸을 때 그 어느 때보다 기뻐하시며 낡은 액자에 끼워놓던 생각이 나면서 내심 엄마와 새아빠의 칭찬을 기대했었다.

"엄마, 나 상 탔어."

"그래? 어디 봐."

엄마도 딸의 상장을 보더니 아빠에게로 달려가 상장을 내밀었다. 아빠가 상장을 힐끗 보더니 '우수상? 최우수상도 아니네' 라고 하셨다. 그러자 그 반응을 보던 엄마가 내게로 와선, 이러셨다.

"얘, 좀 더 잘해서 최우수상 받았으면 좋았잖아. 담엔 더 잘해."

그 이야기를 듣고 어찌나 서운했는지 방으로 들어와 상장을 북북 찢어버렸다. 칭찬이라곤 거의 할 줄 모르던 아빠도 그랬지만, 엄마의 반응이 너무도 서운했다.

'아니 어쩜 딸한테 저렇게 밖에 말을 못할까. 엄만 나한테 관심이 있기나 한 걸까?'

시간이 갈수록 엄마의 지나친 눈치 봄은 더하면 더했지 덜해지지 않았다. 부모님은 여전히 분주했고 형편은 나아지지 않았으며 그러는 동안 나는 10대의 절정기를 보내고 있었다. 바쁜 두 분 때문에 식사를 준비하고 내 도시락은 스스로 싸서 다닐 정도였지만 이 정도는 이미 단련되어 있었기에 받아들일 수 있었다.

초등학교 5학년 여름부터 고등학교 2학년이 될 때까지 7년여의 시간, 나는 가족과 가정이라는 단어의 의미를 알 수 있을 삶을 살았다. 그토록 함께 살기 원했던 엄마와 살 수 있었던 현실이 좋았지만 한편으론 가족으로 산다는 것의 무게, 새로운 가족이 되어 가정을 이루고 사는 것엔 많은 노력도, 배려도, 상처도 있다는 것을 알게 되었다. 그럼에도 불구하고 나는 이 생활을 지속하고 싶었다. 그러나 보이지 않게 균열이 일어나고 있었다. 언제부터인가 불안한 가족의 가시가 수면 위로 나오기 시작했다.

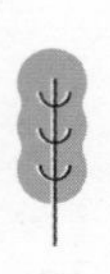

불가항력

그녀의 나이 21세, 고막이 터질듯이 시끄러운 기계 소리가 나는 섬유 공장에서 일하며 10대를 보냈다. 힘든 공장 생활에 지쳐 있는 탓에 결혼이라는 탈출구를 찾았고 꽃다운 스물한 살에 딸아이를 출산했다. 결혼을 통해 자신을 보호해 줄 보호막이 생길 거라 기대했건만 그 기대는 여지없이 무너졌다. 자신보다 나이가 많았던 남자, 남편이라는 이름으로 함께 살게 된 그 사람은 술만 마시면 폭력적이 되었고 뭐든 휘둘렀다. 폭력의 희생자는 아내가 되었고 이제 막 태어나 자라는 딸아이에게도 위협적이었다. 가정이라는 안식처를 원했던 여자의 삶은 나락으로 떨어졌다. 사는 게 지옥 같았고 남편과 얼굴을 마주하는 게 무서웠다. 어린 딸의 얼굴을 볼 때마다 무거운 책임감과 어찌할 바 모를 막연함에 우울해져만 갔다. 바로 나의 엄마의 이야기다. 엄마는 결국 첫 번째 남편의 술주정과 폭력을 이기지 못하고 도망치듯 나왔다. 살 길이 막막했던 엄마는 친정을 찾았고, 외할아버지는 서

너 살 된 나를 말없이 받아 주시면서 그러셨다고 한다.

"너 공부 못 시켜 준 대신 늬 딸을 키워 주마."

그 손녀가 바로 나다. 그 뒤 엄마와 나는 수년을 떨어져 지냈고 열두 살이 되었을 때에야 함께 살 수 있었다. 그제야 엄마의 삶을 조금이나마 알게 되었지만 이해되지 않은 부분도 많았다.

"근데 엄마, 엄만 왜 그렇게 빨리 일을 했어?"

"너희 할아버지가 하나밖에 없던 딸을 그렇게 일찍 공장에 보내시더라."

"뭐? 왜? 정말 너무해."

나의 이런 반응에 엄마의 눈가가 촉촉해졌다. 3남 1녀의 하나밖에 없는 딸이었지만, 할아버지는 어려운 가정 형편상 딸까지 공부를 시킬 수 없다고 여긴 나머지 엄마가 초등학교를 졸업하자마자 공장으로 데려갔다고 한다.

"아버지, 저 여기 다니기 싫어요. 저 집에 갈래요."

이제 막 열세 살, 아이 티를 벗었을 나이에 공장에 끌려간 엄마는 너무 무서웠다. 공장에서 먹고 자고 일해야 한다는 사실이 두려워 며칠 만에 겨우 겨우 공장을 뛰쳐나왔지만 막상 집에 계신 할아버지가 너무 무서워 바깥에서 한참을 서성이다가 용기를 내어 집으로 들어갔다.

할아버지는 공장을 탈출해 나온 엄마를 보고 불같이 화를 냈다.

"아버지, 저 정말 못하겠어요. 제발 공장에 보내지 말아주세요. 집에서 뭐든 할게요. 학교 보내 달라고도 안 해요."

"뭐라고! 이 계집애가!"

화가 난 할아버지가 엄마 뺨을 때렸고 그 길로 엄마는 기절했다. 힘도 셌을 테지만 어린 딸을 아무도 없는 공장으로 내치는 부모에 대한 서운함과 두려움의 위력이 그만큼 더 세지 않았을까. 결국 엄마는 1년 동안 집에 머물면서 나무를 캐고 힘든 일은 도맡아 하는 등 집안일을 하다가 열다섯 살 되던 해 다시 그 공장으로 가게 되었다. 그때에는 모든 것을 체념한 상태였기에 다시는 도망치지 않고 몇 년간 공장생활을 했다고 한다.

아직 생각이 영글지는 않았지만 엄마의 과거사를 듣고 있으려니 이해가 되지 않는 부분이 많았다. 할아버지는 왜 딸을 그 어린 나이에 공장에 보내셨을까, 그렇게 싫다는데 집에서 떨어뜨려 생활하도록 하셨을까, 혹시 사랑하지 않으셨던 걸까. 별의별 생각이 들기도 했다. 그러니 엄마의 아픔은 더 컸으리란 짐작이 되었다.

함께 살게 되면서 나는 같은 여자로서, 딸로서 엄마의 아픔과 상처를 알게 되었고 이해하고 싶었다. 특히 아주 어렴풋이 기억나는 좋지 않던 장면을 떠올리며 오히려 그런 가정에서 자라지 않은 것을 다행으로 여겼다. 다만, 생부와 함께 살게 되어 연락이 끊긴 남동생을 향한 애잔한 마음도 생겼다. 나와는 전혀 교감이 없던 갓난아이 남동생은 엄마 아빠가 이혼을 하면서 아버지가 데려갔기에 하늘 아래 나와 핏줄인 남동생이어도 남남처럼 지내야 했으니 말이다.

그런데 이런 마음도 잠시, 언제부터인가 우리 가정에 균열이 생기기 시작하면서 이해 못할 엄마의 모습을 자주 목격했다. 그렇게 순종적이던 엄마가 새아빠와 다투는 일이 잦았고, 그럴 때마다 엄마는 고등학생이 된 내게 자신의 감정을 쏟아냈다.

"에휴, 넌 좋겠다. 학교도 다닐 수 있잖아."

"뭐 그게 좋아. 당연히 가는 거지."

"난 그 당연한 것도 못했잖니? 넌 그래도 공부라도 하고 고등학교라도 갈 수 있으니 행복하지. 이 정도만 되는 것도 감사해야 돼."

처음엔 수긍도 되고 이해도 하려고 했지만 시간이 갈수록 자꾸만 자신의 어린 시절과 비교하는 엄마로 인해 슬슬 스트레스가 밀려왔다. 그렇다고 싸울 용기는 나지 않았다. 그저 '엄마, 시대가 달라졌다고. 엄마는 왜 자기 아픔을 나한테 전하려고 해?' 속으로만 묻고 또 물었다.

고등학생 시절, 한창 예민하고 학업으로 인해 스트레스가 생길 때 나는 마음의 토닥임을 받아야 할 가정에서 더 압박감을 받고 있었다. 아무 걱정도 없이 공부만 하는 친구들과는 달리 그때 이미 가정의 균열과 함께 엄마는 자주 집을 비웠고 그로 인해 나는 집안일을 비롯해 학교생활에 필요한 것을 스스로 챙기는 것도 모자라 가족 눈치까지 봐야 하는 상황이었다. 이러한 마음을 누구에게도 터놓을 대상도 없었다. 새아빠는 성실한 분이고 대쪽 같았지만 그분에게서 아버지의 따뜻한 정, 부성애를 기대하기엔 역부족이었다. 나와 공유할 수 있는 추억도, 감정적 교류도 없었다. 다만 그분의 생활 태도와 삶의 자세를 통해 배우고 싶은 점만 있을 뿐이었다.

알게 모르게 가족 사이에서 일어나는 갈등의 요소들이 조금씩 올라오고 있을 때, 마침내 사건이 터져 버렸다. 어느 날인가, 잠결에 누군가 나를 깨우는 소리가 들렸다. 흐느끼는 듯한 소리도 함께 들려왔다. 머리맡에 앉아서 울고 계신 분은 새아빠였다.

"흐흐흑… 미안하다. 너한테. 미안해."

대체 뭐가 미안한지 알 수가 없었으나 알 수 있었다. 엄마와 관계가 틀어졌다는 것을. 엄마와 잘해 보고 싶었다는 새아빠는 그날 그렇게 내 방에서 울더니 나가셨다.

다음날 아침, 우리 집 식탁에는 그 어느 때보다 무겁고 정적이 감돌았다. 엄마는 내 눈을 마주치려 하지도 않았고 두 분 사이에 대화는 없었다. 그 속에서 내가 할 일은 서둘러 집을 나오는 것이었다. 학교에서도 여전히 마음이 불편해서 참을 수가 없었다. 그간의 일들이 주마등처럼 지나가는데 왠지 이 가정이 끝까지 지속되지 않을 거란 불길한 예감이 들었다. 그날 밤, 집에 돌아왔을 때 아빠의 모습이 보이지 않았다. 대신 내 방에 넋 놓고 앉아 있는 엄마의 모습이 들어왔다. 그런데 엄마가 좀 이상했다. 옛날에 내가 매고 다닌 책가방을 멘 채 먼 산을 바라보았다. 정신을 놓은 듯 멍한 표정을 보는데 심장이 덜컥 내려앉았다.

"엄마, 왜 그래? 무슨 일 있어?"

"흐흐흑"

"왜 그래. 어젠 아빠가 그러시더니 왜 그래. 무슨 일이야?"

"래원아. 엄마가 미안하다. 이런 모습을 또 보이다니..."

'또' 라는 말이 심장에 와서 꽂혔다. 그때 난 알 수 있었다. '아, 이 가정이 지속되지 못 하겠구나' 불안함은 현실이 되었다. 내가 경험한 가정이라는 틀은 여기까지였다. 내가 보기에 엄마는 아빠에게 최선을 다했는데, 그리고 새아빠도 그런 엄마와 잘 맞춰 사시려는 것처럼 보였는데, 그래서 내가 아무리 얹혀사는 기분이 들더라도 참았는데... 불가항력, 내 힘으로 어쩔 수 없는 상황이 벌어졌나 보다.

한편으론 화도 났다. 모두가 미웠다. 왜 나는 매일 피해를 입어야 하는 것인지, 눈치를 보고 수동적으로 끌려가야 하는 걸까 불안함과 두려움과 화가 나서 견딜 수가 없었다.

"나도 너처럼 학교를 다녔다면… 너만큼이라도 배웠으면 인생이 달라졌을까?"

넋 나간 사람처럼 중얼거리는 엄마에게 더 이상 동정심이 들지 않았다. 오히려 앞으로 이 가정에서 내가 어떻게 살아야 하는지, 살아갈 수는 있을지 불안에 떨어야 했다. 그렇게 나는 또다시 불안한 10대를 보내게 되었다.

방황의 날들

나는 씩씩한 아이였다. 새로운 가족이 생기고 가정이 생긴 뒤 새로운 환경에 적응해서 살 때에도 역시 씩씩했다. 불안했지만 그래도 엄마 아빠와 같이 산다는 사실만으로도 든든했기에 그 외의 것은 큰 일이 아니라고 생각했다. 적어도 친구들과 비슷한 환경에서 살고 있다는 안정감이랄까 그런 게 있었기 때문이다. 그런데 고2가 된 어느 날, 그 모든 기반이 무너지는 통보를 받고야 말았다.

"엄마, 아빠랑 헤어지기로 했어."

"…"

그것으로 끝이었다. 의견을 묻는 것도, 전후사정을 설명하는 것도 아닌 통보였다. 나도 가족의 일원이었는데 이런 식으로 대하는 엄마의 태도에 정말 정나미가 떨어졌다. 엄마는 본인이 힘든 것만 생각했던 것 같다. 새아빠와 잘되지 않게 된 것에 대한 실망감이 딸인 내가 받을 상처보다 컸던 것이다. 오히려 새아빠는 그런 나를 걱정해 줬다.

"한창 공부해야 할 나이인데 일이 이렇게 돼서 미안하다."

"어쩔 수 없죠."

"그래, 또 살다 보면 살아질 거다. 엄마 따라가서 잘 살고..."

"저 엄마 안 따라 갈 거예요. 그냥 여기서 살 거예요."

"안... 따라가? 허 참..."

나는 이미 생각을 굳힌 상태였다. 엄마를 따라가지 않을 생각이었다. 두 번째 결혼이 잘못된 것이 엄마에게 책임이 있었다는 걸 알게 되면서 따라가야 할 이유가 사라졌다. 차라리 혼자가 되더라도 그 집에서 살아야겠다고 마음먹었다.

내가 엄마를 따라가지 않겠다고 선언을 하자 여기저기서 이야기가 들려왔다. 엄마는 나를 이해하지 못하겠다며 이유를 물었다. 나는 새아빠로부터 들었던 엄마의 잘못을 알았기에 더 이상 엄마를 따라갈 수 없다며 버텼다. 새아빠는 오히려 그런 내 의견에 침묵을 지켰다. 어떤날에는 할아버지들과 친척이 몰려왔다. 이미 엄마의 짐이 빠져나간 휑한 집에 찾아와 나를 향해 질타하셨다.

"이 녀석아. 지금 네가 여기 왜 있냐. 지 낳아 준 엄마를 따라가야지 어디 핏줄 하나 섞이지 않은 사람이랑 있겠다고? 빨리 나랑 가자. 늬 엄마한테 가자."

"안 가요. 차라리 저 혼자 살 거예요."

"아니, 얘 좀 보게. 어릴 때에는 그렇게 똑똑하더니 완전 바보가 돼 버렸네. 여기가 어데라고 있겠다고 버티냐."

결국 그들도 나의 고집을 꺾지 못하고 되돌아가셨다. 그 후에도 전화로 방문으로 몇 번이나 나를 괴롭혔고 점점 그들의 연락을 받지 않았다. 할아버지가 핏줄 운운할 때면 정말이지 참을 수 없는 화가 차올랐기 때문이다.

'핏줄이요? 말씀 잘하셨네요. 그래 그렇게 좋아하는 핏줄 섞인 엄마는 왜 가정을 깼는데요. 아니 날 낳아 준 생부라는 사람은 뭘 해 줬는데요. 네?'

나는 날마다 마음에 대고 소리쳤다. 마음이 지옥이었다. 가정이 이렇다 보니 학교생활은 나락으로 떨어졌다. 밝고 명랑했던 아이가 하루아침에 넋이 나갔고 어두워졌고 우울해졌다. 웃고 떠들며 놀던 친구들과의 관계도 끊어졌다. 친구들은 이유도 모른 채 나의 방황을 지켜봐야 했다.

"선생님, 저 자퇴하겠습니다."

"뭐? 자퇴? 너 지금 자퇴라고 했니? 래원아. 나 좀 보자."

평소 차갑기로 유명하던 담임선생님은 자퇴라는 말에 당황하며 나와 면담을 시작했다. 구체적인 상황은 말씀드릴 수 없었기에 그저 심경의 변화, 공부할 이유가 없어졌다며 나중에 졸업이 필요할 때 검정고시를 치르겠다고 하자 선생님은 부모님까지 연락을 해서 면담을 하시며 나를 설득했다.

"래원아. 그래 공부하는 거 힘들 거다. 그렇지만 너 1학년 때 성적을 보면 나쁘지 않고 이 정도만 유지해서 수능을 쳐도 괜찮을 거야. 좀 더 버텨 보자. 응?"

의외로 선생님이 너무 적극적이었다. 이토록 내게 관심이 많았나 싶을 정도로 배려해 주시는 선생님 덕분에 나는 가까스로 자퇴를 포기했다.

"래원아. 일단 학교는 다녀라. 선생님이 너 2학년 끝날 때까지 최대한 배려해 줄게. 공부? 그래 하기 싫으면 하지 마. 숙제, 보충수업? 그거 안 해도 된다. 고등학교 수업시간만 이수해야 하니 그냥 앉아 있기만 해. 아무도 너한테 무엇을 시키거나 그러지 않을 거야."

그냥 편하게 자퇴시키면 될 것을 굳이 왜 그렇게 하시려는지 몰랐지만 그 제안을 받아들였다. 지금 생각해 보면 선생님은 나의 사정을 알고 계셨던 것 같다. 그 또래 아이들이 겪어야 할 심적인 두려움을 공감했기에 그런 조건을 내거신 거라 생각하니 새삼 감사하다.

다음 날로 나는 맨 뒷자리로 옮겨졌다. 덩치 큰 친구와 짝꿍이 되었고 나는 뒷자리에서 존재감 없이 있었다. 짝꿍 친구로선 키도 작고 여리 여리한 친구가 맨 뒤로 왔으니 궁금하기도 했을 텐데 일체 묻지 않고 이따금 관심의 말만 건네주었다. 수업은 여전히 바쁘게 진행되었고 수업 분위기는 갈수록 치열해졌다. 그 속에서 난 아무것도 하지 않았다. 얼마 전까지만 해도 목표하는 대학을 위해 수험생 마인드로 공부하던 내가 멍하게 창밖을 쳐다보며 아웃사이더로 살아가게 된 것이다.

수업에 들어온 선생님들도 나를 개의치 않았다. 이미 말씀을 듣고 오셨는지 내가 수업을 듣건 말건 숙제를 하건 말건 자든 말든 개의치 않으셨다. 친구들에겐 미안한 상황이었지만 나는 마음이 내켜서 수업을 듣고 싶으면 들었고 공부를 하고 싶을 때엔 해서 성적을 내기도 했다. 그러니 선생님들은 나를 별종이라 불렀다.

"야, 너 참 별종이다. 이번엔 공부를 좀 한 거야? 성적이 아주 좋구나. 너도 참."

이렇게 말하는 게 다였다. 그렇게 나의 학교생활, 고2 여고생의 하루하루가 의미 없이 지나갔다. 나는 점점 세상과 벽을 쌓아 가고 있었다.

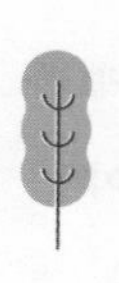

별종,
세상 끝에 서다

"며칠 뒤면 나도 집을 나갈 거다. 너 정말 괜찮겠냐."

"네, 괜찮아요."

새아빠와의 마지막 대화였다. 7년간의 인연을 종지부를 찍는 대화였다. 엄마 아빠가 헤어지기로 하신 뒤 엄마는 먼저 집을 나갔다. 나는 엄마가 나간 집에 새아빠와 머물렀다. 새아빠는 그런 나를 부양할 마음도 있었지만 가족들의 반대와 서류상 문제로 불가능하게 되었다. 그때까지만 해도 나는 엄마가 새아빠와 법적으로 혼인관계가 되었는지 알았는데 알고 보니 그게 아니었다. 그저 사실혼 관계에 있었다 뿐이지 법적으로 부부는 아니었던 것이다. 그러니 부양할 조건도 될 수 없었다.

그러다 어느 날엔가 나는 생부라는 사람과 처음으로 마주하게 되었다. 생부는 밑바닥까지 넣어두고 싶은 상처였건만 어떻게 연락이 되었는지 나를 찾아왔다. 그동안 간간이 엄마로부터 들었던 생부의 전적, 알콜 중독에 폭력을 일삼았고 가정을 돌보지 않았던 과거가 겹쳐져 좋지 않은 감정이 있었지만 그래도 생부는 뭔가 다른 감정이 있으리라 막연히 생각했었다. 그런데 15-6년 만에 만난 딸을 향해 전혀 아무렇지도 않듯, 마치 며칠 전에 만났던 사람처럼 잘 지냈냐고 묻는데 이 실낱같은 희망이 와르르 무너졌다. 오히려 친아버지라는 이유만으로 딸에 대한 권리가 있다는 듯 이렇게 말했다.

"내가 널 세상에 있게 해 준 아버지 아니냐. 지금 너 새아빠랑 살고 있다매. 아... 그건 안 되지. 피가 섞였나 뭐가 섞였냐?"

역겨웠다. 할아버지에게서 귀가 따갑도록 들었던 핏줄 얘기를 생부에게도 똑같이 듣고 있기가 싫어 자리를 박차고 나왔다. 다시는 만나고 싶지 않았다. 하지만 무슨 인연인지 훗날 대학생이 되었을 때 갑자기 연락이 닿아서 한 번 더 보아야 했는데. 그날도 그는 여전히 정신을 차리지 못하고 술로 인해 사고를 쳤다는 푸념을 재혼한 새엄마로부터 들어야 했다. 그 가정에서 어렵게 크고 있을 남동생을 생각하며 가슴이 너무도 아팠던 기억이 난다.

어쨌든 기억하기 싫은 생부에게서도 새아빠와 사는 것을 제지받고 나니 나는 혼자 살 마음을 굳혔다. 새아빠도 안 되겠다고 생각하셨는지 며칠 뒤 자신의 짐을 정리하셨다.

어느 날 학교에서 돌아온 나는 빈 집에 홀로 남겨졌다. 두 분의 짐이 모두 빠져 나가고 내가 쓰던 책상, 기본적인 가전제품만 덩그러니 놓여 있는 모습을 보면서 나도 모르게 다리에 힘이 빠졌다.

'아. 이젠 진짜 나 혼자구나'

말할 수 없는 허전함과 공허함이 밀려왔다. 얼마 뒤 새아빠는 어른 몇 분과 들어오더니 나머지 짐을 챙겨 나갔다. 잘 지내라는 담담한 인사를 나누고 우린 그렇게 짧은 7년 인연을 끝냈다. 눈물도 나오지 않았다. 아직 어리다는 이유로 어른들 세상을 모두 이해할 순 없다 해도 떠나간 어른들과 남겨진 18살 여고생, 아무리 생각해도 불공평하고 모순이었다.

모든 것이 산산조각 났다는 생각이 들었다. 가족이란 이름으로 모였던 사람들이 모두 흩어져, 나 혼자 남겨져 있다는 상실감이 너무도 컸다. 모두가 떠난 곳에 홀로 있다 보니 그제야 주루룩 눈물이 흘렀다.

'모두가 나에게 고통을 안겨 주는구나. 내가 뭘 잘못 한 건가. 그렇게 강조하던 피가 섞인 가족도 이렇게 고통만 주는데 앞으로 내가 살아갈 세상은 더 고통스럽지 않을까'

자연스럽게 죽음이 떠올랐다. 죽으면 차라리 편해질 것만 같았다. 그 길로 거리로 나왔다. 저 멀리 아파트 불빛이 보였다. 어두운 밤에 저길 가면 아무에게도 보이지 않을 것 같았다. 나도 모르게 발길이 그곳으로 향하면서 제일 구석에 있는 어느 건물로 들어가 꼭대기까지 올라갔다. 내려다보니 한 15층 높이쯤 되는 것 같았다.

'그래, 이제는... 슬픔도 아픔도 끝내는 거야'

그렇게 생각을 정리하자 신기하게도 주변이 고요해졌다. 미세한 소리 하나하나가 다 들려오는 듯, 온 몸에 세포가 나의 결정에 집중했다. 모든 것을 내려놓으려 움츠린 몸을 일으켜 서는 순간, 갑자기 눈앞에 야경이 들어왔다. 온갖 불빛이 반짝거리며 아기자기하게 빛나고 있었는데 그 모습이 그렇게 아름다웠다. 아주 캄캄한 어둠이 내리고 있어서일까, 불빛은 유난히 환했고 아름다웠다. 그 모습에 나도 모르게 감탄이 나오는데, 갑자기 울컥하며 울음이 북받쳐 올라왔다. 한 번 터진 눈물샘은 그동안 꾹꾹 참아왔던 눈물샘을 자극했는지, 쉴 새 없이 쏟아졌다.

"흐흐흑… 세상은 이렇게 아름다운데… 나는 왜!! 나는 왜 이런 세상을 아름답다고 느끼지도 못하고 사는 거야. 왜?"

깊은 밤 나는 그 건물 꼭대기에 주저앉아 한참을 울었다. 얼마나 울었을까, 더 이상 수분이 빠져나올 것 같지 않은 상태가 되었을 때 나는 천천히 일어났다. 억울하고 분했지만 그래도 아직 세상을 경험하지 못했다는 억울함을 넘어서지 않을 것 같았다. 세상 끝에 섰을 때야 비로소 보이는 삶의 이유, 나는 그 이유를 조금이나마 보았고 그 길로 아무도 없는 빈 집으로 들어섰다. 나는 완벽히 혼자가 되었다. 셋이 살 때에는 그토록 좁았던 곳이 혼자 있으니 그렇게 커 보였다. 그나마 있던 세간이 다 빠져 나간 빈자리에서 있으려니 썰렁했다. 그 자리에서 있는 대로 불을 켰다.

"그래, 살아 보자. 어떻게든 살아지겠지. 이젠 더 이상 다른 사람한테 기대어 살지도 말고 기대하지도 말자."

그 시간 이후로 진정한 독립을 선언했다. 변한 것은 없었다. 여전히 나는 학교에서 별종으로 불리며 별종의 시간을 보냈고, 집으로 돌아와선 가장으로의 삶을 시작했다. 고교시절, 친구들과 떨어지는 낙엽만 봐도 까르르 웃음이 나온다는 시절, 나는 친구들과의 수학여행에 담긴 추억이나 수다, 공부를 하며 쌓인 스트레스를 해소하는 일 등 공유할 추억이 거의 없었지만 그래도 세상 끝에서 다시 세상을 붙잡고 섰다.

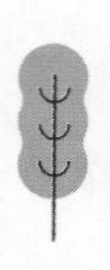

타의적 홀로서기

"저는 박래원이라고 하는데요, 혼자 살고 있는 학생입니다."

살면서 처음으로 동사무소라는 곳을 갔다. 알아보니 사회복지부서를 찾아가면 나와 같이 혼자 사는 이들을 위한 지원이 이루어진다고 했다. 게다가 나는 미성년자에다 가장이 되어 살고 있으니 지원이 가능해 보였기 때문이다. 잠시 뒤 사회복지사 직원이 나를 맞아 주었다. 그 언니와의 인연은 하늘이 보내주신 인연이기도 했다. 복지사 언니는 자신을 찾아온 고2 여학생의 이야기를 차근차근 들어주었다. 나는 보탬도 없이 있는 그대로, 솔직하게 사정을 털어 놓았고 정부의 도움을 받기를 원한다고 말했다.

"그래 래원이라고 했지? 너, 정말 대단하다. 여기까지 오는 것도 힘들었을 텐데 용기 내 줘서 참 고마워. 혼자 사는 건 힘들지 않니?"

"괜찮아요. 살 만 해요."

“학교 다니는 건 불편하지 않아? 밥은 어떻게 해결하니?”

“어렸을 때부터 밥은 제가 해먹고 다녀서 그건 어렵지 않아요. 어떨 때 좀 무서운 거 빼곤 괜찮아요.”

“아휴 그래, 정말 대단해. 가만있자, 어떤 걸 도와주면 될지 한번 찾아보자.”

아주 조그만 빛의 구멍이 생겼다. 완벽하게 캄캄한 세상에 아주 조그만 구멍이 생기면 그 속으로 빛이 새어 들어온다. 그것을 보고 희망을 얻는다. 복지사 언니와의 만남은 바로 그 희망의 시작이었다. 그 희망 앞에서 며칠 전 상황이 오버랩되었다. 불과 며칠 전까지만 해도 혼자되었다는 상실감에 건물 꼭대기에서 뛰어 내리려던 나였다. 그러다가 찬란한 도심의 풍경을 보곤 마음을 고쳐먹고 집으로 돌아왔다. 죽으려고 생각했다가 다시 삶을 붙잡으니 뭔가 의욕이 솟아올랐는데 그때 선택한 것이 도배였다. 그 길로 있는 돈 없는 돈을 탈탈 털어 도배하는 집을 찾아갔다.

“아저씨, 저희 집 도배를 하고 싶어서요.”

“어? 근데 학생이 찾아왔네. 부모님 대신 왔어?”

“아뇨. 저 혼자 살고 있는데요 도배 좀 하려고요.”

좀 상식적이지 않은 이 상황에 아저씨는 뭔가 짐작을 하셨는지 적극적으로 도배지를 권해 주시며 성심성의껏 도배를 해 주셨다. 직접 고른 하늘색 벽지가 발라지고 내 마음도 새롭게 했다. 홀로 남은 그 집에서 나는 강아지 두 마리와 함께 생활이라는 걸 시작했다. 다행히 짱구와 돌콩이, 강아지 두 마리가 있어서 훨씬 나았다. 몸집은 작은 강아지였지만 소리가 워낙 커서 혼자 외로운 주인을 지켜주었다. 덕분에 난 안심이었다.

이렇게 다시 시작한 삶에서 만난 복지사 언니는 위로였고 희망이었다. 복지사 언니는 일단 미성년자로 혼자 사는 가장이기에 생활비 후원이 가능하다고 했다. 정기적인 후원금이 들어오면 고정적으로 나가야 하는 세금이나 월세는 해결 가능했다. 학비 역시 무료로 지원을 받을 수 있으니 나머지 여유 돈으로 최소한의 생활비는 가능할 듯 했다. 정말 다행이었다.

"래원아. 먹을 것도 그렇고 지원해 줄 수 있는 건 신경 써서 해 줄게. 그러니 씩씩하게 살아야 한다. 어려운 일 있으면 언제든지 찾아오고."

든든한 지원군을 만난 기분에 가슴이 따뜻해졌다. 정말 그 언니는 나의 자립을 최전방에서 도와준 지원군이 되어 주었다. 다행히 정부 지원금 덕분에 혼자 사는 생활에 재정적인 어려움은 크게 없었다. 학생의 삶이다보니 크게 돈이 들어갈 일이 있는 것도 아니었다. 게다가 나름 돈에 대해서는 계획적으로 사용하는 편이라 어려움이 덜했다. 생각해 보면 새아빠의 영향이 컸던 것 같다.

새아빠는 어려운 형편에서 살아온 분으로 젊은 시절 사기로 크게 어려움을 당했던 경험이 있었다. 한번 재정적인 어려움을 겪어서였을까, 이후의 삶은 성실과 근면으로 살아오셨지만 경제적인 여유가 있는 삶은 아니었다. 대신 정직한 것과 부당한 것에 대한 분명한 선을 긋고 사셨다. 대쪽 같다는 표현이 딱 맞았는데 돈에 대해서도 그랬다. 분에 넘치는 소비는 절대 용납지 않았고 받을 것과 줄 것의 구분이 확실했다. 청소년 시기를 그분과 함께 지내며 곁에서 알게 모르게 배운 건 그런 면이었다. 절대로 마이너스 재정을 운영하지 않는 견고함도 있지만, 남들 모르게 수지침 무료 봉사를 평생 하며 도움을 주셨던 따뜻함이 있었다. 모르긴 해도 그런 면을 보면서 영향을 받았던 것 같다.

어쨌든 그 덕분인지 혼자 살면서 경제적으로도 어느 정도 체계가 잡혔던 것 같다. 그러나 하루에도 몇 번씩 느껴야 하는 혼자라는 외로움은 지겨울 정도로 찾아왔다. 친한 친구들에게조차 혼자 살고 있는 사실을 알리지 않았기에 외로움을 나눌 대상은 강아지 두 마리가 전부였다. 특히 몸이 아플 때엔 그 서러움이 극대화되었다. 감기 몸살 같은 건 조금만 신경 쓰면 낫는 병인데도, 나는 그것조차 신경 써야 했다. 아침마다 날씨를 체크해 주고 입고 갈 옷과 음식 모든 것을 챙겨 주는 친구들과는 달리 나는 갑자기 내린 비를 맞고 다녀야 했고, 갑자기 추워진 날씨에도 얇은 교복 상의만 입고 나간 탓에 감기에 걸렸다. 수업을 마치고 집에 돌아왔을 때 따뜻한 집은커녕 누구하나 식사나 간식을 챙겨 줄 사람 없으니 그날 컨디션이 좋으면 밥을 해 먹고 그렇지 않으면 건너뛰기 십상이었다.

공포에 떨 때도 있었다. 옛날 주택이던 우리 집은 욕실이 따로 있는 게 아니었다. 일자형으로 되어 있는 방 두 칸에 싱크대가 놓여 있는 시멘트바닥, 화장실은 바깥에 있었고 세탁기를 들여놓을 공간이 없어서 문 밖에 내놓고 방수 천으로 덮어놓았다. 밖에서 보면 큰 대문이 있었지만 그 문을 들어오면 실제 문은 불투명한 유리문 하나가 전부인 옛날 집이었다.

혼자 살기 시작하면서 처음 맞는 어느 겨울날이었다. 빨랫감이 있어서 세탁기를 돌리려 나왔다. 빨래를 할 때면 집 안에 있는 수도꼭지에 호스를 연결하여 바깥 세탁기에 연결해야 했는데 그날도 빨래를 하러 호스를 연결하고 호스 때문에 꼭 닫히지 않은 문을 끈으로 돌돌 감아 묶어 두었다. 그런데 워낙 추운 날인 데에다 강한 바람이 불었는지 휘잉 하는 소리와 함께 '퍽

와장창' 소리가 들려왔다. 문에 묶어 두었던 끈이 바람에 풀려서 그대로 날아가 유리문을 깨뜨린 것이다. 놀란 마음에 뛰어나가 보니 유리문은 와장창 깨져 널브러져 있었고 깨진 사이로 세찬 겨울바람이 그대로 들어왔다.

'어쩌지? 지금 너무 늦어서 유리를 끼울 수도 없는데…'

이런 일을 처음 당하다 보니 상황 판단이 되지 않았다. 어찌할 줄을 몰라 당황스럽게 서 있는데 당장 조치가 불가능하다는 판단이 들면서 방에서 천을 가져와 깨진 유리문에 붙였다. 안 그러면 얼어 죽을 판이었다. 문제는 춥기도 춥지만 안전 보호가 안 된다는 사실이었다. 유리문이 없으니 누구라도 들어올 수 있는 상황이었다. 여고생 혼자 사는 집에 문하나 변변치 못한 상황은 정말 아찔한 상황이었다. 그렇다고 친구네 집을 찾아갈 수도 없었다. 그래도 하나 위안인 것은 나와 함께 지내는 두 마리의 강아지가 든든하게 날 지켜주는 점이다. 몸집도 작은 애들이 얼마나 목청이 좋은지 낯선 사람이 지나가기라도 하면 얼마나 짖어대는지, 나는 그 애들만 믿고 이틀을 유리창 없는 집에서 겨울바람을 맞으며 지냈다.

이런 일들이 예고 없이 찾아올 때면 나도 모르게 방 앞 문턱에 앉아 울곤 했다. 억울하고 서러웠다. 그리고 무섭고 두려웠다. 그렇게 나는 고등학교 2학년, 가장 힘든 시간을 홀로 보냈다. 나의 홀로서기는 표면적으로 내가 선택한 길이었지만 완벽한 자의에 의한 것도 아니었다. 15년이 훌쩍 지난 지금 돌아보면 열여덟 살 때부터 가정을 갖게 된 스물여덟까지 10년간의 홀로서기는 나의 인생관을 바꿔놓는 아픈 선물이었다는 생각이 든다.

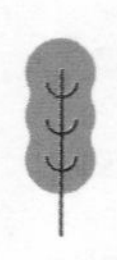

가족이라는
아픈 가시

"래원아. 동사무소로 좀 나올래? 물품 지원이 나왔는데 받아가라."

"네, 감사합니다."

혼자 살게 되면서 나는 복지과 언니의 배려로 도움을 참 많이 받았다. 정부에서 제공되는 지원이 있을 때 잊지 않고 연결해 주었고, 사소하게 후원품이 나올 때에도 늘 챙겨 주었다. 곁에 아무도 없다고 생각될 때마다 주변의 도움이 그나마 온기를 느끼게 해 준 것이다.

엄마와는 연락이 끊겼다. 함께 살지 않겠다는 딸을 떠난 엄마의 소식은 건너 건너 듣곤 했지만 그것뿐이었다. 나를 찾아오거나 연락해 오는 일은 없었다. 우리는 그때 서로에게 화가 나 있었던 것 같다.

오히려 새아빠에 대한 기억이 문득 문득 떠올라 마음이 어려울 때가 있었다. 추운 겨울날 나도 모르게 고무장갑을 끼지 않고 설거지를 하다가 차가운 손을 붙들고 떨 때면 '아이고, 이 문디 가시나야. 뜨신 물로 설거지를 해야지 뭐하노' 하며 나무라시던 음성이 기억났다. 아주 잠깐이지만 가정이 깨지게 되면서 한참 방황할 때 첫사랑으로 만난 대학생 오빠가 생각날 때면 그 사실을 알고 몰래 뒤에서 정리를 해 주시며 '이 애물단지야, 언제 철들래?' 하며 걱정하시는 것 같아 가슴이 찡해 오기도 했다. 가족이란 원래 그런 것인데, 나는 친구들이 그토록 귀찮아하던 잔소리도 참견도 간섭도 없이 혼자 시간을 버텨냈다. 지금도 기억나는 건 가족과 헤어지고 난 뒤 처음으로 생일을 맞이했을 때였다. 생일이라고 해서 대단한 생일상을 받아본 기억이 없지만, 그래도 가족을 이루며 살았을 땐 축하해 줄 사람이라도 있었건만 혼자 살게 되니 누구 한사람도 나의 탄생을 기뻐해 주지 않았다. 그날, 강아지 두 마리와 나, 이렇게 작은 상을 펴고 식은 밥을 먹고 있으려니 눈물이 차올라 견딜 수가 없었다.

'앞으로 몇 번을 더 이렇게 먹어야겠지?'

이런 아픔이 한 번이 아닌 앞으로 언제까지 계속될 수 있다고 생각하니 두려움과 서글픔은 참으로 컸던 것 같다. 그 아픔을 나눌 친구조차 만들지 못한 것이 후회되기도 했다. 그러나 아직까지 난 나의 슬픔과 상처를 내놓을 자신이 없었다.

'그래, 어차피 혼자 살아가야 하는 세상이다. 참자. 견뎌내자'

이런 결심을 셀 수 없이 했다. 학교에서 나는 여전히 별종으로 살았다. 혼자 살면서 어두운 그늘은 더했다. 친하게 지내던 친구들과도 조금씩 멀어졌다. 매일 만나 맛있는 떡볶이도 사 먹고 수다 떨던 옛 모습은 사라지고, 교실 맨 뒤에 앉아 창밖을 바라보거나 엎어져 자는 게 거의 전부였다. 변해도 너무도 변해 버린 내 모습에 친하게 지내던 친구가 용기 내어 물었다.

"래원아, 너 힘든 것 같아서 묻지 않으려고 했는데… 무슨 일 있는 거지?"

"…"

"너, 대학도 포기했다며. 무슨 일인지 모르겠지만 혹시 도움 될 일 있으면 말해."

"그럴게. 고마워."

친구들은 그 이후 더 이상 캐묻지 않았다. 대신 입시반이 아닌 취업반을 선택한 나를 배려하여 가끔 밖에서 만나러 와 주었다.

취업반은 말 그대로 졸업 이후 사회생활을 원하기 때문에 진출하고자 하는 업종에 대해 교육과 실전을 겸했다. 어떤 친구들은 미용 기술을 배우고 또 어떤 친구는 베이커리 기술 등 다양한 기술을 선택했는데, 나는 적성에도 잘 맞지 않는 분야인 전자과를 선택해서 수업을 받으러 다녔다. 취업반은 교육을 받으러 가야 했기에 평일엔 전문학교에 가서 수업을 받다가 토요일에 학교에 와서 정규수업을 받으면 되었다.

갑갑한 교실을 벗어난다는 사실만으로도 가슴이 좀 시원했다. 신기하게 그 덕분인지 나는 서서히 취업반 친구들과 어울렸고 이야기도 하게 되었고 그러다가 웃게도 되었다.

"우와 래원이 너, 웃었다."

"왜. 웃으면 안 되는 거야?"

"아니 그게 아니라. 요즘 너 통 안 웃었잖아. 얼굴은 이쁘장하게 생겨 가지고 인상만 쓰고 말야."

"내가 그랬어?"

"그랬어. 보고 있으면 금방이라도 눈물이 떨어질 것 같았다니까. 그치?"

친구들은 금방이라도 울 것 같은 표정의 슬픈 나를 기억하고 있었다. 예전과는 180도로 달라진 내가 무척 낯설었을 텐데 이해하고 감싸 준 친구들이 고마웠다.

그러나 나는 끝까지 나의 이야기를 친구에게 털어놓을 수 없었다. 헤어진 가족에게조차 마음의 응어리진 것을 말 못했는데 어떻게 친구들에게 털어놓는단 말인가. 내겐 그냥 시간이 더 필요했던 것이다.

인생총량의 법칙이란 게 있단다. 누구에게나 인생을 통틀어 겪어야 할 일들이 정해져 있기에 남들보다 먼저 고통을 겪는다고 해서 상심할 게 아니다. 그저 정해진 고통의 시간을 견디면 행복의 질량으로 채워질 날이 올 테니 거기서 희망을 찾을 수 있는 것이다.

나의 10대, 여느 10대 친구들에 비해 유난히 파란만장했고 겪지 말아야 할 것들까지 겪으며 가장 외롭고 상처 입은 시간을 보냈다. 그것은 선택의 여지가 별로 없는 일이었기에 슬프고 서러운 일이었다. 남들에겐 영광이 될 가족이 내겐 가시였다. 그럼에도 한 가지 위로로 삼은 것은 '그럼에도 삐뚤어나가지 않겠다'는 의지였다. 아무렇게나 인생을 살겠다고 자포자기하지 않았다는 것이다. 누군가 그렇게 살아야 한다고 조언해 준 것도 아닌데 그저 속으로부터 나오는 그 의지가 신기할 따름이다. 아마 하늘이 준 숨겨진 선물인 것 같다.

보험회사 구분하기 : 생명보험 vs 손해보험

우리나라엔 수많은 보험회사가 있고 보험 상품만 해도 수천 가지다. 선택의 폭이 넓은 만큼 잘못된 선택을 할 가능성도 있다. 그래서 알아야 면장을 한다. 그렇다고 모두 알 수는 없다. 다만 가장 기본적인 것만이라도 숙지하고 있으면 '잘 몰라서' '설계사 말만 듣고' 등의 이유로 불이익을 겪을 일은 적어진다. 그래서 가장 기본적인 보험 상식을 장착하는 게 중요하다.

일단 보험을 취급하는 보험회사는 크게 두 가지로 나뉜다. 생명보험사와 손해보험사다. 예를 들어 생명보험사는 삼성생명, 교보생명 등 '00생명' 이라는 명칭을 쓴다. 그리고 손해보험사는 삼성화재, 현대해상 등 '00화재, 00 손해보험' 등의 이름이 붙는다. 수십 개의 보험회사도 결국엔 이 두 분류로 나누게 된다. 두 부류를 나누는 조건은 다루는 영역에서 차이가 난다.

생명보험회사는 대표적으로 '종신보험'이라 불리는 상품을 다루는 본래 사람의 사망과 장수의 위험의 이전이라고 생각하면 되는데, 쉽게 생각해서 '사람(人)'에 관한 것만 다룬다고 보면 된다. 사람이 사망하는 큰 위험, 사람에게 치명적인 질병에 대한 위험 (CI보험), 사람이 돈을 모으기 위한 적금 상품, 사람이 오래 살 것에 대한 대비인 연금 보험 등 이러한 형태로 말이다.

손해보험사는 영역이 사람과 재물로 확대된다. '손해보험'이란 말 그대로 예상치 못한 사고로 손해가 발생한 경우 이에 대한 피해를 원상복구해 주기 위한 개념이라고 생각하면 된다. 그러하니 당연히 내 물건, 재산에 관한 피해, 즉 나의 집, 나의 차, 이러한 것과 관련된 내용이 포함된다. 그리고 예상치 못하게 사람이 아파서 병원에 가서 쓰게 된 치료비 역시 갑작스러운 손해에 해당되니 사람에 관한 사망이나 질병 역시 손해보험에서 다루는 영역에 속하는 것이다.

그리하여 손해보험의 영역은 사람과 재물로 확대되는 것이다. 재물에 대한 피해 역시 과실 여부에 따른 배상 책임까지 여기에 속하게 된다. 자 다시 말해, 사람의 사망, 치료비 보험뿐 아니라 집, 상가, 공장에 관한 화재보험, 예상치 못하게 피해를 입혀 물어 주는 배상책임보험, 그리고 나의 또 다른 재산인 자동차에 관한 자동차보험, 운전자 보험 등등 이러한 것은 손해보험사가 다루는 것이다. 이렇게 이해를 하면 생명보험을 가입하면서 왜 여긴 운전자 보험이나 배상 책임 보험을 가입 안 시켜 주느냐 이런 이야기를 안 해도 되는 것이다. 처음부터 다루는 영역이 아니기에 그러한 것이다.

Chapter 2.

안정과 도전 사이에서

보통 편안함은 안정을 기반으로 한다.

불편함은 그 안정적 기반을 깨고 나올 때 수반된다.

20대 하면 누구나 도전을 떠올린다.

하지만 편안함과 불편함은 종이 한 장 차이이다.

그러나 그 종이 한 장이 삶의 방향을 완전히 바꾸기도 한다.

외로움 속에 피어난 꽃

나는 고3이 되었다. 직업반을 선택한 뒤 그늘진 생활은 그나마 나아졌다. 과연 사람과 부대끼며 살아간다는 것이, 사람의 온기가 함께한다는 것이 어두움을 걷어낸다는 것을 체험케 한 시간이기도 했다. 혼자 생활하는 것이 어느 정도 익숙해진 시점인 데에다 직업반으로 모인 친구들과 함께 교육을 받으러 가는 시간이 쌓이다 보니 어느덧 잃었던 웃음도 간간이 찾아갔다.

당시 대구 시내에서 가장 유명한 분식집 장우동은 친구들과의 아지트가 되었다. 2천 원이면 메뉴를 시켜 먹을 수 있던 터라 빈약한 취업반 친구들의 배도 채우고 감성도 채울 수 있는 공간이었기에 그곳에서 호호 불며 먹던 우동맛을 지금도 잊지 못한다.

물론 새로운 친구들과 많이 가까워지긴 했어도 속 이야기까지 나눌 정도는 아니었다. 가족 이야기가 나오거나 좀 더 사적인 이야기를 하게 될 때에는 의식적으로 피하곤 했다. 그렇게 직업반 교육을 받고 수개월이 지났을 때였다.

하루는 동사무소 복지과 언니로부터 전화가 걸려왔다. 그때만 해도 그 언니는 내겐 가족 같은 존재였다. 원래 가족과는 거의 연락을 하고 지내지 않았기에 복지과 언니의 따뜻한 전화 한통이 그렇게 큰 위로가 될 수 없었다.

"래원아, 잘 지내고 있어? 학교 다니는 건 어떠니?"

"다닐 만 해요."

"그럼, 거기 졸업하면 취업은 되는 거야? 그나저나 네가 전자과라니 좀 적응은 안 된다."

"다들 그래요. 저도 뭐 그냥 선택한 거예요. 제빵이나 미용은 영 체질이 아니라서... 그리고 취업은 잘 모르겠어요."

"내가 지난번에도 얘기했지만 래원이 너 이제 좀 있으면 스무 살 되잖니. 그러면 정부에서 나오는 후원금 지원이 끊겨. 그거 대비해야 한다. 알고 있지?"

"네, 알고 있어요. 생각 중이에요."

"그래, 후원금은 그렇다 쳐도 성인이 되면 다른 쪽으로 도울 방법이 있을 거야. 나도 알아볼게."

누구 한 사람 일일이 챙겨 주지 않았는데 그 언니는 전화를 걸어와 안부를 묻고 조언을 해 주곤 했다. 덕분에 나는 고3이 한참 지난 어느 날, 앞으로의 삶에 대해 고민이란 걸 시작하게 되었다. 직업반을 선택한 친구들은 대부분 자신이 선택한 분야에 취업을 하겠다는 계획을 안고 있었는데, 아무래도 나는 그 부분에서 걸렸다.

'과연 지금 내가 선택한 길이 옳을까? 무작정 취업하는 게 맞는 걸까? 별로 적성이 맞지도 않는 분야에서 평생 일한다면 얼마나 불행일까'

이런 생각이 들면서 중 고등학교 시절 한창 꿈꾸던 시기가 겹쳐졌다. 그때에는 꿈도 많았고 하고 싶은 일도 많았다. 내가 학교 다니는 것만 봐도 부러워했던 엄마와는 달리 새아빠는 자신의 맡은 분야, 아무리 작은 일이어도 성실하고 프로의식을 가지고 일하시며 공부의 중요성을 강조하시곤 했다. 특히 그분은 수지침 놓는 봉사를 오랫동안 했는데, 성격은 강했지만 몸이 불편한 분들에게 친절하게 이야기도 건네며 무료로 수지침을 놓아주며 사랑을 베푸셨다. 어떤 할아버지는 아버지의 수지침 덕분에 혈액순환이 좋아지셨다고 하고, 어떤 아주머니는 소화불량에서 벗어나기도 했다. 우리 집에까지 와서 침을 맞거나 상담을 하던 분들을 보며, 누군가에게 도움을 준다는 것이 얼마나 의미 있는 일인지 새삼 깨달았다. 그 영향인지 한의사가 되어 많은 분들의 불편함을 해결해 주고 생명을 생명답게 보존하는 데에 도움을 주고 싶다는 꿈을 꾸었다. 웬만큼 성적도 나왔기에 좀 더 노력하면 가능했을 법도 했는데, 사람의 일이란 건 한순간에 물거품처럼 사라지기도 하나 보다. 어쨌든 그렇게 미래를 꿈꾸었던 때가 자꾸만 생각났다. 그러면서 드는 생각은, 당장 돈을 버는 것이 중요한 것이 아니라 조금 돌아가더라도 길을 찾아보자는 생각이 들었다. 지금은 후원이 되는 상황이니 생활에 대한 압박은 덜한 편이기에 몇 달 남은 기간 최선을 다해 보면 될 것 같은 생각도 들었다.

마침내 대학을 가기로 결심한 나는 진학으로 진로를 바꾼 뒤 다시 책상에 앉았다. 사실상 오랜 시간 교과서를 손에서 내려놓은 상태였기에 자신감은 바닥에 떨어졌지만 시내 단과 학원을 끊고 다시 책을 보기 시작했다. 당시 대구 반월당에 유신학원과 대구학원이라는 유명 학원이 있었는데 그중 한 군데 수강신청을 하고 본격적으로 공부에 돌입했다. 다시 자습에 참석했고 학원을 다니며 보충을 했다. 남들처럼 부모님이 데려다 주는 것도 아니고, 도시락을 싸다 주는 것도 없었다. 게다가 없는 살림에 쪼개어 학원수강료까지 내야 했기에 더욱 허리띠를 졸라매야 했다.

다시 공부를 시작하면서 제일 좋았던 점은 단과 학원에서 수업을 듣는 거였다. 당시 강사로서 유명한 분인 동시에 나의 멘토와 같은 선생님과의 만남은 큰 선물이었다. 학원 강사라 하면 학교 선생님과 달리 인간적인 매력이 없어 보이기 마련인데, 그때 만난 전한길 선생님은 적어도 내겐 좋은 본이 되셨다. 강사로서 갖는 자부심은 물론 학생들에게 계속 동기부여를 해 주셨다. 본인도 자라오면서 차별대우를 받았고 어려움을 극복하셨다고 하시며 수업 틈틈이 자신의 이야기를 해 주시곤 했는데 웬일인지 동질감도 들면서 본받고 싶단 생각을 많이 했었다. 한편으론 '나도 이 힘든 시간을 이겨 내면 저런 날이 올까' 부럽기도 했다. 어쨌든 뒤늦게 시작한 수험생 생활은 고3 생활의 막바지를 아주 바쁘게 만들었다. 외로움 속에서도 꽃은 피어난다. 어둠 속에서 피어난 꽃은 그것을 알아보는 이들에게 대견함을 안겨준다.

고3, 나는 그 시간을 견뎌냈다. 누군가는 삶을 꾸역꾸역 산다고 하고 누구는 어쩔 수 없이 살아낸다고도 한다. 나 역시 그런 시간을 보냈다. 외로움이 너무 사무칠 땐 눈 질끈 감고 살기도 했고 너무 고달플 때엔 자포자기하고 싶은 마음도 있었다. 그런데 돌아보면 그 시기마다 사람들이 곁에 있었고 그들은 가뭄의 단비와 같은 위로가 되었다. 그로 인해 외로움 속에서 싹을 틔울 수 있었다.

없다는 게
손해만은 아니다

나는 대학생이 되었다. 좋은 대학은 아니지만 그래도 혼자서 결정하고 스스로의 의지에 의해 학업의 길을 선택한 결과가 나쁘지 않아서 다행이었다. 물론 원했던 것만큼 성적을 올리지 못해 아쉽긴 했지만 그래도 내가 선택한 분야에서 열매를 맺게 되어 대견한 생각도 들었다.

대학을 선택했던 것은 첫 번째 도전이기도 했다. 생각해 보면 그리 힘들게 살지 않았어도 살아졌을 것이다. 그냥 그렇게 고등학교 생활을 마치고 사회에 나올 수도 있었다. 취업반을 통해 소개받은 일자리에 적당히 적응해 가며 살 수도 있었다. 하지만 그러고 싶지는 않았다. 지금의 내 모습이 다가 아닌, 앞으로 어떤 모습으로 살아갈지 꿈꾸고 싶었다. 더 나아진 미래를 그리고 싶었다. 그게 내 인생에 대한 자존심을 지키는 거라고 생각했다. 다행히 대학이라는 관문을 넘길 수 있게 되었고 그렇게 새로운 세상으로 한걸음 발을 디디게 되었다.

"래원아, 대학 간 건 참 잘했는데 등록금이며 생활비를 다 어쩌니?"

"뭐. 벌어서 살아야죠."

"그래 워낙 똘똘하니까 잘할 거야. 고생스러워 그렇지. 그래서 내가 좋은 소식 하나 알려 주려고. 너, 잘하면 임대아파트 들어갈 수 있을 것 같다."

"진짜요? 와... 그럴 수만 있다면 바랄 게 없을 텐데... 여긴 너무 무섭고 낡았거든요."

정말 그랬다. 워낙 옛날 주택인 데에다 월세도 만만찮았고 생활에 불편함이 많았다. 임대아파트는 생각지도 않았는데 복지과 언니가 여기저기 알아본 뒤 연결해 준 선물이었다. 내 집이 생긴다는 말을 들으니 뛸 듯이 기뻤다. 이젠 더 이상 추운 겨울날 호스를 연결해서 바깥에서 세탁기를 돌리지 않아도 되었고, 튼튼하지 않은 덧문 하나로 치안을 버틸 필요도 없고 무엇보다 위풍 없는 따뜻한 공간이 확보된다는 사실이 어찌나 위안이 되었는지 모른다.

얼마 뒤 국민 임대아파트에 들어갈 수 있게 되었다는 통보를 받고 갑작스레 입주가 결정되었다. 대학 합격 통지서를 받고 곧바로 시작한 아르바이트로 어렵게 대학 등록금을 마련한 뒤 대학 생활을 막 시작할 무렵이었다.

"래원아. 나도 이렇게 갑자기 결정이 날지 몰랐어. 근데 어쩌니. 이걸 계약하려면 보증금 300만 원이 필요한데 마련할 수 있겠어?"

"300만 원이요? 아... 어쩌나. 등록금으로 다 털어 넣었는데..."

"그렇지? 하기사 네가 돈이 어디 있겠니. 정부 지원금도 안 나오는데..."

"언니, 그래도 한번 마련해 볼게요. 저, 거기 꼭 들어가고 싶거든요."

전화를 끊었지만 막막했다. 돈 한 푼 없다는 것이 이렇게 막막한 것인지 피부로 느껴졌다. 앞이 캄캄했다. 하나가 지나가면 다시 하나가 나타나고 왜 이렇게 넘어야 할 산이 많은지 절망감에 눈물이 펑펑 쏟아졌다. 머릿속에는 계속 돈 생각만 났고, 누구한테 그 돈을 빌릴 수 있을지 온갖 사람을 떠올렸다. 친구들이 그 큰돈을 가지고 있을 리 없었고 소식을 끊고 지낸 친척들에게 연락할 수 없었다. 망연자실하고 있을 때 한 사람이 떠올랐다.

'과연, 그 분이 날 도와줄까? 그래 한번 말씀이라도 드려보자'

내가 찾아간 분은 학원 강사로 뵙게 된 전한길 선생님이었다. 나의 고3 시절에 멘토로서 길잡이가 되어 주던 그 분을 만나러 가는 발걸음이 무거웠다. 선생님은 대학생이 된 나를 반갑게 맞아주셨고 그 짧은 시간, 어려운 환경에서도 대학생이 됐다는 소식에 아주 기뻐하셨다.

"저. 선생님, 그런데 제가 한 가지 어려운 부탁이 있어서 찾아뵀어요."

"부탁? 무슨 부탁인데?"

"그게... 흑흑"

이야기를 꺼내려니 눈물이 왈칵 쏟아졌다. 나에 대해 많은 것을 아시는 분이 아니었음에도 그 앞에 서니 왜 그렇게 눈물이 나고 서러웠는지, 한참을 울다가 본론을 꺼냈다. 전후사정과 함께 왜 늦게 수능을 준비해야 했는지, 지금의 사정에 이르기까지 말씀을 드렸을 때 선생님은 나를 찬찬히 살펴보더니 그러셨다.

"알았다. 내가 300만 원 해 주마."

"선생님, 정말 감사합니다. 정말 열심히 살아서 꼭 갚겠습니다."

"아니, 나한테 갚지 않아도 된다. 대신, 네가 앞으로 살면서 힘든 사람을 보거든 나처럼 베풀면 된다. 그게 갚는 거야."

선생님의 말씀은 정말 큰 위로가 되었다. 특별한 사제관계도 아니었건만 그래도 자신을 찾아온 제자의 어려운 부탁을, 그것도 재정이 얽힌 부탁을 흔쾌히 들어주셨다는 건 지금 돌아보면 기적 같은 일이었다. 그날 선생님으로부터 300만 원을 받아오면서 절대 그 말씀을 잊지 않겠다고 다짐했다. 힘들지만, 앞으로 내가 어떤 삶을 지향해야 하는지 절대적인 기준을 알려 주셨다고나 할까. 그날, 나는 희망을 보았다. 그렇게 내 집이 생겼다. 여러 사람의 도움으로 나만의 공간이 생겼단 사실을 잊지 않으려고 했다. 가진 게 없다고 생각할 때가 있었다. 가족과 헤어져 혼자가 되었을 때부터 나는 내내 혼자라고, 가진 게 없다고 생각했었다. 물론 그 생각은 오랫동안 지속되었지만, 살다 보니 아니 살아 보니 꼭 가진 게 없다고 손해만은 아니란 생각이 든다. 만약 가진 게 있었더라면 좀 더 편안한 길을 경험했기에 편한 것만 추구했을 것 같다. 그런데 손에 쥔 게 없고 가진 게 없다는 마음가짐은 계속 주변을 돌아보게 만든다.

살던 옛날 집을 나와 새집으로 들어가던 날, 그동안 나를 지켜주던 두 마리의 강아지와도 작별을 고하며 왠지 더 새로운 세상, 새로운 경험, 안정된 기반을 떠났다.

스무 살,
없어도 당당하게

다시 치열한 삶이 시작되었다. 말 그대로 자립을 해야 하는 상황에서 모든 건 내 힘으로 해결해야 했다. 매일 아침 일찍 일어나 밥을 해 먹고 학교로 가서 수업을 들었다. 수업이 없을 때나 수업 후, 휴일엔 무조건 아르바이트였다. 고등학생 때부터 아르바이트를 하며 생활비를 충당해왔던 나로서는 나름 아르바이트에 대한 조예가 깊었다. 고깃집 서빙으로 시작한 알바는 고교 생활 내내 이어졌다. 아직 성인이 아닌 터라 종사할 수 있는 곳이 많지는 않았지만 그래도 수입이 필요했기에 일을 하며 세상을 알아갔다. 그 뒤 대학생이 된 뒤로는 일반 시급을 받는 것부터 조금 더 일당을 받는 것까지 닥치는 대로 일했다. 대학생으로서 등록금에 생활비까지 빠듯한 비용을 감당하려면 쉴 틈이 없었다. 학교에 가면 본관 사무실을 문턱이 닳도록 드나들었다. 행정사무실에 담당자분과 연결이 되어서 방학 때면 꽤 괜찮은 일자리가 들어오곤 했기 때문이다. 그들을 찾아가 혼자서 가장으로 살아가고 있다는 사실을 말하다 보면 반응이 비슷하다.

'힘들겠다. 그래도 참 장하다. 그런데도 당당해서 보기가 좋다'

이런 반응을 자주 받다 보니 신기하게도 그런 것 같았다. 나는 가족의 분열이 싫었고 속상했던 것이지, 혼자가 되어 사는 것을 수치스럽다고 생각하지 않았다. 특히 도움을 요청하는 부분에서는 더욱 그랬다. 아마 처음으로 찾아간 동사무소 복지과에서 좋은 인연을 만난 것이 자신감을 더해 주었는지도 모르겠다.

"래원아. 넌 정말 당당해서 보기 좋아. 그래, 도움 받는 게 창피한 게 아냐. 도움을 청하지 못하는 게 부끄러운 거지."

이런 이야기를 해 주며 나를 위로해 주었던 언니 덕에 나는 도움에 대해 거리낌 없이 받아들일 수 있었다. 그와 함께 세상은 생각보다 더 많이 따뜻하고 도움의 통로가 많다는 것을 알게 되었다. 내 힘으로 할 수 없는 부분에 대해서는 더욱 그랬다. 그러니 아직 경제적 자립이 되지 않던 시기에 도움을 요청하는 데에는 더 당당하려고 노력했다.

"래원아. 방학 때 학원에서 뛰어 볼래? 다른 알바보다 더 나을 텐데."

지난번 큰 도움을 주셨던 전한길 선생님의 연락이었다. 대학생이 되고 방학이 길어지면서 얻을 수 있었던 자리였다. 선생님 덕분에 학원에서 보조일을 하며 등록금을 마련했다. 학교 다닐 때에는 틈틈이 집 근처 햄버거가게, 신발 판매점, 휴대폰 판매점에 단기 알바를 했고, 심지어는 물리치료보조, 약국 보조까지 했다. 세상을 경험하는 작은 공간이 아르바이트 세계였는데, 특히 약국 보조로 일하면서 약 짓는 것을 도왔던 것은 훗날 보험금 청구 시 고객의 질병 이해에 도움이 되었다. 정말 쓸모없는 경험은 없었다.

대부분 시급을 받고 일하지만 제품을 판매하는 곳에서는 시급을 더 주었기에 가능한 일당이 높은 곳을 선택했다. 물건을 판매하는 곳은 청소나 계산을 하는 곳보다 더 치열했다. 판매가 곧 매출이기에 더 예민했는데, 아르바이트생으로 팔 수 있는 건 대부분 팔았던 것 같다. 거짓말 안 할 것 같이 생긴 생김새도 한몫 했는지 판매 실적도 괜찮았다.

"언니, 이 핸드폰이요 기능이 어때요?"

"주로 어떤 걸 많이 쓰시는데요?"

"동영상 많이 봐요."

"음. 이 폰이 최신 기종이긴 한데요. 이 기종은 화질에 더 신경을 쓰다 보니 셀카 찍을 때 더 좋다고 하더라고요. 그리고 가격이 너무 비싸요. 사진 찍는 거 그렇게 중요하게 생각하지 않으면 이것보다 한 단계 아래 버전 사는 게 더 나요."

"어머 그래요? 근데 알바생 아니에요?"

"맞는데요."

"와, 근데 이렇게 솔직하게 판매해요? 사장님한테 안 혼나요?"

"사실대로 말해 줘야 또 사러 오실 거 아니에요."

"하하... 그건 그렇네요."

어떤 사람은 오히려 지나치게 솔직하다며 걱정을 해 주기도 했지만 그때부터 나는 판매를 할 때에도 솔직해지려고 노력했다. 당당하지 않은 건 내 것이 아니라고 생각했다. 편법은 당장은 통할지 모르나 결국엔 손해가 된다. 그래서일까, 많은 업종의 아르바이트를 전전하면서 꽤 인정을 받았다.

속이거나 부풀리거나 넘겨짚기보다 진실과 솔직함으로 일하는 현장에 있었기에 다들 믿어 주셨다.

아쉽게도 대학생활은 2학년까지만 하고 그만두었다. 이유는 간단했다. 돈이 없었기 때문이다. 아르바이트로 대학 등록금을 마련하는 일은 역부족이었다. 내 사정을 알게 된 친구는 국가장학금 이야기를 꺼내기도 했는데 부채를 떠안고 사는 건 스스로 용납되지 않았다. 부족하게 살아도 결코 빚지지 않고 살겠다는 강한 신념이 내 속에 있었는데 함께 살았던 새아빠의 영향이 컸다. 그 분의 경제관념은 무척이나 깐깐해서 고정적으로 들어가야 할 비용이 단 한 번도 밀린 적이 없었다. 누군가 돈을 빌려 달라거나 혹시 돈을 빌릴 상황이 되었을 때에는 단호하게 NO를 외쳤다. 없으면 없는 대로 살고 있으면 있는 대로 살아진다는 것이 경제 철학이었는데, 아무래도 그런 생활 태도에 나도 동의하게 된 것 같다. 그러니 국가에서 등록금을 빌려주는 제도라 해도 결국은 빚이고 졸업 후 부담이 될 거란 생각에 이르렀고, 등록금이 마련되지 않을 때에는 휴학을 했다가 다시 마련되면 등록을 하는 일을 반복하다가 학교를 그만두기로 했다.

"진짜 학교를 그만두겠다고? 어렵게 들어 왔을 텐데…"

"그렇긴 한데요 더 이상 학교 다니는 일이 무리인 것 같습니다."

"아… 이거 참. 학교에서 더 도와줄 일을 찾아볼까?"

"아닙니다. 충분히 도와주셨어요. 등록금 대는 일이 정말 힘들고 어려운 일이긴 한데요, 그래도 전공 공부가 제게 잘 맞으면 끝까지 버텨보겠지만 아직은 잘 모르겠습니다. 이런 상황 이다 보니 한 달에 몇 개씩 알바를 하고 돈을 버는 일이 과연 제 인생에 도움이 되는지도 모르겠고요. 많이 고민했는데요. 일단 학교를 그만두고 나가서 더 생각해 봐야겠어요."

결국 나는 또 한 번의 선택을 해야 했다. 자발적으로 학교를 그만두기로 결정했다. 끝까지 학업을 마치지 못했다는 것에 대한 실패감이 또 한 번 밀려오는 순간이기도 했다.

새롭게 생긴
사람 울타리

20대 하면 청춘을 떠올린다. 뭐든 할 수 있는 시간, 시행착오를 거쳐도 수용이 되는 시기, 그저 보는 것만으로도 푸르른 세대로 20대를 생각하지만 나에게 20대는 가장 분주하고 바쁜 날들이었다. 스무 살, 법적인 성인이 되기까지는 의무교육이라는 테두리 안에서 생활했기에 뭔가 선택할 일이 많지 않았는데 성인이 되어 사회에 나와 보니 모든 것이 선택의 결정의 연속이었다. 이러한 현실과 맞부딪히다 보니 더욱 분주했던 것 같다. 하지만 분주함 속에서도 휴식은 있었다. 2년여 시간을 거의 혼자이다시피 지내왔던 터라 주변에 고마운 이들은 있었어도 마음을 터놓을 친구는 없었다. 의식적으로 만들지 않으려고 했다는 표현이 맞을 것이다. 그런데 어느 순간 내 곁으로 와 준 친구들이 있다. 어찌 보면 그 친구들 덕분에 꽁꽁 닫고 지내던 마음을 열 수 있었던 것 같다.

"너, 혼자 왔어?"

"으응"

"나도 혼자거든. 반갑다. 나는 박래원이라고 해."

"그래, 나는 서경숙이야."

경숙이는 대학교 입학식 날 만난 친구다. 수능을 치르러 가는 날에도 일찍 일어나 혼자 밥을 해 먹고 도시락까지 싼 뒤 혼자 시험 보러 갔던 나였으니 졸업을 거쳐 대학 입학 모두 혼자였다. 처음엔 그 사실이 괴로웠는데 그것도 몇 번 이어지다 보니 굳은살이 박이는지 그럭저럭 받아들여지던 시점이었다. 경숙이와 나는 같은 줄에 서 있었다. 그 친구도 나도 혼자 왔던 터라 서로 말 걸기가 편했고 그날로 말을 트며 지내게 되었다. 왠지 차가워 보이던 인상과는 달리 경숙이는 친근감 있게 다가와 주었다. 둘 다 대구를 근거지로 있다 보니 공통점도 많았고 취향도 비슷했다. 대화가 잘 통하는 사람을 만나기 어려운데 그 친구와는 마치 예전부터 알고 지낸 사이처럼 급속도로 가까워졌다.

그리고 얼마 뒤 나는 이사를 했다. 국민 임대아파트가 지원된 덕에 예전 집에서 벗어나 깨끗한 아파트로 가게 된 것이다. 도와주신 분들의 도움에 힘입어 어렵게 집을 옮기게 되었을 때 나는 고민이 좀 되었다. 동사무소 언니가 이삿짐 아저씨까지 연결시켜 주어서 이사하는 것은 별 문제가 없어 보였지만 그래도 좀 겁이 났다. 아직은 세상 물정 모르는 갓 스무 살 학생이었다. 결국 용기를 내어 도움을 요청했다. 먼저 경숙이에게 조심스럽게 이야기를 꺼내자 흔쾌히 그러마했다. 여자 둘만 있는 게 조금 그럴 것 같아

몇 명을 더 불렀는데 고맙게도 다들 와 주겠다고 했다.

경숙이는 이사를 하루 앞두고 짐 싸는 것을 도와주겠다며 집으로 찾아왔다. 혼자 살게 되면서 우리 집에 처음 방문한 친구였다. 지금까지 그토록 친구들에게 꼭꼭 숨겼던 집이었건만 웬일인지 이젠 봉인이 풀린 듯 별다른 기분이 들지 않았다. 나는 경숙이와 함께 시장에 가서 먹거리를 잔뜩 사왔고 이삿짐을 정리하며 깨끗이 먹었다. 혼자 살던 집이기에 세간이며 별다른 짐도 없었는데 세월의 흔적이 무서웠다. 엄마와 새아빠가 자신의 짐을 다 뺐다고는 해도 가족이 함께 사용하던 가구며 제품들, 손때 묻은 물건들을 발견할 때마다 가슴 한 편이 저려왔다. 그러면서 버릴 것은 깨끗이 버렸다. 그렇게 한참을 정리하다 보니 어느덧 밤이 되었다.

얼추 짐 정리가 끝났고 우리는 그 집에서의 마지막 잠을 청했다. 늘 혼자였던 집에 경숙이와 둘이 누워 있으려니 기분이 이상했다. 아마 경숙이는 더 그랬을 것이다. 마치 나의 민낯을 보는 낯설음이 왜 없었겠는가.

"래원아. 자니?"

"아니. 잠이 안 온다. 기분이 이상해."

"그럴 거 같다. 그런데 원아. 나는 네가 여기서 혼자 있었을 생각을 하니까 마음이 아프다. 왜 이렇게 춥고 쓸쓸하니…"

"…"

어두운 방 안에 나란히 누운 친구의 젖은 목소리가 내 가슴을 쳤다. 그 친구가 진심으로 나를 걱정해 주고 마음 아파하고 있다는 것이 공기를 통해 전해졌기 때문이다. 순간, 그 친구의 말이 얼마나 큰 위로가 되었던지 나도 눈물이 핑 돌았다. 그 집에서 홀로 지낸 2년의 시간이 주마등처럼 스쳐 지

나갔다. 아무도 들이지 않았던 곳에 친구와 함께 잠을 자고 있다는 사실도 새로웠다.

"고마워. 니 말이 정말 위로가 된다."

우리는 그렇게 그 집에서 마지막 밤을 보냈다. 다음날, 이사를 위해 일찍 일어났다. 약속했던 대로 친구들이 더 와 주었고 함께 어울려 이사를 도와 주었다. 그 속엔 지금의 남편이 된 남자친구도 있었다. 아침 일찍부터 바삐 움직여 이사가 시작되었다. 여러 사람이 모이니 일사천리로 이사가 진행되었다. 욕실이 있는 아파트, 베란다도 따로 있어서 바깥에서 호호 불며 세탁기를 돌리지 않아도 될 포근한 집에 짐을 놓아두고 어느 정도 정리를 마쳤다.

어느덧 저녁이 되었을 때 경숙이가 내 손을 잡아끌었다.

"오늘은 가스도 없고 밥 해 먹을 수도 없잖아. 우리 집에 가자. 집에 가서 같이 밥 먹고 자고 오자."

"정말? 그래도 돼?"

"당연하지. 엄마한테도 애기해 놨어. 기다리고 계실 거야."

나를 배려해 준 친구의 마음이 너무도 고마웠다. 그렇게 경숙이네 집에 갔을 때 갓 지은 밥 냄새가 났다. 집 안에 들어서는 순간 과연 가족이 함께 사는 집이라는 느낌이 들었다. 경숙이 어머니는 저녁 식사를 차리고 계셨다. 어디까지 말씀을 들으셨는지 알 수는 없으나 어머니는 내 손을 잡더니 상 앞에 앉혔다. 차린 게 별로 없다며 미안해하시는데 그 모습에 몸 둘 바를 몰랐다. 몇 년 만인가, 엄마 밥상 앞에 처음 앉았다. 김이 모락모락 피어오르는 금방 지은 밥에 평소 좋아했지만 만드는 방법을 몰라 먹어 보지 못한 반찬들이 정갈하게 차려 있었다.

"오늘 이사했다고. 고생했다. 많이 먹어라."

"감사합니다. 와. 맛있겠다."

숟가락을 들려는데 나도 모르게 눈물이 고였다. 하얀 쌀밥에 김이 피어오르는 모습을 보고 있으니 왜 그렇게 서럽고 슬프던지. 이런 내 마음을 아는지 모르는지 경숙이는 말없이 밥을 먹었고 나 역시 그 모습을 들킬까 서둘러 식사를 했다. 한 숟갈 한 숟갈 뜰 때마다 엄마의 정이 뚝뚝 떨어졌다. 맛은 또 왜 그렇게 좋았는지 지금까지 먹어 본 식사 중 최고였다.

"어머니, 정말 잘 먹었습니다. 오랜만에 집 밥 먹어 보는 것 같아요."

"그래? 그랬다면 다행이네. 난 또 입에 안 맞으면 어쩌나 했지. 자주와. 내가 딸들 밥은 차려 줄게."

나는 경숙이 집에서 처음으로 친구와 잠이 들었다. 친구 집에 놀러간 적은 더러 있었지만 혼자 살게 된 후 친구를 집에 데려온 것도, 친구 집에서 잔 것도 처음이었다. 그 모든 것을 경숙이와 함께한 것이다. 그날 밤 경숙이와 나란히 누워 잠을 청하는데 참으로 따뜻했다. 전날 밤 옛날 집에서 한기에 떨며 잠들었을 때와는 180도 바뀌었다. 가족이 함께한다는 것이 이런 거구나 싶었다. 딱히 부자인 것도, 넉넉한 것도 아닌 평범한 친구 집이 그렇게 부러워 보긴 처음이었다.

"경숙아. 넌 참 좋겠다. 이런 집이 있어서... 좋은 엄마가 계셔서..."

"... 래원아, 나중에 너도 좋은 가정을 만들면 되잖아."

"그래. 그럼 되겠다."

친구의 진심어린 위로가 가슴에 전해지는 순간이었다. 내 친구 경숙이는 나로 하여금 세상을 향해 벽을 치고 문을 닫을 수도 있던 마음의 빗장을 열게 해 주었다. 대부분 가지고 있는 가족이지만 그것조차 부재한 특별한 나의 상황을 편견 없이 봐 주었고, 자신이 가지고 있는 가족을 자랑하지 않았다. 지금도 경숙이와는 연락을 주고받으며 '절친'으로 지낸다. 예전처럼 종일 붙어 다니며 많은 것을 공유할 수는 없지만 떨어져 있어도 서로의 안부를 묻고 서로가 잘되길 진심으로 바라며 살고 있다. 무엇보다 경숙이를 생각할 때마다 부록처럼 따라오는 어머니의 밥상은 지금도 밥에 대한 좋은 기억을 떠올리게 해 준다. 한번은 친구와 전화 통화를 하다가 밥 이야기가 나왔다. 나온 김에 십 수 년 전 이야기를 꺼내며 마음을 전했다.

"경숙아. 나, 그때 정말 어머니 밥을 잊을 수가 없어."

"그랬어? 내가 해 줄 수 있는 게 별로 없더라고. 그래서 그냥 밥이라도 따뜻하게 먹게 해 주고 싶었지. 아마 우리 엄마도 그랬을 거야."

"그러니까. 그날 어머니 밥상은 눈물 젖은 밥상이었어. 사람들이 눈물 젖은 빵을 먹어 보지 못하면 인생을 말하지 말라고 하잖아. 그게 좀 나쁜 의미인데, 그때 어머니가 차려 주신 눈물 젖은 밥상은 평생 잊지 못할 것 같다."

그날 우리는 그렇게 십 수 년 전 이야기를 나누었다. 이제는 밥상을 차려 주는 엄마 입장이 되다보니 어머니의 마음이 더 감사하게 느껴졌달까. 어찌 보면 참 쉽고 당연하게 여기는 일인데도 누군가에겐 아주 힘들고 어려운 일이 되기도 한다. 이런 불공평함과 부당하게 느껴지는 현실의 갭을 줄일 수 있는 건 뭐니 뭐니 해도 사람의 정이 아닐까 싶다. 그래서 친구가 삶의 울타리가 되기도 하나 보다.

호위 무사의 출현

바쁘고 고된 대학생활에서도 핑크빛은 있었다. 학교에서는 경숙이를 비롯한 몇몇 친구와 교류를 하고 지냈지만 솔직히 대학생활을 누릴 여유가 없었다. 늘 시간이 쫓겨 바쁘게 다녔는데, 그래서 다른 친구들이 미팅이다 소개팅이다 해외여행이다 말할 때에는 다른 나라 이야기인양 받아들이곤 했다. 그러던 어느 날 공대 수업에서 한 친구와 만났다. 함께 수업을 듣는 학생이었는데 그 사람은 내게 책을 빌려갔다. 제법 큰 키에 호리호리한 체격, 까무잡잡한 피부였지만 솜털이 보일 만큼 좋은 피부를 지니고 있던 그 사람은 뭔가 앳돼 보이고 순수해 보이는 첫인상을 가지고 있어서 산전수전 겪은(?) 나와는 다른 세상에 살았겠구나. 짐작되었다. 책을 빌려간 그는 얼른 읽고 돌려주겠다는 말을 건넸는데, 진짜 다음 수업에 책을 돌려주며 밥을 사겠다고 했다. 뻔한 수작이란 생각이 들어 피식 웃으며 다음을 기약했다. 그런데 밥을 먹겠다는 의지가 대단했는지 나를 만날 때마다 언제 밥을 먹을지 물었다.

계속 다음에 먹자고 거절하는 것도 슬슬 미안해질 즈음, 하루는 비가 세차게 내렸다. 그날따라 경숙이도 오지 않았고 우산도 없어서 어쩌나 생각하고 있는데 그 친구가 떠올랐다. 생각 난 김에 그에게 전화를 걸었다.

"야! 너 밥 산다고 했지? 그럼 오늘 사라."

다짜고짜 연락해서 밥 사라고 하는 내 말이 황당했을 텐데, 그 친구는 바로 달려오겠다고 했다. 심지어 밥을 먹는 중이었는데도 말이다. 다음에 먹어도 된다는 내 말에도 아랑곳 않고 달려와선 내게 밥을 사 주었다. 정작 본인은 밥을 먹었기에 혼자 밥 먹는 내 모습을 멀뚱멀뚱 지켜보길래 '얘는 뭐지?' 특이하단 생각이 들었다.

그날 그 친구는 우산이 없는 내게 우산을 씌워 주고 끝까지 에스코트를 해 주었다. 이야기를 나눠 보니 그 친구는 도회적으로 보이는 반면 작은 시골 마을 영천이란 지방 출신이었다. 역시 보이는 게 전부가 아니었다.

밥심이란 게 무서운지 그날 그렇게 밥을 먹고 난 뒤 그 친구는 내게 많은 걸 해 주길 자처했다. 동기들과 있다가도 내가 보이면 나의 동선을 따라 다녔다. 내가 다른 수업을 하러 갈 때에는 어디로 가는지 꼭 확인하며 따라다녔다. 그렇다고 뭐 별다른 걸 요구하는 것도 아니었다. 그저 묵묵히 어느 순간부터 내 곁에 있어 주었다. 그러다 보니 내가 생활비, 학비 마련을 위해 아르바이트를 전전한다는 것도 알았고 나의 사정을 어느 정도 짐작했을 것이다.

"야, 나는 너랑 놀아 줄 시간이 없어. 그러니까 친구들이랑 놀아."

"알았어. 내가 시간 남아서 너 따라다니는 거니까 신경 쓰지 마."

말은 그렇게 했어도 신경이 쓰이긴 했다. 그러다가 이삿날이 잡혔다. 친구 경숙이를 비롯한 다른 친구들에게 짐 싸는 것과 이사를 도와달라고 했는데 그 친구가 가만히 있을 리 없었다. 자신도 와서 돕겠다는 말에 처음엔 말렸지만 굳이 이사하는 날 영천에서 첫차를 타고 왔다. 경숙이에게 나의 모습을 보이는 건 그나마 나았지만 그 친구에게까지 민낯을 보이는 게 꺼려졌다. 그런데도 그는 아무렇지도 않게 이삿짐 옮기는 것을 도왔고 끝까지 남았다. 그날 생전 처음으로 해 보는 이사를 무사히 마치고 내가 감사 인사를 건네자 그가 이런 말을 건넸다.

"이 집으로 이사 와서 마음이 좀 놓인다. 너도 수고했어. 그리고 앞으론 밥은 내가 사 줄게."

그저 밥을 사 주겠다는 말일 수도 있었는데 처음으로 그 친구가 든든하다고 느껴지는 순간이었다. 나중에 들은 얘기였지만 그날 나의 옛날 집을 보고, 또 그런 집에서 혼자 살았다는 것을 알게 되면서 무척 놀랐다고 한다. 손잡이 돌리는 문 하나에 욕실하나 변변치 않아 싱크대에서 세면을 하고 재래식 화장실까지 그런 곳에서 혼자 생활해 나가는 모습에 마음이 아팠단다. 저절로 보호 본능이 자극되는 순간이었다고.

어쨌든 그날 이후 우리는 좀 더 가까워졌다. 그는 늘 내 주변에서 맴돌았고 내가 가는 곳에 따라가 묵묵히 옆에 있어 주었다. 바쁘게 혼자 다닐 때 그 주변을 채워 주는 역할이랄까. 그렇게 익숙한 존재가 되어 갔는데, 그를 보면서 가슴 떨리는 떨림은 없었을지언정 든든함이 더해 갔던 것 같다.

그러다가 주말을 맞이했다. 오가는 대화 속에 그 친구가 내게 주말 스케줄을 물었다. 늘 아르바이트를 해서 물었을 텐데, 그날은 아르바이트가 없었다. 오랜만에 갖는 휴식이어서 그랬을까, 놀고 싶은 마음에 나도 모르게 시내에서 늦게까지 놀고 싶다는 말이 나왔다.

"그래? 그럼 가자. 내가 같이 가 줄게."

"정말? 근데 너 집엔 어떻게 가려고 그래. 너희 집 가는 막차는 금방 끊기잖아."

"뭐 못 가는 거지. 놀다가 시내에서 밤새우면 되잖아. 근데 나 대구 시내 한 번도 안 가 봤거든. 진짜 가 보고 싶다."

"뭐 정말? 시내를 안 가 봤어? 대단하네. 근데 정말 괜찮겠어? 집에서 혼나는 건 아니니?"

"PC방 있잖아. 거기서 밤 새우다가 다음날 가면 돼. 괜찮아."

"좋아. 그럼 우리 놀자."

그렇게 우리 둘은 정식으로 데이트를 했다. 오랜만에 나들이라 기분이 좋았지만 한편으론 그 친구가 무슨 생각에서 나와 밤을 새우며 놀겠다는 건지 본심이 궁금하기도 했다. 그런데 그것은 기우에 불과했다. 친구는 마치 호위무사처럼 내 곁을 지켜주었다. 돈 없는 학생들이었기에 저렴하게 밥을 먹고 시내를 활보하며 저렴하게 거리 구경을 했다. 그러다가 쌀쌀해지면 PC방을 들러 저렴하게 게임을 즐겼다. '스타크래프트'란 게임이 큰 인기를 끌던 그때 나도 꽤 게임을 할 줄 알았기에 그 친구와 게임을 즐겼다. 어차피 차도 끊겼겠다, 시간 때우기에 가장 좋은 아이템이란 생각에 그 친구와 게임을 즐겼지만 밀려오는 잠을 해결할 방법이 없었다. 내가 게임을 하면서 꾸벅꾸벅 졸고 있으니 그 친구가 날 깨웠다.

"래원아. 여기서 잠들면 힘들어. 아예 옆에 비디오방 있는데 거기서 쉬어

라. 너 데려다주고 난 여기 다시 오면 되니까."

도저히 잠을 이길 수가 없어 친구를 따라 비디오방을 갔다. 그래도 그곳은 게임하는 공간에 비해 조용하고 편안했는데 그곳에 혼자 있는 것도 꺼려졌다. 그 친구도 그렇게 느껴졌는지 내 자리를 편안하게 정리해 주더니 자신은 보조 의자 하나를 멀찌감치 떨어뜨려놓고 그곳에서 쪼그리고 앉는 것이다.

"너무 불편하지 않아?"

"괜찮아. 너 편하게 앉아서 좀 자라."

그 친구는 내가 잠들고 깰 때까지 조용히 앉아서 기다려 주었다. 비록 분위기는 아주 많이 어색했지만 그 상황 가운데 친구의 진심을 알 수 있었다. 끝까지 나를 배려해 주던 그에 대해 믿어도 되겠다는 확신이 생겼을까 또 하나, 그동안 가족을 향한 상처로 사람에 대해 불신이 가득했던 마음을 조금씩 열 수 있었다. 그러한 일들이 지나가고 얼마 후 우리는 캠퍼스 커플이 되었다. 특별한 의식도 약속도 하지 않은 무덤덤한 커플이었지만 나는 그게 무겁지 않고 편했다. 친구에서 남자 친구가 된 그는 달라진 건 없었다. 그동안 나를 향해 보여주던 호위무사의 삶을 좀 더 본격적이고, 당당하게 할 뿐이다. 옛날 사극을 보면 주군을 섬기던 무사들을 호위무사라 하는데, 그들은 공통적으로 충성스럽고 우직하다. 남자친구가 딱 그랬다.

한번은 겨울방학을 맞아 학원에서 아르바이트를 할 때였다. 아는 선생님의 배려로 학원을 소개받아 보조 일을 하게 되었다. 쉴 새 없이 일하는 여자 친구 덕에 그도 덩달아 같이 일하기로 했는데 어느 날 아침 내가 계단에서 발목이 접질려 넘어졌다. 진짜 너무 아파서 엉엉 울면서 겨우겨우 다시 집으로 들어갔다. 그때 가장 먼저 생각나는 사람이 그 친구였다. 그에게 연락을 한 뒤 울면서 기다리고 있는데, 아니나 다를까 땀을 뻘뻘 흘리며 그가 뛰어 들어왔다. 그를 보자 어찌나 반갑고 서러운지 꾹꾹 눌러 담았던 울음이 왈칵 쏟아졌다. 눈물 콧물이 뒤범벅되어 펑펑 울었고 우는 나를 업고 그가 병원으로 뛰어갔다. 하필 인대를 다치는 바람에 한동안 반 깁스를 해야 했는데, 생전 처음 짚고 다니는 목발이 너무도 불편했다.

남자 친구는 내가 다리를 다치자 더욱 나를 지극정성으로 섬겨 주었다. 매일 영천에서 우리 집까지 와서는 나를 데리고 학원으로 갔다. 학원을 가려면 버스에서 내린 뒤 학원까지 꽤 걸어야 하는데, 목발이 영 불편한 나를 업고 다녔다. 사람들이 워낙 많은 시내였기에 부끄러워 고개를 파묻기도 했는데 그 친구는 힘들단 내색 한 번 안 하고 나를 업고 다녔다.

언제부터인가 나는 그 친구 없는 삶을 생각하는 일이 불가능할지도 모르겠다고 생각했다. 처음 만난 날 이후 늘 내 곁을 맴돌며 머물렀던 친구였다. 그렇다고 내 일에 간섭을 하거나 어쭙잖은 조언도 하지 않았다. 그저 곁에서 묵묵히 주변을 채워 주었다. 스무 살, 참 어린 나이에 그 친구를 만나게 되면서 나는 사랑에 대해 다시금 생각하게 되었다.

가슴이 타오르고 뜨거운 감정이 뒤섞이는 것만이 사랑이 아니다. 불꽃은 금세 사그라들기 때문에 지속력이 없다. 나는 지금의 남편이 된 그를 생각하면서 사랑의 정의를 다시 내리게 되었다. 어떤 사랑은 울타리 같다. 울타리라는 것이 평소엔 굳이 눈에 띄지도 않고 크게 필요치 않아 보인다. 그러나 어떤 공격이나 환경이 변할 때 울타리는 그제 서야 역할을 빛낸다. 거친 야생동물로부터 보호하고, 영역을 표시하기도 하며 든든함의 근원이 된다.

비로소, 그 안에 있는 사람들은 안정과 평안을 누린다.

그가 바로 그런 존재였다. 나는 그간 울타리가 부재했다. 뭔가 나를 둘러싼 영역이 없었던 불안전하고 불안했던 존재였다. 그런데 남자 친구를 만나고 그를 통해 배려하는 사랑, 지켜주는 사랑의 맛을 보면서 견고한 울타리를 갖게 되었다. 그런 까닭에 여러 가지 변화의 소용돌이 속에 보내야 했던 20대 나의 삶이 더 활기찰 수 있었다고 생각한다.

포기와 재기

'네가 꿈을 꾸지 않는 한 꿈은 절대 시작되지 않는단다.

언제나 출발은 바로 지금 여기야

너무 많은 사람이 적당한 때와 적당한 곳을 기다리느라

너무 오랜 시간을 허비하지

게다가 그것에서 그치는 게 아니라 기다리는 와중에 소망하던 마음 자체가 사라져 버리기도 한단다.

때가 무르익으면 그럴 수 있는 조건이 갖춰지면... 하고 미루다 보면

어느새 현실에 파묻혀 소망을 잃어버리지

그러므로 무언가 되기(be) 위해서는 반드시 지금 이 순간,

무언가를 해야(do) 만 해'

소설 〈핑〉을 읽으면서 나의 노트에 써 놓은 구절이다. 이 노트에 쓰인 구절을 읽게 될 때에는 바쁘게 일상이 돌아갈 때가 아닌 뭔가 전환이 필요할

때, 어떤 자극이 필요할 때, 아니면 조금 지치고 힘들 때다. 그 노트에 쓰인 글들이 바로 내 자신의 내면을 품고 있기 때문인데, 지치고 힘들 때 내 자신을 향해 내가 보내는 메시지를 읽으며 과거로부터 지혜를 얻는 것이다.

핑이란 소설을 읽으면서 내 가슴에 가장 와 닿은 구절은 뭔가 되려면 하는 게 먼저라는 메시지였다. 사람의 마음은 비슷해서, 먼저 생각으로 그림을 그린다. 그 그림은 상상의 나래를 펴고 4차원을 넘나들며 불가능을 뛰어넘는데 막상 현실로 돌아오면 상상했던 그림은 자취를 감춘다. 그저 생각만 한다. 책에선 아주 당연하지만 필요한 메시지를 전달한다. 하는 게 중요한 것이다. 시도하는 것이 그만큼 중요하다는 것을 말하고 싶었으리라.

나의 20대, 핑에서 말하는 것처럼 뭔가 되는 것보다 하는 게 중요하다는 것을 체험하게 된 때는 대학을 중퇴한 뒤였다. 삶의 무게와 함께 대학을 계속 다니는 게 버거워졌던 나는 대학을 중도 포기하기로 결심했고 잠시 백수가 되었다. 학생의 신분으로 학교라는 틀 안에 있을 때와 달리 사회에 쫓기듯 나왔을 때엔 당황스러웠다. 학교란 배경이 별 거 아닌 것 같았는데 그게 아니었다. 또다시 광야로 내몰린 기분이 들었기 때문이다.

당장의 생활 때문에 서둘러 아르바이트를 하면서도 왠지 모를 조급함에 사로잡혔다. 사회는 차가웠다. 계약직은 계약직인지라 경영에 어려움이 있을 때엔 가장 먼저 해고의 대상이었고 그래서 더욱 근로 조건이 느슨했다. 마음대로 아플 수도 없었다. 어떤 직종이나 그렇겠지만 아르바이트생의 경우 하루아침에 잘리는 경우도 있고 임금 문제도 자유롭지 못했기에 불안함이 늘 있었다.

'안되겠다. 직업을 구하자'

생각해 보니 고등학교 2학년 혼자 살면서 한 번도 안정적인 기반에서 살아본 적이 없었다. 그나마 직업이라도 안정적이면 위로가 될 것 같아, 그때부터 평생은 아닐지라도 오랫동안 가질 수 있는 업을 찾기로 했다.

'내가 가진 장점이 무엇인가. 내가 가장 잘하는 게 뭘까. 그동안 가장 많이 경험했던 것은 무엇인가'

비로소 내 자신을 들여다보기 시작했다. 처음엔 뭐하나 잘하는 게 없는 것처럼 보여 좌절감이 들기도 했다. 일단 나는 학벌이 좋지 않았다. 경험이라고 해도 수많은 아르바이트가 있지만 나만의 능력을 발휘할 수 있었던 건 거의 없었다. 그렇다고 나만의 전문적 기술도 없었다. 그런데도 왜 그렇게 바쁘게만 살았는지 자괴감이 들기도 했다.

'대학을 괜히 그만뒀나? 국가장학금이라도 빌려서 졸업했어야 했나?'

갑자기 후회가 밀려오기도 했다. 실제로 함께 대학 생활을 하던 동기들은 점점 해가 지날수록 그래도 취업했다는 이야기도 제법 들려오는 걸 보니 부러운 마음도 들었다. 그런데 나는 뭐하나 정해진 것 없이 시간만 흘러 보내는 것 같아 조바심이 일었다.

그러다 어느 순간 그런 생각이 들었다. 이걸 해 볼까 저걸 해 볼까 재고 따지는 데 시간을 쓰지 말고 일단 뭔가 해 보는 게 더 효과적일수도 있다는 것이다. 자기계발서에 나올 법한 나의 강점, 장점 등을 찾아 매칭 시키는 것보다 '지금 여기'에서 할 수 있는 일을 '하는' 것, 그렇게 마음을 정하고 나니 마음이 한결 나아졌다.

그래서 선택한 일이 학원 강사였다. 학원에서 대학시절 방학을 이용해 아르바이트를 해 왔던 터라 친근하게 다가왔다. 가장 경험치가 높고 익숙한 공간이었기에 그 일을 '하기'로 했다.

강사일은 그리 녹록한 일은 아니었다. 아이들을 관리하는 동시에 커리큘럼에 맞춰 강의안을 짜고 시험 관리에 학생들 생활관리 등 신경 쓸 부분이 많았다. 그렇지만 뭔가 그들을 위해 지식을 전달하고 그것이 효과적으로 사용되는 것을 보는 만족감은 있었다.

"선생님, 도움이 필요해요."

아이들이 도움을 요청해 올 때면 왠지 모를 뿌듯함과 보람과 강한 책임감이 들면서 어떻게 하면 더 잘 알려 줄 수 있을지 고민했다. 아마 그때부터 누군가에게 도움을 주는 일이 곧 내 자신의 자존감을 높여주는 것과 일치한다고 여겼던 것 같다.

물론 학원 강사라는 직업이 편한 일은 아니었다. 오후부터 시작해서 밤까지 가르치는 일을 하다 보니 시간에 제한을 받기도 했다. 가르치는 보람도 있었지만 성적 관리로부터 오는 스트레스도 있었다. 그래도 내가 제일 잘할 수 있을 것 같은 일을 찾은 것 같았다.

소설 〈핑〉의 구절을 읽을 때면 20대, 가장 혼란스럽고 어떤 방향을 향해 가야 할지 갈팡질팡하던 때가 떠오른다. 우리는 모두 부족해서 어떤 길이 옳은 길인지, 아니 내게 가장 적합한 길인지 알지 못한다. 그렇다고 운에만 기댈 수 없다. 무작정 선택할 수도 없다. 그렇지만 중요한 건 바로 그 순간 뭔가 하는 것, 주어진 것을 하는 것부터 시작한다면 후회는 적어질 거란 생각이 든다. 훗날 내 인생의 직업을 선택할 때 역시 주어진 것을 하는 것부터 시작했다. 변화 역시 뭔가 되기 전 하는 것에서 시작한다. 이런 깨달음은 지금까지 이어지고 있다.

상처를 보듬어 준 가족

"래원이니? 내다 엄마! 잘 지냈니?"

"… "

어느 날 갑자기 걸려온 엄마의 전화에 나는 아무 말도 할 수 없었다. 하고 싶지 않다는 표현이 더 맞았을 것이다. 더군다나 수화기 너머로 들려오는 밝은 목소리가 신경을 자극했다.

"니 소식은 듣고 있었어. 대학도 갔다며? 대견하네."

"왜 전화했는데? 것도 몇 년 만에."

"딸이 어떻게 사는지 궁금해서 연락했다. 엄마가 딸한테 연락하는 게 뭐 어때서."

"휴우… "

나도 모르게 깊은 한숨이 나왔다. 소식 끊고 산 지 몇 년이 흘렀건만 아무렇지 않게 전화를 걸어오는 그 태도가 이해가 되지 않았다.

"소식 끊고 살자고 했잖아. 그냥 각자 잘 살자고요."

"아휴 정나미 떨어지게 말하는 것 봐라. 알았다 가시나야. 밥 잘 챙겨 묵고."

엄마의 전화를 받고 한동안 아무것도 할 수 없었다. 마음속 깊이깊이 묻고, 잊어버리고 싶은 아픔이 수면 위로 올라왔다. 간혹 엄마도 얼마나 힘들었을까, 내가 어른이 되고 나서는 엄마를 같은 여자로서 생각을 하려 노력했다. 하지만 이내, 지금의 현실을 있게 해 준 엄마에게 좋은 마음이 들지 않았다. 아직까지 엄마는 나에게 결코 가까이 하기엔 먼 당신이었다.

우리는 그렇게 대화만 잠깐 한 뒤 또 그렇게 소식이 뜸해졌다. 좀 괜찮아질 만하면 속을 헤집어놓는 듯 연락을 해 왔고 그때마다 나는 상처를 해결하지 못한 채 시간을 보냈다. 당시 나는 가야 할 방향에 대해 고민하며 살아가고 있었기에 더욱 예민했던 것 같다. 엄마의 불안하기만 한 인생에 애증의 마음이 드는 동시에 나 역시 불안한 삶이 되는 건 아닌지 걱정도 되었다. 이런 불안한 모습을 지켜보던 남자 친구가 하루는 내게 제안을 하나 했다.

"래원아. 우리 시골집에 놀러가지 않을래?"

"너희 집에를? 내가 거길 왜 가니?"

"명색이 남자 친군데 남친 집 놀러가는 게 뭐 어때서. 그냥 부담 없이 놀러가자는 거야. 아버지 농사도 도우러 가야 되거든."

"글세..."

대학 1학년 때부터 교제했지만 남자 친구 집에는 한 번도 가 본 적 없었기에 약간 부담스럽긴 했다. 그런데 한편으론 친구 집에 가서 인사를 드리는 것과도 비슷하니 못할 것도 없단 생각에 영천 친구 집으로 향했다.

그의 아버지는 복숭아 농사를 짓고 어머니는 부식가게를 하고 계신다고 했다. 영천에서 나고 자란 덕에 영천의 아들이었고 대구에 비하면 시골 촌이었기에 어린 시절 산을 넘어 학교에 다녔단다. 그런 얘긴 우리 부모 세대에서나 듣는 건 줄 알았는데 내 또래 친구가 그렇게 생활했다니 신기하기만 했다. 학교 달랑 하나 있던 곳에서 공부했던 시골 촌아이가 대구까지 나와 대학을 다니다니 출세했다고 하니 순진한 얼굴로 씩 웃어보였다.

"그런데 우리 집에 가면 좀 놀랄 거야."

"왜? 시골이라서? 하하 나도 시골 좀 알거든."

"그게 아니라. 뭐 일단 가 보면 알아."

남자 친구 집은 멀긴 멀었다. 거리상으로 멀다기보다 워낙 촌이다 보니 버스 노선도 연결되지 않는 데에다 배차도 너무 길었다. 대구에서 출발한 뒤 버스를 두 번 갈아타고 마지막 들어가는 길엔 택시까지 타야 들어갔다.

"와, 이제야 도착했네. 집 한번 오기 되게 힘들다 그치?"

처음으로 남자 친구 집에 가는 만큼 살짝 긴장도 되었는데 이런 긴장을 할 틈도 없이 시골의 살림은 참 바쁘게 돌아갔다. 마침 여름이라 탐스럽게 열린 복숭아를 수확하는 일에 한창이신 아버지와 늘 손님들로 북적거리는 부식가게를 돌보느라 어머니는 분주하셨다. 그러니 인사 한번 제대로 나눌 짬이 나지 않았다. 한시도 쉴 틈 없이 움직이는 어머니를 보고 있으니 그 말 수 없는 친구가 이런 이야기를 해 주었다.

"우리 어머니 무뚝뚝해 보여도 참 정이 많으신 분이야. 너도 봤겠지만 우리가 할머니와 살잖아. 할머니가 참 옛날 분이라 무척 고지식하고 보수적이거든. 젊은 나이에 혼자 돼서 아버지를 키우셔서 그런지 우리 어머니 시집살이 엄청 시켰거든. 지금도 그래. 우리 어머니 농사일이다 가게다 시어머니 봉양이다 다 하느라 친정집은 거의 몇 번 가 보았을까 말까 하셨어."

그 설명을 듣고 있자니 나의 엄마가 자연스럽게 떠올랐다. 전형적인 한국 어머니, 가족을 위해 자신의 모든 것을 다하는 그 모습이 나의 엄마와 비교되기도 했다. 그래선지 나는 남자 친구의 어머니가 좋아졌다. 3남 중 막내였던 남자 친구는 쌍둥이인 둘째와 농사일을 도왔다. 다른 친구들은 쌍둥이 형제를 구분하기 힘들다고 했는데 웬일인지 나는 한눈에 차이를 알아볼 수 있었다. 인연이 닿으려고 그랬나 보다. 우린 그렇게 시골집에 도착한 뒤 손님이 될 틈도 없이 가족의 일원이 되어 일손을 도왔다. 그 분주함과 북적거림이 싫지만은 않았다. 오랜만에 느껴보는 가족끼리의 부대낌이랄까, 그 모습을 어른들도 대견하게 여겼다.

"하이고 저 아가는 누꼬? 며느리 감인가?"

"아이다. 여자 친구란다."

시골은 시골인지 낯선 사람의 출현을 궁금해 하시는 동네 분들이 한 번쯤 복숭아밭을 들여다보시곤 알은 체를 하셨다. 친구네 부모님도 싫지 않은 듯 따뜻하게 대해 주셨다. 시골 분들에게서 느껴지는 적당한 무심함 속에서 따뜻한 정이 있었고, 아들이 데려온 여자 친구에 대해 결코 가볍게 생각지 않았다. 처음으로 갔던 남자 친구의 집에서 본 가족은 지극히 평범했다. 아들 삼형제와 부모님, 그리고 할머니까지 3대가 한 가족을 이루어 살아가는 모습은 여느 가정집과 다를 바 없었는데 부모가 자식을 걱정하고, 자식이 부모를 위하는 태도 속에서 나는 가정의 바른 모습을 목격할 수 있었다. 한편으론 이 평범함을 누리지 못한 나와 비교되기도 했지만 남자 친구가 평범한 가정에서 성장했다는 사실에 안도감이 들었다.

"그래, 혼자 산다꼬. 혼자 살면 많이 힘들 낀데. 밥은 제대로 챙겨 먹고 다니나?"

남자친구의 부모님은 혼자서 살고 있다는 내 말에 밥부터 걱정을 해 주셨다. 살가운 말이나 다정한 어투는 아니었지만 나를 자식처럼 여기고 있음이 느껴지는 말이었다. 아마 그분들은 혼자 살고 있다는 나의 말을 아마 자취를 하고 있다는 것쯤으로 이해하셨는지도 모른다. 그때로서는 자세한 내막을 알 이유도 필요도 없었지만, 어쨌든 그 집을 떠나 다시 대구로 오는 나를 향해 끝까지 밥 잘 챙겨 먹으란 말씀을 잊지 않으셨다.

느지막이 친구네 집을 나서 대구에 올 때까지 가슴이 먹먹했다. 이제 20대 초반, 남자 친구와 나는 아직 대단한 사이가 된 것도 미래를 약속한 사이도 아니었지만 그런 생각이 들었다. 왠지 훗날 가정을 이룬다면 이 친구와 이루겠구나 싶었다. 그 친구네 가족이 대단해서도 특별해서도 아니다. 그저 그간 가족은 가정은 언제든지 깨질 수 있다고 생각했던 나의 비뚤어진 가족관, 아니 상처 입은 가족관에 친구네 가족이 보여준 그 평범함이 그 잣대를 옮겨 놓았다는 안도감을 얻었던 것 같다. 나는 그 평범함을 동경했다.

안정된 틀을 깨고

"형이 갑자기 쓰러졌어."

"뭐? 형이? 그래서 그렇게 연락이 안 됐구나."

어느 날 갑자기 남자 친구와 연락이 닿지 않았다. 그런 일이 한 번도 없었는데 연락이 되지 않으니 무척 궁금한 생각이 들던 참이었다. 며칠 만에 어렵게 연락이 닿았을 때 그가 내게 건넨 첫마디는 형의 와병 소식이었다. 남자 친구에겐 한살 터울의 큰형이었다. 그 젊디젊은 청년이 쓰러졌다는 이야기에 처음엔 가벼운 질병으로 생각했다. 그런데 이야기를 들어보니 심각한 듯 했다. 갑자기 큰형이 쓰러졌다는 소식을 들은 남자 친구는 영천 집으로 부랴부랴 갔다고 한다. 이미 부모님이 쓰러진 큰 아들을 업고 병원으로 향했는데 이리 저리 진찰을 해 보던 병원에서 큰 병원으로 가 보라고 했단다.

"지금 대구 동산병원에 입원해 있어."

"병명이 뭐야?"

"그걸 모르겠대. 온갖 검사를 다 했는데 왜 쓰러졌는지 이유를 모르겠다고 하더라고. 그게 미치는 거지."

깊은 한숨을 몰아쉬는 친구의 모습을 보며 나 역시 한숨이 나왔다. 큰아들의 변고로 코가 석자나 빠지신 그의 부모님을 보기도 민망했다. 무거운 분위기에 나는 병원 앞에서 그저 걱정스런 마음을 대신 전할 뿐이었다.

얼마 뒤 좋지 않은 일이 또 벌어졌다. 검사를 하며 안정을 찾아가던 형님이 또 다시 병원에서 쓰러진 것이다. 이번엔 가족들이 더욱 혼비백산했다. 이에 대구 병원에서는 위험하다고 했고, 아버지는 그 길로 서울 병원으로 올라가셨다.

서울로 올라간 형님은 또다시 검사와의 전쟁을 치렀다. 지방과 서울의 의료 기술 차이가 10년이라더니 서울로 올라온 뒤 여러 검사를 마쳤을 때 '희소병' 이란 진단이 나왔다. 원인을 알 수 없다는 지방 병원의 진단과 다를 바 없었지만 그래도 서울 병원에선 병명이라도 알고 그에 맞는 처방과 치료라도 할 수 있었으니 다행이었다. 다만 중요한 건 희소병이란 사실이었다.

갑작스레 찾아온 병마는 본인을 비롯한 가족에게 많은 걱정과 근심을 가져다주었다. 희소병에 걸렸다는 통보 앞에서 모두 슬픔에 잠겼지만 그것도 잠시, 현실적인 문제에 부딪혔다. 중환자실에 들어가면서 나날이 검사 비용이 들어갔다. 혈액이나 세포의 샘플 분석을 했고 일반적인 병명과 다른 치료 과정이 쌓이면서 한 달에 천만 원 가깝게 병원비용이 들어갔다.

한 달에 천만 원, 평범한 가정에서는 상상도 못할 금액이다. 삼형제 학교 공부에 뒷바라지 하는 일도 겨우겨우 하셨을 텐데, 아들의 병수발까지 해야 하다니 친구 부모님의 근심은 나날이 깊어졌다. 그 모습을 멀리서나마 지켜보는데 나 역시도 답답했다. 가족 한 사람의 병환이 가족 전체, 나아가 주변에 미치는 영향은 너무도 컸던 것이다. 그때 문득 보험이 떠올랐다. 홈쇼핑 같은 채널에서 보험 상품을 팔곤 했는데, 그것이 떠오른 것이다.

"집에 보험 같은 거 들어놓지 않으셨어?"

"들어놓긴 했는데 그게 소용이 없다네. 촌에서 뭘 알겠어. 그냥 새마을금고 보험을 들어놓으면 좋다는 말만 듣고 보험을 넣어두신 거 있다는데, 알아보니까 전부 다쳤을 때만 돈이 나온다나? 휴…"

"뭐? 무슨 그런 보험이 있어? 아플 때에는 안 되고!"

깊은 한숨에서 근심이 느껴졌다. 옆에서 지켜보는 나도 이렇게 막막한데 그분들은 오죽할까. 무엇보다 보험이라는 게 아플 때 보장받는 거라는 인식이 박혀 있는데, 그 많은 병원비를 보상받을 길 없이 생돈으로 해결해야 한다는 사실에 더욱 놀랄 수밖에 없었다. 게다가 형님은 언제까지 진료를 받아야 하는지 기약이 없었다. 쓰러지면서 뇌 세포에 손상이 왔기 때문에 계속 병원을 다녀야 할 가능성도 크다는 이야기도 들었다.

'와… 보험이라고 다 같은 보험이 아니구나. 정말 보험을 잘 들어놓아야겠다'

나도 모르게 그런 생각을 했다. 실제적으로 경제적 압박 때문에 부모님들이 얼마나 허리띠를 조이고 생활하셨는지 모른다. 한 달에 돈 천만원이 우스운 병원, 서울에 간 형을 돌보아 줄 가족이 없어 간병인도 구하는 등 한 가족이 모두 경제 하나로 무너져가고 있었다. 복숭아 농사를 지으신 아버지는 여름 복숭아를 판 돈을 몽땅 병원비에 쏟아 부었다. 생활비가 부족해도 자식이 아픈데 돈이 문제일까 싶은 마음이었을 것이다. 어머니는 큰아들이 쓰러지고 난 후부터 병수발을 들었다. 다행히 진행 속도가 좀 느려졌다는 데 희망을 품고 아들에게 세 끼를 차려 주며 갖가지 병수발을 하셨다. 10년이란 긴 세월을 큰아들을 위해 희생하신 것이다.

"어머니, 힘드시죠?"

"괘안타. 힘은 우리 아들이 힘들지."

무뚝뚝하지만 정이 뚝뚝 흘러넘치는 어머니를 지켜보며, 나는 두 가지 생각이 교차했다. 과연 어머니란 어떤 분인가, 어떤 사랑으로 자식을 지키고 있는지 보게 해 주셨으며, 또 하나는 보험에 대한 올바른 인식과 활용이었다.

큰형님의 와병은 치료와 관리로 계속되었다. 세월이 지나며 병에 대한 생각도 시들해질 무렵, 엄마로부터 연락이 왔다. 정말이지 엄마의 연락은 늘 불편했고 부자연스러웠다. 불편한 마음으로 전화로 안부를 묻는데 대뜸 이러는 것이다.

"니, 구미 좀 와 봐라."

"왜? 무엇 때문에?"

"좋은 공부 좀 시켜 주려고. 나 요즘 보험 하는데 얼마나 좋은 교육을 시켜 주는지 몰라. 니도 가서 한번 들어봐라."

지난번 엄마와의 전화통화에서 보험을 시작했다는 이야기가 생각났다. 처음엔 보험을 한다는 말이 상상이 되지 않았지만 특유의 친화력이 있으니 불가능할 것도 없겠다 싶었다. 보험을 한다는 엄마는 그 후 딸에게까지 영업을 했다. 마치 고객을 대하듯 보험 상품을 소개하고 고객으로 만들었다. 그것으로 만족할 줄 알았건만 이젠 아예 교육까지 받아보라니 당황스러웠다. 무엇보다 엄마와 딸이 가슴 따뜻한 대화는 고사하고 이런 영업적인 이야기를 나눈다는 게 슬펐다.

"나 지금 학원 강사 하고 있잖아. 학원 가서 일을 해야지 어떻게 보험 교육을 들으래?"

"그게 뭐 어때서 그러니? 니같이 젊은 애들도 경제에 대해서, 보험에 대해 잘 알고 있어야 한다니까."

"지금 나보고 교육 듣고 보험 설계사 하라는 거잖아."

"누가 그러래? 교육이나 한번 들어보라고. 너 공부하는 거 좋아하잖아. 구미로 와서 교육 한번 들어봐. 알았지? 명단에 늬 이름 올려놓는다."

뭐라 반박할 새도 없이 일방적으로 약속을 정하곤 전화를 끊었다. 정말이지 시간이 지날수록 보게 되는 엄마의 모습은 이해하기 힘들었다. 그간 잘 지냈는지, 힘든 일은 없는지 묻는 엄마의 전화를 바랐던 나로서는 더욱 실망이 되었다.

그렇게 전화 한 통을 받고 나면 힘이 쭉 빠졌다. 역시나 나에게 가족은 여전히 불편하고 소통이 안 되는 관계라는 생각이 들게끔 만들었다. 하지만 그럼에도 나는 엄마의 부탁(?)을 뿌리칠 수 없어 하는 수 없이 구미로 내려갔다. 마침, 학원을 옮길 생각에 쉬고 있던 차였다.

구미로 내려가는 길, 나는 많은 생각에 잠겼다. 열두 살 때까지 지냈던 구미, 그곳에 다시 내려가는 길에 난 또 혼자였다. 이곳을 떠날 때엔 가족이 생겼다는 기쁨과 설렘 긴장이 있었는데, 그것을 지키지 못했다. 여러 가지 감정이 뒤섞인 체 나는 보험회사 건물 앞에 섰다. 생각보다 큰 교육장에 들어섰을 때 묘한 감정이 들었다. 처음엔 엄마의 성화에 못 이겨 '그래 한번 가주자'는 심정으로 온 것이었는데, 그 교육장을 메운 새로운 도전을 꿈꾸는 이들의 숨소리와 함께하다 보니 나도 모르게 가슴이 뛰는 무언가가 있었다.

교육장에 모인 이들 대부분 얘기나 한번 들어 보자는 심산으로 온 사람일 테고 정말 이 업이 절실해서 온 사람도 있었을 것이다. 물론 나는 전자에 속했지만, 막상 교육이 시작되고 난 뒤 상황이 좀 바뀌었다. 우리가 모르고 있었던 금융 세계, 보험과 인생자금 등 우리 삶의 질이 어떤 연관이 있는지 강사가 해 주는 이야기에 귀가 띄었다고나 할까.

돈이 전부네, 돈이 인생의 전부가 아니다 등의 왈가왈부를 하지만 정작 돈에 대해 경제에 대해 문외한으로 살아가는 현실에 대한 이야기를 들으면서 솔직히 보험 회사에 대한 이미지가 조금은 바뀌었다. 아직 결혼도 하지 않은 20대 젊은 여성과 보험은 더더욱 매칭이 되지 않는다고 생각하던 마음도 조금씩 바뀌고 있음을 알 수 있었다. 무엇보다 다양한 교육을 들으면 들을수록 남자친구 부모님께서 보험 혜택을 하나도 받지 못한 사례가 떠올라, 제대로 알고 시작하는 게 중요하다는 마음을 갖게 되었다.

처음엔 하루만 듣고 대구로 올라갈 요량이었다. 그래야 엄마 체면도 세워줄 수 있을 테니 그렇게 할 계획이었는데, 교육을 들으면 들을수록 귀에 쏙쏙 들어오는 내용과 한번 공부를 시작하면 악바리 근성을 발휘해 끝을 보는 나의 근성을 자극했고 결국 3일 내내 열성적으로 교육을 받았다. 그 교육을 집중적으로 듣고 난 뒤 이미 마음이 달라져 있음을 느낄 수 있었다.

'그래! 이 일도 가치 있는 일이다. 누군가에게 정말 필요한 금융정보를 가이드해 주고 이로움을 주는 것, 이 일에 도전해 보고 싶다'

난 다시 도전을 떠올렸다. 도전을 하려면 지금의 기반을 벗어나야 하는데, 이제 뭔가 되기 위해 또 다른 것을 해야 하는 시점이 되었다는 믿음이 들었다. 몇날 며칠 고민 끝에 결론을 내린 뒤 주변에 선언했다.

"나, 보험 일에 도전해 볼 거야."

그렇게 또 한 번 인생의 전환기를 맞았다.

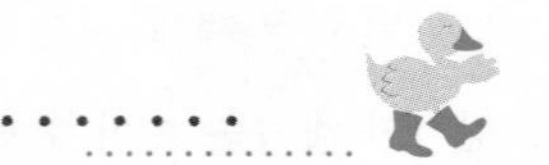

정액형 담보 VS 실손형 담보 (갱신의 탄생)

예전 생명보험과 손해보험 상품을 구분할 때 가장 큰 차이는 '정액형 담보 VS 실손형 담보'의 구분이었다. 지금은 저금리 등 시대의 흐름으로 인해 두 영역이 서로를 닮아가 구분이 모호해졌는데, 그것은 손해보험의 영역이었던 '실손 의료비' 표준화로 인해 생명보험사도 실비 가입이 가능해진 것부터가 시작이었다. 그런데 우리는 특징적인 모습을 짚고 넘어갈 필요가 있다. 바로 '갱신'이라는 의미를 제대로 파악하기 위해서다. 한 가지 질문을 해 보자.

Q. 당신이 병원 치료를 받았다. 당신은 쓴 비용에 상관없이 정해진 금액을 받는 것이 좋겠는가, 아니면 지불된 비용을 받는 것이 좋겠는가.

이 질문이 바로 '정액형 (정해진 금액)' 과 '실손형(실제 쓴 비용)'을 구분할 수 있는 좋은 질문이다. 기존 생명보험은 정액형 보험의 의미가 강했다. 대표적인 담보로는 '종 수술비' 라 불리는 수술비 담보이다. 이것은 1종부터 5종까지 각 종에 해당되는 수술을 할 경우 정해진 금액을 보상 받는다. 1종 수술에 해당될 때 수술비로 10만 원, 5종 수술은 가장 큰 수술로 분류되어 300만 원을 받을 수 있다.

예를 들어 2종 수술로 분류된 맹장수술을 했을 경우, 그에 대해 정해진 보상 금액인 30만 원이 지급된다. 선택하는 병원, 방법 등 상황에 따라 다르겠지만 맹장수술 후 퇴원 시 병원비를 알아보면 몇 년 전 50~60만 원에서 많게는 90만 원 이상도 나왔다. 그런데 내가 쓴 병원비와 상관없이 정해진 비용이 나오는 보장을 정액형이라 한다.

우리는 어떤 병(A라는 병이라고 지칭하자)으로 인해 수술을 언제 할지 알 수 없다. 그 A라는 병이 지금 생길지, 10년 후에 생길지, 20년 후에 생길지 아니면 걸리지 않을지 알 수 없지만 만약 걸렸을 때 그에 대해 정해진 금액을 보장해 준다. 그런데 그 사이 의료 기술은 나날이 발전했다. 예전에는 수술이라고 하면 개복수술만 생각했지만 지금은 복강경 수술, 로봇 수술이란 것도 생겼으니 앞으로 어떤 신기술이 나올지 모른다. 치료비용이 바뀌고 증가해도 정액형 보험에서는 상관없다. 물가가 올라도 정해진 금액만 지급하면 되기에 20년 납, 30년 납이든 납입이 완료되면 추가로 내야할 보험료가 없다. 이것이 비갱신이며, 정액형 상품의 생명보험의 특징이다.

반면 내가 쓴 비용을 받을 수 있다는 '실손형' 은 손해보험의 상품적 특징이었다. 대표적인 예가 바로 '실손의료보험'이다. 보상의 한도만 정해 둔 상태에서 100만 원을 쓰든 1,000만 원을 쓰든 그 비용을 보상한다는 뜻이다. 그 대신 물가가 얼마나 오를지, 신기술이 얼마나 생겨나서 의료비용이 증가할지 먼 미래의 리스크까지 계산하기가 어려우므로, 지금 당장의 나이와 직업을 기준으로 보험료를 측정하여 그때그때 내자는 의미로 '3년 갱신'이 생겨난 것이다.

여기에서 비갱신이어도 되는 이유와 갱신일 수밖에 없는 이유가 갈린다. 모든 것의 장단점이 있음에도 불구하고 보험료가 얼마나 오를지 모른다며 겁을 주며 갱신의 의미가 좋지 않은 것으로만 부각되고 있다. 예전, 생명보험사 측에서 영업 실적에 치중한 나머지 갱신의 불확실성을 부각시켰고, 요즘 병원 측에선 실손 의료보험의 특성을 악용해 비싼 치료를 권유하는 형태로 부작용이 커졌다. 보험회사의 리스크가 커지면서 불합리하게 보험료가 상승하고, 그로 인해 자꾸만 보장이 축소되는 등 나쁘게 변경되는 상황은 매우 안타까운 일이다.

현재 많은 사람이 필수적으로 실손 의료보험을 가입하고 있는데 변해가는 환경 파악이 필요하다. 예전에는 입원 치료 시 100% 보상해 주던 것이 90%에서, 또다시 80% 보상하는 것으로 변경되었다. 현재 급여와 비급여의 보상 구분이 있으니, 실손 의료보험을 함부로 변경하는 것에 유의하여야 한다.

지금은 손해보험 영역이었던 이러한 '실손 의료보험'이 생명보험에서도 얼마든지 가입이 가능하다. 고객들은 정액형과 실손형을 같이 가입하면 서로 보완이 된다. 또한 비갱신과 갱신을 적절히 가입하면 저렴한 보험료로 더 큰 보장 내용을 설계할 수 있다. 비갱신으로 가입하는 게 좋은 경우라 해도 15년 갱신, 20년 갱신이라는 긴 주기를 가진 갱신 형태의 보험을 활용할 수 있다. 보험 가입엔 정답이란 건 없다. 최적을 찾을 뿐이다. 같은 회사의 같은 상품이라도 상황에 맞게 가입하지 않으면 남에게는 최고의 상품이 나에게는 최악의 상품이 될 수도 있다. 목적에 맞은 보험 가입이 제일 중요하며, 몇 가지를 가지고 있어도 보장이 중복되는 건 없는지, 보장의 틀이 너무 좁은 건 아닌지 적절히 섞는 지혜가 필요하며 전문가의 도움을 받는 것도 좋다.

Chapter 3.

혼자에서 '우리'로

혼자는 외롭다.

그러나 혼자는 편하기도 하다.

혼자에서 우리가 되는 과정은 부대낌과 번거로움도 있다.

그러나 우리가 되었을 때 따뜻해진다.

알을 깨고
나오는 시간

"니가? 니가 보험을 하겠다고? 야, 아서라 아서."

27세, 이제 막 사회 초년생 티를 벗은 내가 보험 일을 해 보겠다고 선언했을 때 나를 아는 몇몇 사람들이 보낸 반응이었다. 전혀 생각지 않던 분야인데에다 나의 성격을 좀 아는 지인들로서는 믿기 힘든 일이었나 보다. 사실 나도 자신이 없었다. 보험에 대한 아주 얄팍한 지식만 가지고 있는 데에다 교육 한 번 받은 걸로 도전이라는 걸 한다는 게 부담스러웠다. 그런데도 나를 반강제적으로 이 분야로 이끈 엄마의 권유가 나로 하여금 도전하고 싶은 마음을 더 부추겼던 것 같다.

문제는 새롭게 그 일을 시작하려면 주변 정리가 좀 필요했다. 우선 교육을 받은 곳이 남구미지점이었기에 아무래도 그곳에서 시작하는 게 맞았다. 그러려면 대구에서의 생활을 정리하고 그곳으로 가야 했다. 수년간 일했던 학원 일도 정리하는 등 뭔가 새로운 시작을 위해선 있던 자리를 떠나야 했다. 강사 일을 그만두는 것은 당연히 포기해야 하는 일이겠지만, 살고 있는 공간까지 포기해야 하는 상황이었다.

"제가 구미로 가서 새로운 일을 하려고 하는데요. 그렇게 되면 지금 살고 있는 임대아파트는 어떻게 되나요?"

"대구 지역을 벗어나는 거라 반환을 하셔야 합니다. 구미에 가신다면 그곳에서 다시 임대아파트를 알아봐야 하구요. 근데 아마 1순위가 되긴 어려우실 거예요."

내가 생각해도 그랬다. 한창 경제 활동을 하게 된 상황이니 정부에서 혜택을 받는 일은 어려울 듯 했다. 이런 상황을 고려하면 나는 그냥 대구에 머물러 있어야만 했다. 집 문제가 걸리니 이 상황에서 갈등도 되었다. 청년들에게 집 문제가 얼마나 큰가. 외롭기는 했지만 그 외로움 덕분에 얻은 주거 공간인 만큼 포기가 쉽지는 않았다.

'어쩐다? 그래도 지금 이 순간 내 가슴을 뛰게 만드는 일을 시작해야 하지 않을까? 아니면 난 영영 여기에 머무를지도 몰라'

그렇게 스물일곱 청년 박래원으로서 용기를 냈다. 어렵게 얻은 집을 포기하고 구미까지 내려가는 나를 걱정하는 사람들도 있었지만 이미 나에겐 주변 시선에 휘둘리지 않을 정도의 강단은 있었던 것 같다. 열두 살에 떠나온 구미를 스물일곱 되던 해에 다시 찾았다. 완전히 새로운 시작을 앞두고 긴장도 됐다. 집 얻는 일부터 새로운 직장, 새로운 업무 적응에 고객과의 만남에 이르기까지 넘어야 할 산이 높았다. 삼성화재 경북지역단 내 남구미지점에서 일하게 된 나는 풋풋한 신입사원이 되었다. 보험회사 특징상 신입

사원이라 해도 나이가 꽤 많은 편이다. 3-40대가 기본이건만 그런 곳에 20대 청년의 출현은 모두가 신기해하는 일이었다.

"우와, 신입사원이에요? 이게 웬일이래?"

나를 본 직원들은 모두들 한마디씩 했다. 이미 엄마의 소개로 교육을 받으러 왔다는 걸 알았지만 과연 정말 올까 싶었던가 보다. 나는 그렇게 최연소 보험설계사가 되었다. 삼성화재는 워낙 회사가 크다 보니 지역별로 지역단이 있고 그 속에 지점이 몇 개씩 구분되어 있다. 촘촘하게 짜인 조직 속에서 보험설계사들이 각각의 차별화된 전략과 영업력으로 일을 하고 있었다. 사회경험도 부족한 젊은 청년의 보험회사 생활은 좌충우돌이었다.

"신입들, 교육 받으러 오세요."

학생 때에는 모르는 게 약이다. 배우면 된다는 격려가 통하는 시기지만 일단 경쟁사회에 뛰어든 사회인은 자신의 분야에 대해 알아야 한다. 모른다는 게 겸손한 게 아니라 그건 곧 실력 부족이요, 도태되는 길이었다. 그것을 모르지 않았기에 이 생소한 분야를 알기 위해 고군분투했다. 매일 이어지는 교육, 신입 사원은 이 교육과 사투를 벌인다고 해도 과언이 아닐 정도로 회사 교육은 매서웠다.

"여러분은 이제 프로입니다. 고객이 상품에 대해 물었을 때 그에 대한 답변은 물론이고 그 외의 정보까지 제공할 수 있어야 해요. 그러려면 배워야겠죠?"

날마다 교육이 이어졌다. 다행히 배우는 것을 좋아하는 성향 덕분에 신입으로 받는 교육이 버겁지는 않았다. 함께 입사한 동기들이 하나 둘 고충을 토로하는 과정에서도 꿋꿋이 배우고 또 배웠다. 역시 배움은 헛된 것이 없었다. 교육을 받을수록 드는 생각은, 그동안 너무 보험이나 금융 상식에 대해 모르고 살았단 것이다. 그저 돈을 벌어 형편에 맞게 적절히 소비하는 게 가정 경제의 전부라고 생각하던 나 자신이 부끄럽기도 했다. 금융은 훨씬 범위가 넓고 영향력도 컸다. 그것을 잘 활용하면 삶의 질이 높아지며 사회의 질도 높일 수 있다는 사실이 피부로 다가왔다. 이런 사실을 대부분의 사람이 모르고 지나간다는 게 안타까웠다. 나라도 제대로 알아서 내가 만나는 이들에게 잘 전달하고 싶었다.

"래원 씨, 어떻게 일은 할 만해? 아니 배울 만해?"

"네, 재밌어요. 물론 어려운 것도 있는데 그래도 배울 만 해요. 잘할 수 있을지는 잘 모르겠지만요."

"에이 왜 그래. 잘할 거 같아. 엄마가 조언도 많이 해 주셨겠지."

"아. 네…"

"그나저나 엄마도 같이 일했으면 더 의지가 됐을 텐데.."

나를 이곳에 오게 한 엄마는 이미 일을 그만 두셨다. 개인적인 사정으로 그만 두었다곤 하는데 나도 모를 사정이 있었는지 자세한 이야기는 하지도 않았다. 우리의 관계를 그저 평범한 모녀 사이로만 알던 이들은 대를 이어 보험 일을 한다며 부러워하기도 했다. 그런데 막상 입사를 해서 보니 엄마는 이미 그만둘 생각으로 후임을 구하고 있었고 그것이 나였음을 짐작할 수 있었다. 엄마의 일을 고스란히 떠안아야 했기 때문이다. 이제 상품을 배워 가는 상황에서 엄마 고객의 보상 청구 건 등 처리해야 할 일을 하나하나 체크해 가며 맨땅에 헤딩하는 심정으로 일을 배워 갔다. 매번 늦은 시간까지 남는 건 예삿일이었다.

"저… 선배님, 혹시 지금 시간 되세요?"

"왜요. 뭐 모르는 거 있어요?"

"네, 제가 지금 담보에 대해 공부를 하고 있는데요. 이 부분이 이해가 되지 않아서요. 설명을 좀 부탁드려도 될까요?"

마치 학생이 선생님을 찾아가 하나하나 물어보는 식으로 접근해 나갔다. 다행인지 불행인지 우리 지점 통틀어 최연소였기에 물어보는 일은 상대적으로 수월했다. 동료 분들도 동생 같은, 때론 조카뻘 되는 후배의 질문을 귀찮아하지 않고 응해 주었기에 차근차근 업무를 배워갈 수 있었다. 그렇게 교육을 받고 업무를 파악하다 보니 회사 돌아가는 것이 눈에 들어왔다. 중요한 것은 이 많은 사람 틈에서 어떤 분야를 특화하느냐였다. 그 부분에 대해 고민을 하며 조언도 구했지만 사람마다 성향과 추구하는 바가 달랐던 터라 조언의 방향도 다양했다. 밝히긴 좀 그렇지만 어떤 분은 보험 설계를 그저 돈벌이로만 여긴 나머지 어떤 쪽으로 나아가야 돈을 많이 버는지 이야기해 주었고, 어떤 분은 자신이 도움을 받았던 보험에 대한 맹신으로 그 쪽으로만 특화하기도 했다.

다양한 의견을 전해 듣다 보니 신기하게도 내 생각이 정리되는 게 느껴졌다. 애초에 이 업을 선택했을 때 자유롭기도 하고 자신의 노력에 의해 보상받는다는 것도 한몫했지만 정말 필요한 보험 상품을 권하고 알 수 있도록 가이드해 주는 일의 가치를 봤던 나였다. 그러니 내가 특화해야 할 분야도 일의 가치가 더 있다고 여겨지는 쪽이었다.

내가 선택한 분야는 손해보험 일이었다. 간혹 만나는 고객이 이런 질문을 할 때가 있었다.

"젊은 아가씨가 왜 손해보험 해? 생명보험이 여자가 하기 쉬운 거 아니야?"

보험회사는 크게 생명보험과 손해보험으로 나뉘는데, 나는 자동차보험, 실손의료비보험 등 분야가 더 넓고 다양한 손해보험 설계사였다. 사실 이쪽을 선택한 이유는 간단했다. 보험은 보상받기 위해 가입하는데, 생명보험보다 손해보험에서 보상받을 일이 더 많다는 이유에서다. 당시 실비보험 개념도 잡히지 않은 데에다 손해보험이 대중화되지도 않았는데 왠지 그쪽이 더 끌렸다. 남자 친구네가 보험을 통해 아무 보상을 받지 못했던 일도 큰 영향을 주었다.

"래원 씨한테 자동차보험은 어려울 건데, 사고 나면 상담도 해 줘야 할 텐데… 할 수 있겠어? 차종은 좀 아는 거야?"

"아니요… 그래도 해 봐야죠."

나는 다들 잘 선택하지 않는다는 자동차보험에 관련한 일에 집중해 보기로 했다. 덜컥 일은 벌였지만 사실 어떤 재료도 없었다. 신입으로서 교육을 받고 또 매일 고객 시뮬레이션을 하면서 실전 연습을 하는 것만으로도 떨렸다. 과연 이 실력으로 실전에 나가면 될까 싶었다. 아니, 과연 나를 통해 보험을 알아보고 싶은 사람이 있기나 할까 자신감도 사라졌다. 그럼에도 포기하고 싶은 생각은 없었다. 실은 보험 일을 시작하다 보니 업무에 적응하는 것보다 더 어려운 일이 주변에서 함께 시작한 이들이 그만두는 것을 지켜보는 것이다. 주변의 사람들이 하는 이야기 중에 보험 설계사가 너무 자주 바뀐다는 불만이 많았는데, 나 역시도 그 점이 궁금하긴 했었다. 그런데 막상 업계에 발을 들여놓고 보니 이곳의 인력은 정말 이동이 많았다.

"래원 씨, 그래도 잘 버티네요. 나이도 어린데... 저는 그만두려고요."

"정말요? 아니 왜요?"

"제가 생각하던 일과 너무 달라요. 필드에 나가서 영업할 생각하면 잠이 안 와요."

그만두는 이유는 다양했다. 각자의 사정이 달랐고 일에 대해 느끼는 무게감도 달랐지만 공통적으로 일에 대한 부담, 고객 발굴과 실적에 대한 어려움을 가지고 있었다. 이렇다 보니 매번 신입 설계사들을 모집하면서도 빠져 나가는 인원 역시 많으니 사람이 부족한 것이다. 함께 으 으 분위기를 만들며 일하는 것과 한 명 한 명 빠져나가는 조직에서 일하는 것은 비교가 되지 않는다. 마치 그들의 못다 이룬 책임을 떠안는 듯한 부담감과 과연 나는 옳은 길을 가고 있는지 의문이 끊임없이 들기 때문이다. 이 점 때문에 나 역시 힘들고 지칠 때도 있었지만 그때마다 나는 알을 깨고 나오는 시간이라고 다독였다.

'그래, 누구나 알에서 깨어 나오는 시간이 있다고 했어. 내가 기다리지 않으면 세상 빛 한 번 보지 못하고 죽을 거야. 기다리자. 스스로 알을 깨고 세상 밖으로 나오자'

언젠가 들은 이야기가 있다. 닭이 알을 품고 어느 정도 기간이 지나면 부화를 위한 준비를 한다. 이때 알 속에 생명체는 부지런히 껍질을 쪼아댄다. 안쪽에서 바깥쪽으로 쪼아대면서 균열을 만드는데, 알고 보면 바깥에서도 비슷한 충격을 준다고 한다. 바로 알을 품고 있던 닭도 부화를 위해 일을 하는데, 알을 이리 굴리고 저리 굴리며 함께 힘을 보탠다고 한다. 다시 말해 알을 깨고 나오기 위해선 내부적 외부적 힘이 함께 균형을 이뤄야 한다는 것이다.

보험 일로의 도전은 스스로 알을 깨고 나오는 시간이었다. 내부적으로는 할 수 없을 것 같은 후퇴한 마음을 끊임없이 다독였고 외부적으로는 계속해서 공부를 하고 자극을 주면서 불확실의 균열을 만들어냈다. 그 과정은 외롭고 고단했지만 돌아보면 그때만큼 치열하게 내 자신과 싸워본 일이 없던 것 같다. 그렇게 나는 알을 깨고 있었다.

미운 오리 새끼

'아… 정말 여기까지가 한계일까? 난 안 되는 걸까?'

하루에도 몇 번씩 이런 마음이 들 때가 있었다. 아침에 눈을 뜨면 사무실로 가는 발걸음이 그렇게 무거울 수가 없었다. 발걸음 하나 뗄 때마다 '오늘은 어떻게 버티지?' 이런 마음이었으니 즐거울 리가 없었다. 본격적으로 보험일이 전개되면서 나는 삶의 현장, 생존의 현장을 피부로 체험했다. 최연소 설계사로 도전장을 내민 자동차보험은 스물일곱 여성 설계사가 다루기는 버거운 부분이 있기도 했다. 고객 대부분이 남성이기도 했거니와 손해보험인만큼 사고와 연관이 깊기 때문에 생리를 잘 파악해야 했다. 그런데 그 일이 쉽지 않았다. 면허만 따놓았을 뿐이지 운전을 하던 사람도 아니고 자동차에 대해 아는 건 몇 가지 브랜드뿐이었다. 게다가 여성이기에 사고처리에 미숙한 부분, 잘 모르는 부분이 많다 보니 그로 인해 발생하는 미숙함이 나를 더욱 주눅 들게 만들었다.

실적이 좋을 리 없었다. 보통 이 일을 시작할 때 오히려 첫 영업 실적이 괜찮을 때가 있다. 누구나 그렇듯 가장 만만한 가족부터 보험 설계를 하기 때문에 고객 확보가 어렵지 않다. 가족이 많을수록 더 유리할 수 있다. 그런데 나는 그마저도 안 되었다. 2년 전 엄마가 보험을 시작하면서 가족을 모두 고객화해 놓은 상태였다. 나 역시도 엄마의 고객이었기에 상품에 가입한 상태였다.

어쨌든 이런 이유로 비빌 언덕조차 없었던 나였기에 막상 영업 현장으로 나오니 막막하기만 했다. 사무실에 앉아 있는데도 가시방석이었다. 그곳에 있는 보험 설계사들 중 나는 가장 어렸고 경험은 전무했다. 특별한 수단이 있는 것도 아니고 화려한 언변이나 상품에 대한 해박한 지식이 있는 것도 아니었다. 생각해 보니 어떠한 조건도 내게 유리한 게 없었다.

"저.. 선배님, 제가 모르는 게 있어서요. 뭐 좀 여쭤 봐도 될까요?"

"그래요. 처음엔 모르는 게 많지."

영업은 고사하고 업무를 파악하느라 묻느라 바빴다. 다행히 사무실에서 제일 젊은 띠 동갑 차이 나는 선배 두 분이 나의 사수와 멘토를 자처했다. 유능한 그분들 뒤를 좇아다니며 배우기에 급급했다. 사실 그 위의 동료 분들은 함께 이야기 나누는 것조차 부담스러웠다. 엄마와 함께 일하는 분들이 많다 보니 사무실에 있다 보면 엄마 친구 분들과 이야기를 하는 것 같아 가시방석이 따로 없었다.

"래원 씨, 말 좀 해. 보험 한다는 사람이 그렇게 말수가 적어서 어떡해?"

"맞아. 사무실 바깥에 나가면 전쟁터인데 어쩌려고 그래?"

"아휴, 래원 씨 어쩌니. 저렇게 여려서..."

그분들은 나를 딸같이 조카같이 여기는 마음에 하는 말씀이겠지만 듣는 내겐 가시가 되었다. 사무실 구석에 앉아 있으면서 있는 대로 주눅이 들었다. 뭐든지 척척 해 내는 분들의 업무능력이 부러웠다. 나는 언제나 저렇게 베테랑이 될지 자괴감이 들기도 했다.

나의 사수는 무조건 사람을 만나야 한다며 일단 만나는 연습부터 해 보라고 조언해 주었다. 만나려면 나가야 했다.

'아... 누구를 만나지?'

처음엔 정말 만날 사람이 하나도 생각나지 않았다. 지금까지 27년 인생을 살면서 그렇게 인맥을 쌓지 못했나, 한탄스러울 정도로 사람이 떠오르지 않았다. 그런데 차근차근 생각해 보니 하나 둘 떠올랐다. 조건 없이 만나서 얘기를 나누려면 당연히 가까운 사람부터 만남을 잡아야 하는데, 내 나이 또래 친구들은 보험에 그다지 관심이 없다. 대부분 취업과 사회 초년생으로서 생활하기에 바쁘기에 친구들에겐 권할 만한 것이 아니었다. 하지만 남자 친구는 조금 달랐다. 이미 잘 모르고 가입한 보험으로 인해 어떠한 혜택도 받지 못했다는 것을 알고 있었기에 우선 그 부분부터 도움을 드리는 게 좋겠다고 생각했다. 당시 남자 친구는 구미로 생활 터전을 옮겨서 일해 보겠다는 나의 뜻을 존중해 주었다. 그리곤 자신도 구미 쪽에 직장을 구해 보기로 했다. 일에 대해서도 잘 알고 있었기에 영천 부모님에게도 내 이야기를 하며 일이 되도록 해 주었다.

"니가 보험을 한다고? 어려울낀데..."

"네, 해 보려고요."

그분들의 걱정은 그게 끝이었다. 그 뒤로는 오히려 나를 지지해 주셨다.

큰 도움이 되지 못한다고 미안해하셨지만 그분들의 그 마음에 나는 이미 주눅 든 마음이 녹고 있었다.

"아니에요. 제가 완벽하게 알지는 못해도 어머님 형편에 맞는 보험으로 재설계를 해 볼게요."

그렇게 남자 친구 부모님이 나의 첫 고객이 되어 주었다. 처음으로 맡는 일인 만큼 기존에 가지고 있던 상품을 다른 것으로 재조정하는 일을 시작했다. 생명보험만 여러 건 가입하셔서 좁은 보장이 중복 보장되어 있으셨고, 보험료의 부담이 상당하였다. 큰 형이 쓰러지고 난 후 혹 부모님이 아프셔서 자식에게 치료비 부담을 지울까 하나둘씩 가입하셨다는 것이었다. 다행히 그분들의 가정 형편에 최대한 맞는 상품을 수정 보완하는 일을 할 수 있었다.

자동차 보험으로 고객을 확보하는 일이 더 쉽지 않았다. 대부분 자동차 보험을 관리하는 설계사가 있는 데에다 무엇보다 내가 나이어린 여자라는 점이 신뢰를 얻기 쉽지 않았다.

한번은 어렵게 고객을 소개받아 만나게 되었다. 그 고객은 나를 보자마자 못마땅한 듯 인상을 찌푸리고 나를 위 아래로 쳐다봤다. 순간적으로 기가 팍 죽어 인사도 제대로 나오지 않았다. 배운 대로 하자는 심산으로 그동안 시뮬레이션했던 상황을 재연하며 분위기를 이어갔다.

"고객님, 현재 가입하고 계신 보험이 많이 있으시죠?"

"몇 개 있어요. 근데 왜요?"

"네, 요즘엔 다들 보험에 대한 인식이 있어서 많이들 가지고 계시지요. 실례지만 어떤 보험에 들고 계신지 알고 계시나요?"

"그런 거 다 알 수가 있나. 사실 처음엔 설계사들이 권유해서 든 건데, 다들 처음엔 관심 갖더니 일단 가입하고 나면 나몰라라 한단 말야."

"아, 네. 마음 상한 부분이 있으셨나 봐요."

아예 작심하고 불신을 드러냈다. 나는 그분이 운전을 많이 한다는 정보를 가지고 유도를 해 나갈 생각이었으나 그는 말꼬리를 잡고 늘어지며 흠집내기에 나섰다. 그대로 페이스에 휘말려 그 다음 단계로 나아가지도 못했다. 그 자리에 있는 내내 부끄럽고 속상한 마음에 별의별 생각이 들었다.

'여기서 마무리 하고 나가야 하나? 그냥 인사하고 나갈까?'

주객이 전도된 그 만남을 마치고 돌아오면서 나는 눈물을 찔끔 흘렸다. 얼마 전 신인이었던 동기가 그만 두면서 '살아남느냐 집에 가느냐, 갈래 길에서 나는 집으로 가기로 했어' 라고 했던 말이 귓가에 꽂혔다. 나도 모르게 집에 가고 싶다는 말이 입 밖으로 나왔다.

그렇게 고객과의 만남이 허탕으로 이어지는 날이 계속되면서 나는 계속 작아졌다. 선배님들이 영업은 정글 같은 세계라고 하더니 그 말이 하나도 틀리지 않았다. 사무실 안에서는 다들 좋은 관계였지만 일단 영업의 세계로 나갔을 때에는 고객 한 사람 한 사람이 그들의 영업 대상의 경쟁자였다. 누가 먼저 확보하느냐가 중요했다. 마치 패잔병이 된 것 같이 사무실에 들어가는 날이 많아지면서 나는 또다시 미운 오리 새끼가 되는 듯 했다. 어디에도 낄 수 없는 존재, 환영받지 못한 존재가 되는 것 같아 내 자신에게 화가 났다. 나는 왜 이렇게 소심할까 원망스러웠다.

"래원 씨, 회의 들어오세요."

팀원 간의 회의가 있을 때면 나는 더욱 작아졌다. 기라성 같은 선배들과 한 자리에 모여 그때그때 실적을 확인하고 고객 상황을 체크하며 서로 의견을 주고받을 때 나는 아무것도 할 수 없는 무능력자 같아 보였다. 같은 사무실에 있으면서도 보이지 않는 벽이 쳐 있는 듯 무기력한 모습을 보이기 싫었지만 나를 보는 눈빛은 '그래 쟤는 곧 그만둘 애' 라고 말하고 있었다.

신입 때에는 누구나 힘든 것이라고 말로서 다독여 주는 분들도 있었지만, 실제 도움이 되지 않는 것을 대놓고 말하는 분도 있었다. 충분히 알고 있는 사실을 확인 사살 당할 때에는 고개를 들고 있기 민망한 순간이었다.

"나는 신인 안 믿어. 특별히 팀에 도움이 되는 일이 있나? 없잖아."

보험회사는 팀별로 인원수에 맞춰 실적 목표가 생긴다. 내가 머릿수에는 포함이 되어 있지만 그에 합당한 실적을 못해 내면 그 나머지를 다른 사람들이 더 채워야 하니 그런 불편한 현실은 참 견디기 쉽지 않았던 것이다. 그래도 사람을 앞에 두고 도움이 안 된다고 단정 지어 말하니 어찌나 서운했는지 모른다. 사무실의 미운 오리 새끼가 된 내 모습에 자괴감이 들었다. 어디에도 소속되지 못하는 혼자 떠도는 섬, 나는 그 홀로 섬이 되어 외롭게 떠다녔다.

오기로 바닥을 박차고 일어서라

"래원 씨, 그래도 잘 버틴다. 그치?"

동료들이 나를 볼 때마다 동정 반, 격려 반으로 해 주는 이야기를 계속 들으며 5개월째 버티며 일할 때였다. 나는 여전히 작고 주눅 들어 있었다. 어느 날 한 통의 전화가 걸려왔다. 자동차보험 고객의 사고 소식이었다. 아무것도 모르는 신인을 믿고 맡겨 준 고객인데 사고라니 놀란 마음에 부랴부랴 병원으로 달려갔다. 환자복을 입고 병상에 누워 있는 고객은 다행히 다친 곳이 별로 없다며 얼굴 표정도 다행히 좋아 보였다. 아직은 업무 처리가 미숙한 나로서는 천만다행이었다. 병원 문을 나올 때에도 한결 발걸음이 가벼웠는데, 문제는 그 이후였다.

"여보세요. 아, 박래원 씨! 아니 보험에 대한 보상 처리가 왜 이렇게 늦은 거예요? 보상 담당자가 온다더니 왜 아직 소식이 없나요?"

"고객님, 아직 안 오셨나요? 아휴 걱정 끼쳐 드려서 죄송합니다. 제가 알아보고 빨리 처리할 수 있도록 하겠습니다."

"빨리 처리 좀 부탁해요."

처음 몇 번은 오히려 고맙게 전화를 받았다. 왠지 업무 처리를 이렇게 하는구나 싶은 마음도 들었다. 그런데 이분이 낮이고 밤이고 계속 전화를 걸어 댔다. 하나부터 열까지 트집을 잡으며 연락을 해 오는 거였다.

'합의금을 준다고 해 놓고 말을 바꿨으니 알아봐 달라'

'이런 식으로 일을 해서야 어디 믿고 맡기겠냐'

'제일 큰 보험회사고 서비스가 좋다고 하더니 실망이다'

계속해서 이런 식의 불만 전화를 걸어왔다. 하도 전화를 걸어 대니 전화기에 그 고객의 번호가 뜨면 나도 모르게 신경이 곤두섰고 그 벨소리에 심장이 두근거렸다. 오늘은 또 무슨 일로 나를 시달리게 할지 겁부터 났다. 그렇게 며칠째 시달리던 나는 더 이상 안 되겠다 싶어서 담당 매니저를 찾아갔다.

"매니저님, 제가 업무 처리가 미숙해서 그런지 모르겠지만 제 고객 한분이 자꾸만 전화를 걸어서 컴플레인을 놓으시는데요, 제가 뭘 잘못한건가요?"

바로 직속 상사인 매니저에게 할 수 없이 속사정을 털어 놓으니 매니저가 고개를 갸우뚱하면서 내게 보상과에 직접 찾아가서 확인을 해 보라고 했다. 좀 이상한 생각이 들어 보상 팀장을 찾아갔다.

"팀장님, 저희 고객 보상에 대한 업무 처리가 미숙한 것 같습니다."

"네? 미숙하다니요?"

"보상 담당자 분이 합의금을 제대로 지급하지 않아서 불만이 많으시더라고요. 지금 담당자가 일 처리를 잘 못하는 바람에 제가 얼마나 시달리고 있는지 모릅니다."

딴엔 그간의 곤란함을 토로하고자 따졌더니, 그는 바로 담당자를 불러 확인을 했다. 그런데 이게 웬일, 담당자는 나의 고객과 합의금 얘기는 하지도 않았다는 것이다.

"네? 이게 대체 어떻게 된 일이죠?"

"그 고객님 사고는 지금 합의금을 지급할 상황이 아니에요. 설계사님은 더 이상 이 사고 건에 대해 거론하지 마시고, 물러나 있으세요."

"아뇨. 그래도 제 고객 일인데…"

"이 사람 일부러 그러는 거예요. 설계사님이 나이도 젊고 신인이니까 만만하게 보고 그러는 거죠. 참, 나쁜 사람이네."

그제야 돌아가는 상황을 알 수 있었다. 나는 한마디로 그 고객의 먹잇감이 되었던 것이다. 나를 괴롭히고 물고 늘어져 뭔가 얻어 내려던 속셈이었다. 자동차보험은 상대방을 보상하는 '대인, 대물'과 나에 대한 보상을 하는 '자손, 자차' 라는 보상 내용으로 구분 짓는다. 여기서 자신이 다쳤을 때 보상받는 '자기 신체 사고' 라는 담보가 있는데, 그 고객과 계약을 할 때 '자동차상해'라는 담보를 가입해 주었다. 이 담보는 자손(자기 신체 사고)의 한 단계 더 좋은 상품이었는데, 고객이 그걸 이용해 일부러 병원에 더 입원하여 보험금을 타려고 했던 것이다. 그런데 차마 보상 담당자 앞에선 티를 내지 못하다가 신인이던 나를 볶아 대며 중간에서 일을 처리하도록 수를 쓴 것이었다.

나는 뒤통수를 한 대 얻어맞은 기분이었다.

'내 마음은 이런 게 아니었는데. 고객에게 좋은 보장을 잘 가입해 드려 다행이었다고 생각했는데. 어떻게 이렇게 할 수가'

정말로 고객이 나에게 일부러 그렇게 한 것일까. 나는 고객에게 전화를 걸었다. 그러곤 보상담당자에게 따지러 갔다는 이야기를 해 주자 고객은 약간 당황한 목소리로 대답했다.

"아니 굳이 그렇게 까진 안 해도 됐는데…"

"아니, 고객 분이 이렇게 불만이 많은데 제가 어찌 가만히 있습니까? 가서 이야기해야지요. 담당자가 오늘 다시 찾아간다니 조금 기다리세요. 그리고 아프신데 편히 치료 받고 계세요.

왜 그리 급하십니까? 혹시 뭐, 불안하신 게 있으신 건가요? "

"아니… 뭐… 나도 내 스케줄이 있으니까 그렇지."

그제야 고객은 기세등등했던 목소리를 꺾었다. 그 말을 들으니 과연 보상팀장이 물러나 있으란 말을 왜 했는지 이해했다. 내가 만만했던 것이다.

이런 일을 한번 당하고 나니 사기가 더욱 꺾였다. 며칠 동안 다른 일은 거의 하지도 못한 채 그 고객으로부터 불만과 불평을 고스란히 받았건만, 그것 역시 나를 만만하게 본 결과였다니 더욱 상처였다. 세상살이가 내 맘 같지 않다더니 실제 영업 현장의 쓴맛을 겪은 여운도 참 컸다. 한 번 이런 일을 겪으니 고객과 만나는 게 더욱 두려워졌다. 설계사 생활 5개월 만에 바닥을 친 것이다. 그러다 보니 더 이상 일하고 싶은 의욕도 꺾여 다음날 출근도 하지 않았다.

그런데 집에 있는 내게 전화 한 통이 걸려 왔다. 고객이었다. 내가 일을 시작하고 첫 번째 달에 계약을 넣어 주신 분이니 정말 고마운 분이었다. 처음 만났을 때 그분은 여릿여릿한 나를 보곤 무척이나 걱정을 하셨다. 당신 딸 같다며 내가 더듬거리고 이야기를 하니 끝까지 들어주면서 열심히 해 보라며 선뜻 계약을 해 주셨다.

"아휴, 근데 래원 씨. 내 보기에 곧 그만둘 것 같다. 근데 그만두지 마. 열심히 끝까지 해 봐. 열심히 하라고 계약하는 거예요."

그 말이 부끄럽기도 하면서 얼마나 위로가 되었는지 모른다. 그 고객이 전화를 걸어 왔으니 내 마음도 흔들렸다.

"래원 씨. 가입했던 보험 때문에 전화했어요."

"네, 무슨 문제가 있는 거예요?"

"아니, 설명 들은 것 중에 확인할 내용이 있어서 연락했어요. 잠깐 좀 와 줄 수 있어요?"

잠깐 만나자는 이야기를 듣는데 순간 마음에 갈등이 일었다. 사실 나를 기만한 고객으로 인해 출근도 하지 않은 채 마음을 닫고 있었는데, 나를 딸같이 생각해서 믿고 맡기겠다는 고객의 부름에 응하지 않을 수도 없었다. 순간 눈물이 핑 돌았다. 만약 그만둔다고 하면 그분이 나를 어떻게 생각할지, 아니 믿어 준 분에게 끝까지 책임지지 않을 일을 하는 건 도리가 아니라는 생각이 들었다. 또한 사무실에서 나를 바라보던 사람들의 눈빛이 주마등처럼 지나갔다.

'거봐, 역시 그럴 줄 알았어. 얼마나 버티나 했다. 그럼 그렇지'

마치 이런 말이 귓가에 들리는 듯 했다. 거기까지 생각이 미치니 너무도 억울했다. 사무실에서도 미운 오리 새끼 같았던 내가 진짜 미운 오리 새끼로 이 바닥을 떠나면 그것이야말로 실패한 인생이란 생각이 강하게 들었다. 그런데 그 순간 오기가 생겼다.

'여기서 지지 말자. 여기서 그만두면 그 어떤 일도 이겨 낼 수 없어. 그런 인생은 살지 말자. 포기보다 견디자. 그들에게 당신들의 짐작이 틀렸다는 걸 보여주자. 그래, 집에 있으면 자는 것 밖에 더할까. 일어나자'

능력은 부족한데 남에게 지기 싫어하는 마음이 오기다. 그때 나는 능력이 부족한 건 100% 인정하면서 남에게 지기 싫은 오기가 솟아났다. 더 이상 도망치지 말자는 생각과 함께 약해지려고 하는 자신에게 지지 않겠다는 생각을 했다. 나를 향해 비난하고 폄훼하는 이들을 미워할 생각도 없었다. 이미 나는 홀로서기를 일찌감치 시작한 사람이었고 세상사는 방법을 터득한 사람이지 않은가. 더 이상 두려울 게 없다는 생각이 들었다. 그때부터 미친 듯이 공부했다. 고객이나 동료들이 나를 100% 신뢰하지 않는 건 내가 어리다는 이유였다. 어린 건 어쩔 수 없는 사실이었기에 바꿀 수 없지만, 그들에게 신뢰를 얻어 내는 건 그들보다 많이 알면 되었다. 그러려면 공부가 필수였다. 그날부터 나는 보험 약관의 중요 내용은 거의 외우다시피 했다. 회사의 영업 방송을 보며, 괜찮은 내용들은 일일이 노트에 적어가며 스크립트도 만들었다. 운전을 하고 다닐 때엔, 모르는 자동차들의 차종을 확인해 외우기도 하며, 고객이 질문할 주요 리스트를 작성하고 사무실의 고능률 선배들에게 질문도 많이 했다.

그 이후로 난 나의 억울한 약점인 '어리다'는 것을 무기로 삼았다. 다른 나이 많은 설계사보다 더 꼼꼼히 명확하게 상품에 대해 설명을 하며 '어린데도 불구하고' 영업을 했다. 고객이 궁금해 할 질문을 현실의 사례로 풀어서 궁금증을 풀어 주기도 하며 오기로 버텼더니 나름 나만의 방법이 생겨났다.

인간은 처음부터 완벽할 수 없다. 누구나 다 새로운 일을 할 때에는 겁이 난다. 그리고 남들의 무시, 편견 속에서는 더욱이 기가 죽는다. 그런데 난 경험을 통해 포기하지 않는 것이 얼마나 큰 힘을 발휘하는지 깨달았다. 처음부터 사자는 없다. 그렇다고 언제나 약한 사슴도 아니다. 사자가 사슴이 될지 더 큰 사자로 성장할지는 스스로에게 달렸다. 포기하지만 않는다면 된다. 나는 20대 손해보험설계사라는 생소한 도전을 시작하며 바닥을 맛보았다. 바닥을 짚어 보면 더 이상 내려갈 때가 없다. 그 순간 포기하지만 않는다면, 그리고 하나하나 해 나가기만 한다면, 올라올 수 있다. 그때 필요한 게 오기다. 오기로 바닥을 박차고 일어서면 된다.

사람과 마주하다

학창시절, 친구 집에 놀러갔던 적이 있다. 언제였는지 잘 기억은 나지 않지만 아마도 가족과 헤어져 살기 전이었던 것 같다. 친구 집에는 책이 많았는데, 평소 문학 쪽에 관심이 있었던 나는 책장에 꽂힌 책을 보다가 한 권을 집어 들었다. 〈상도〉, 최인호 작가가 쓴 소설이었다. 소설가로 잘 알려진 분이었고 그분의 대표작이기도 했기에 그 자리에서 단숨에 읽어 내려갔다. 친구들과 어울리느라 전부 읽지는 못했지만 속독을 하는 중에 한 구절이 마음에 꽂혔다.

'장사의 목적은 이문을 남기는 것이 아니라 사람을 남기는 것이다'

보통 장사라 하면 어떻게든 이익을 남기는 게 인지상정이건만 왜 작가는 사람을 남기는 것이 장사의 본 목적이라고 했을까 궁금했다. 조선 후기 순조 임금 시대에 중국 접경에 있는 의주를 중심으로 상업 활동을 했던 임상옥은 천재적인 사업 수완을 발휘하면서도 인격적으로 훌륭했다고 한다. 이문에 따라 움직이지만 도의에 어긋나는 행위는 절대 하지 않았고 막대한 재산을 빈민들을 구제하는 데 사용했다고 한다. 특히 그는 다른 상인들과는 달리 돈보다 사람 위주로 돈을 썼다고 한다.

한번은 만상 아래 있을 때, 청나라에 가서 돈을 벌고 돌아가기 전 숙박소에서 한 여인을 만났다고 한다. 그녀는 부모에게 버림받아 팔린 신세라며 자신을 구해 달라고 간절히 청했다. 이에 임상옥은 청나라에서 번 돈을 숙박소 주인에게 주곤 여인을 사서 풀어 주었다. 나중에 그 여인은 어느 부유한 집의 정실부인이 되었고, 훗날 임상옥이 자신의 상단을 차려 북경에 왔을 때 자신을 구해 준 그를 알아본 여인이 그를 도와 막대한 수익을 얻을 수 있었다고 한다.

이 일화를 읽으면서 장사가 사람을 남기는 것이란 말이 조금은 이해가 되었다. 그런데 10년도 훌쩍 넘어 손해보험설계사의 길로 들어섰을 때 거짓말같이 그 글귀가 다시 떠올랐다.

보험을 시작하면서 너무 젊은 나이에, 소위 세상 경험도 많이 못한 나이에 이 일을 시작한다고 걱정해 주는 분들이 많았다. 그들은 공통적으로 '만날 사람'이 많은지 궁금해 했다. 보험은 곧 만남이기 때문이란다. 선배님들의 말씀은 옳았다. 보험 일은 만남이 있어야 시작되었다. 누구든 만날 일이 있어야 했고 만나고 싶어야 했다. 한마디로 사람 장사나 같았는데, 물론 사람으로 장사를 하겠다는 의미가 아니라 그만큼 사람과의 만남이 중요하다는 것을 강조하는 말일 것이다.

생각해 보니 나 역시 오늘날 이 자리까지 온 것은 가족에게 받은 상처는 차치하고라도 나를 아는 분들의 관심과 도움으로 올 수 있었으니 이미 나는 사람의 중요성을 체험한 사람이었다. 그러니 일을 하면서 사람을 귀히 여겨야겠다는 생각을 일의 첫 번째 기준으로 삼았다. 만나는 사람과의 인연을 귀중하게 생각하고, 그들에게 최선을 다하겠다고 마음을 먹었다.

하지만 부족한 인맥도 인맥이지만 태생적인 성격이 장애물이었다. 처음 보는 사람에겐 낯을 많이 가리고 내성적인 성격, 게다가 혼자 살면서 나도 모르게 더 주눅이 들었던 성격이 사람과의 관계를 풀어가는 데 방해가 된 것이다. 무엇보다 대화 스킬이 너무 부족했다. 나 외의 모든 사람이 하는 대화와 행동은 자연스러워 보이는데 난 별로 그래 보이지 않았다. 그 점이 속상해서 혼자 자책하기도 했다.

'난 왜 이렇게 내성적일까? 육상 선수로 뛰었어야 했나?'

사람들과 무슨 이야기를 나눠야 할지 몰라 그것이 가장 답답했다. 돌아보면 나는 누군가와 허심탄회하게 말을 해 본 적이 없었다. 할아버지 할머니와 기본적인 대화만 나누며 어린 시절을 보냈고, 청소년 시절엔 어색한 가족과 만나 살면서 서로의 눈치만 보다가 속 깊은 대화를 나눠 본 기억이 없다. 대화의 시작이 가족에서 시작하는데 그것부터 이루어지지 않았고 그 이후에도 소통할 기회를 많이 만들지 못했다. 의미 있는 일을 시작해 보잔 파이팅과는 달리 영업의 기본부터 흔들리고 있었던 것이다. 그러다 보니 내가 대화 중에 할 수 있는 유일한 것은 더 들어 주는 일이었다. 그런데 이 행동이 엄청난 힘을 가지고 있다는 것을 얼마 지나서야 알게 되었다. 본격적으로 영업을 시작하면서 나는 '그래, 내가 말을 잘하지 못하니까 고객들이 하는 말을 더 잘 들어 주자' 생각했었다. 들어주는 건 옛날부터 꽤 잘했던 나였다. 학창시절에도 친구들이 내겐 비밀을 잘 털어 놓았는데 나한테 무슨 말을 해도 새어나가지 않고 잘 들어 준다는 이유에서였다. 실제 고객들과 어렵게 만남을 만들어 갔다. 기존에 넘겨받은 고객 관리부터 해 나가며 만남을 유도했다. 이미 보험 계약을 마친 고객이었지만 기존의 고객들도 할 말들이 있을 것 같았다. 어렵게 약속을 정해 만나면 약속이나 한 듯 불만을 잔뜩 쏟아 놓았다.

"보험 설계사들 보면 계약하기 전과 계약하고 나서 싹 바뀌어요. 그렇게 뻰질나게 전화하더니 계약하고 나면 소식을 뚝 끊더라고요,"

"아니 보장이 다 된다더니 막상 받을 게 없던데 뭐."

반말 비슷하게 나를 나무라기도 했다. 무엇보다 가슴에 꽂히는 말은 이 말이었다.

"아니 뭐 이건 나 좋으라고 하는 건지, 설계사 자신한테 좋은 걸 권하는지 도무지 알 수가 없어요. 믿을 수가 있어야지."

현장에서 들려오는 보험 설계사에 대한 불만의 소리다. 나는 먼저 그 불만을 열심히 들어 주었다. 신기하게도 들어 주기만 하는데도 어떻게 반응을 해야 하는지 어떤 행동을 취해야 할지 답이 나왔다. 그러면서 고객의 말 속에서 정말 원하는 게 무엇인지 파악이 되었다. 보상이 생각했던 것보다 적었기 때문에 나오는 불만이라고 생각될 때엔 약관을 다시 공부해서 상품 설명을 좀 더 상세히 해주고, 설계사의 태도의 문제라고 생각될 때엔 그동안의 태도에 대한 사과와 함께 더 나은 서비스를 해드릴 수 있도록 방법을 강구했다. 모든 것은 사람이 먼저라는 전제에 맞췄더니 상대방들도 차츰 이런 진심을 알아주었다.

나에겐 엄마와 같은 동료 분이 많다. 실제 엄마 연세 또래의 설계사 선배님들도 있지만 엄마의 마음으로 동생 돌보듯 딸 돌보듯 안타깝게 생각해 주는 분들이 많았다. 재밌는 사실은 엄마 같은 고객들도 있다는 거다. 한 번은 나를 딸처럼 걱정해 주던 한 고객이 친구 분을 소개하셨다. 나를 처음 만났을 때 저렇게 여린 사람이 어떻게 보험을 할까 싶어 신뢰하지 않았던 고객이었는데 어떻게 나의 진심을 알았는지 그 후부터 나를 좋게 보시며 친구까지 소개시켜 준 것이다. 소개받은 친구 분과의 일도 아주 잘되었다. 그 분은 마지막 청약서에 서명을 하며 이렇게 말씀을 보태셨다.

"박래원 씨. 나는 진짜 이게 무슨 말인지 잘 모르겠어요. 하지만 날 위해 준비해 와서 설명하는 순간, 눈빛이 반짝이더라고요. 그 당당한 모습 보니까 믿음이 가요. 다른 설계사들 참 많이 만났는데 다들 날 똑바로 쳐다보지도 못하는 사람들도 여럿 봤거든. 자신이 없는 거죠. 그런데 래원 씨는 아직 서툴지만 진심이 느껴져요. 또 내 얘기도 너무 잘 들어줘서 고맙고요."

이 말을 들으면서 복잡했다. 말의 스킬보다 말하는 모습을 통해 나를 판단하고 그 믿음이 계약의 결정적 이유라는 사실에 놀랐다. 고객은 느끼고 있는 것이다. 기름을 친 듯 매끄러운 말보다 고객의 마음을 이해해 주려는 마음과 꼭 말해야 할 것에 대해서는 진심을 다하는 태도가 중요하다는 것을 말이다. 그 고객과의 만남은 한번으로 끝나지 않았다. 한번 믿음과 신뢰를 확보하게 되니 그분의 배우자와 자녀들의 건강 보험에서 자동차 보험까지 모든 설계를 내게 맡겼다. 내가 잘해서가 아니었다. 믿음의 관계가 진심이란 베이스에서 싹텄기 때문이다.

이 일을 계기로 나는 사람을 얻는 일에 대해 확신을 갖게 되었다. 물론 때때로 사람으로 인해 상처받고 넘어지기도 하겠지만 영업을 위한 영업은 안 하겠다고 생각했다. 사람을 얻는 것이 먼저라는 마음으로 일하기로 작정했다. 영업의 영자도 모르지만 왠지 그 길이 정도를 걷는 노하우란 생각이 들었다.

영업도 장사다. '나' 라는 사람을 내세워 하는 장사로, 물건도 중요한데 무엇보다 '나'라는 사람이 어떤 사람인지도 중요하다. 특히 보험 영업을 시작하면서 나는 내가 어떤 사람으로 보여야 하는지 고민을 많이 했다. 영업의 기본이라고 하는 소위 말발이 있지도 않았지만 대신 들어주는 스킬로, 화려한 언변과 슬쩍 자신에게 유리한 것만 말하는 편법 대신 조금 손해를 보더라도 진심을 말함으로 진심이 통하는 눈빛 스킬로 사람을 남기기로 했다. 나는 조선의 거상 임상옥도 아니고 보험업계의 미다스 손도 아니다. 단지 듣는 힘과 진심으로 통하는 사람을 남기는 영업인이 되기로 했다.

뜨끈한 밥 한 그릇의 정

보험은 가족을 우선시하고 중요하게 생각한다. 보험이 지닌 의미가 본래, 가족의 건강과 안녕을 보장하기 위한 장치이기 때문이다. 궁극적인 목적은 가정생활을 행복하게 영위할 수 있도록 보조적인 장치를 마련하는 것이다. 그렇다 보니 고객과 만나면 가족의 이야기가 주를 이룬다. 어찌 보면 그들의 이야기가 가족에 대해 목말라하던 내게 위로를 주기도 한다. 다복한 가정을 보면 대리만족을 느끼기도 한다.

생각해 보면 나는 보험 일을 시작하기 전 가족에 대해 열린 마인드가 없었다. 대부분의 사람이 생각하는 각별한 가족의 의미, 혈연으로 맺어져서 그 혈연을 유지하는 가운데 끈끈한 정을 유지하는 그 관계에 남다른 의미를 두지 않았었다. 아니 그 의미를 잘 알 수 없었다는 게 맞는 말이다. 알 수 있는 통로가 거의 없었기 때문이다. 어린 시절 나는 친구들에게 있는 엄마가 내게도 있었으면 하고 바랐고 컸을 때에는 남들에게도 있는 가족이 내게도 생겼으면 했다. 비록 새아빠이긴 했지만 그래도 가족이 생겼기에 기뻤는데 그것마저 부서진 후 나는 평범한 가족이란 말에 거부감이 들었다. 그 평범함마저도 내게 허락되지 않다니 가족이 너무 특별한, 먼 세상의 이야기처럼 들렸던 것이다. 또 한편으론 내 경험으로 미루어 볼 때 가족이란 너무도 얄팍한 관계로 묶인, 언제든 떨어질 수 있고 헤어질 수 있는 관계였다.

그런데 남자 친구와 만나며 그의 가족을 보면서 가족의 의미를 새롭게 돌아보는 계기가 되었고 보험업계에 발을 들여놓으면서 내가 생각했던 것보다 가족의 의미가 훨씬 중요하다는 것을 알 수 있었다. 가족의 돈독함은 상상을 초월했다. 사람들은 가족이란 울타리를 이야기했고 혈연관계, 즉 핏줄을 유난히 강조하기도 했다. 어떤 분은 아무리 가족이 힘들게 해도 '그래도 가족이니까' 말하며 남을 통해서도 겪기 힘든 일을 가족에게 겪어도 감내하곤 했다.

또 어떤 사람은 평생 자신을 괴롭히던 남동생, 도박벽에 빠져 있으면서 늘 누나에게 돈을 요구하고 괴롭히던 동생을 짐으로 여기기보다 불쌍히 여기며 그를 위해 생명보험을 들었다. 안타깝게도 갑작스레 치명적인 병이 발견되어 세상을 떠나게 된 누나는 동생을 위해 들어놓은 보험을 내밀었고 그 피 묻은 보험증서를 받아든 남동생은 오열하며, 죽음 앞에서 둘은 화해했다. 이처럼 가족은, 가족이란 이유로 불가능한 일을 가능케 하고 있었다.

그들의 삶을 지켜보면서 나는 지금껏 내가 가지고 있던 가족관이 크게 왜곡되어 있었음을 알 수 있었다. 그 속에서 가족으로부터 상처받았던 내면 아이를 돌아보지 못한 까닭에 트러블을 만들어냈던 것이다. 나는 꽤 오랜 시간 가족관을 왜곡시키고 있던 내 자신과 만나는 일을 해 나가며 가족의 의미를 삶에서 보여주는 고객들과 만났다. 심리적으로 나를 들여다보고 상담을 통해 과거를 수면 위로 드러내어 치유하는 과정도 많은 도움이 되었지만, 나의 진정한 회복은 고객에서 시작되었다.

한창 신인 보험설계사로서 이리 뛰고 저리 뛸 때였다. '오늘은 어떤 분에게 연락드리지?' 아침에 출근하면 이런 고민을 할 때였다. 선배들은 늘 만날 사람이 있는 듯 보였고 여유가 있어 보였다. 그런데 나는 아무리 둘러봐도 아는 사람이 생각나지 않아 애꿎은 연락처 파일만 열어보며 안달을 했었다. 그래도 다행인 것은 어렵게 연결된 고객들, 기존에 자동차 보험에 가입한 고객과 연락을 취하며 다른 고객들과 연결이 되었다. 어떤 날은 만나기로 한 고객이 친구와 동석하는 바람에 그 친구 분과도 연결이 되기도 하고 어떤 경우에는 미팅을 갖는 자리에 있던 생면부지의 사람과 이야기를 하며 보험을 설명하기도 했다.

그날도 아침에 사무실 책상에 앉아 누구에게 연락을 드려야 할지 생각 중이었는데 반갑게 전화가 울렸다. 고객이었다. 먼저 연락을 해 오는 건 무슨 사고가 있거나 다른 건을 문의하는 경우였다.

"네, 고객님, 안녕하세요."

"래원 씨. 오늘 시간이 어때요? 지난번에 상품 가입한 거 때문에요."

순간 계약을 철회하려고 그러나 가슴이 덜컥 내려앉았다. 이 일을 하면서 고객을 확보하고 상품을 계약하는 일도 중요하지만, 정확한 니즈를 파악해서 상품을 가입한 뒤 잘 유지시키는 것도 아주 중요하단 사실을 날마다 깨닫고 있던 터였다. 괜한 욕심에 성급하게 굴면 꼭 뒤탈이 생겼기 때문이다.

'혹시 잘못 설명 드렸나?'

이런 걱정이 드는 건 당연했다. 어쨌든 그날 오전 약속이 잡히었기에 불안한 마음을 안고 그 고객에게로 향했다. 약속한 시간을 넉넉히 잡은 것은 그분이 가입한 상품에 대해 한 번 더 공부하고 가기 위해서였다. 10인 10색, 고객은 저마다 상황이 있고 환경이 다르다. 당연히 그에 따른 보험 준비나 계획도 다르기에 케이스에 맞게 알아야 한다. 그날도 떠나기 전 고객의 상태와 상품의 약관, 앞으로 더 필요한 것은 무엇인지 등등 꼼꼼하게 체크를 한 뒤 고객의 집으로 향했다. 시계를 보니 11시가 조금 넘었다. 고객과 만나기 바로 전, 그 시간엔 언제나 떨린다. 어떤 만남이 이루어질까, 서로에게 유익이 되는 만남이 되어야 할 텐데 항상 그런 생각을 하게 된다. 다행히 고객님은 나를 반갑게 맞아주셨다.

"안녕하셨어요? 고객님, 날이 많이 추워졌는데 건강은 어떠세요."

"나는 좋아요. 나이 들면서 여기저기 아픈 거야 어쩔 수 없지 뭐. 어서 들어와요. 추운데 오느라 고생했네."

그 고객은 연세가 지긋이 드신 고객으로, 이미 자녀들을 다 출가시키고 남편분과 노후를 보내는 분이었다. 얼마 전에 나를 통해 자동차보험을 들면서 인연을 맺었는데 당신과 남편분이 노령에 운전을 하는 게 맞는지 모르겠다며 걱정을 하곤 했다.

"그런데 고객님, 오늘 어떤 일로 보자고 하셨는지 궁금해 죽겠어요."

"뭘 궁금하기까지. 다름이 아니라 래원 씨 점심 안 먹었죠?"

"네? 아, 아직요."

"내가 래원 씨 점심 해 주려고. 같이 밥 먹고 싶어서."

사연인즉슨 이랬다. 그 고객은 나를 소개받고 선뜻 보험에 가입해 주었다. 나와 특별한 인연이 있었던 것도 아니었는데 계약을 해 주었기에 더욱 성심을 다해 일을 처리했는데, 돌아와서도 그렇게 내 생각이 나더란다.

"래원 씨, 너무 젊고 예쁜 데에다 얼마나 열심히 일하는지 그 모습이 자꾸 생각나더라고. 래원씨 나이가 우리 딸이랑 비슷하거든. 보험 일이 맨날 사람 만나고 돌아다니느라 끼니도 제대로 못 챙겨 먹을 텐데 그게 참 걸렸어. 내가 뜨뜻한 밥 한 끼 해 주려고 불렀죠. 나랑 같이 밥 먹어요."

순간 눈물이 핑 돌았다. 특별한 일이 있어서가 아니라 그저 인간 박래원이 보고 싶어서 불렀고 무엇보다 집 밥이 그리운 내게 뜨끈한 밥 한 끼를 대접하겠다니 안 먹어도 배가 부를 정도로 뿌듯한 기분이 드는 것이다.

"어머 고객님, 뭐라고 감사말씀 드려야 할지 모르겠어요. 그렇잖아도 저, 오늘 무지 배고픈데 게다가 뜨끈한 집 밥을 해 주신다니… 감격이에요."

"그래요? 하하. 근데 맛이 있으려나 모르겠어."

그날 고객과의 식사는 그 어느 정찬보다 훌륭했다. 고객이 차려준 밥상, 그것은 세상이 주는 어떤 보상보다 값진 선물이었다. 식사를 하면서 그분의 가정 이야기를 듣는 건 더 좋았다. 그리 특별할 것 없는 평범한 가족의 이야기지만 누구보다 가족을 사랑하는 어머니의 마음, 든든한 가정을 세워나가는 모습을 보면서 그간의 얄팍한 가족관이 무너졌다.

'그래, 가족은 가정은 정말 아름답고 평안한 것이구나'

나는 지금까지도 그 고객님을 생각하면 가슴이 따뜻해진다. 그 밥상은 딸을 생각하는 엄마의 마음이었고, 사회로 나온 직업인에게 건네는 가정의 위로였으며, 지친 영혼에게 건네는 인생 선배의 선물이었다. '거 봐라, 아직 사회는 살 만하다. 가정이 살아있는 한 사회는 살 만하다'는 것을 보여주는 것이다.

나에게 밥상을 차려 주신 고객과 함께 내게 가족의 진정한 의미를 되돌아보게 한 고객도 있다. 옛말에 문고리 열고 들어가는 집마다 근심걱정 없는 집이 없단 말이 있다. 그만큼 집집마다 사정과 형편이 있는데, 이 고객의 집도 조금은 특별한 모습이 있었다.

슬하에 일남이녀 자녀를 둔 평범한 가장. 그 중에 막내아이는 조금 더 가족의 사랑과 관심이 필요했다. 세월의 흐름에 따라 몸집은 성장했지만 내면은 순수한 어린아이의 모습으로 남아 있었다. 평범한 아이에 비해 하나부터 열까지 다 챙겨야 할 상황이 힘들기도 할 텐데 그분은 늘 웃는 얼굴이었다. 아이로 인해 힘들어 하는 아내를 다독이고 든든한 울타리를 자처하셨다. 일 때문에 몇 번 그분의 가족들과 만나면서 놀란 것은 가족 모두가 서로를 위해 주는 모습이었다.

"사장님, 뵐 때마다 느끼는 건데요 늘 표정이 좋으세요. 힘들진 않으세요?"

"힘이… 들죠. 당연히 힘들죠. 다른 가정에 비해 우린 좀 특수하잖아요. 그래서 더 사랑하고 아껴 주려고 합니다. 사랑의 힘이 있어야 더 버틸 수 있잖아요."

안 좋은 상황을 안 좋게 받아들이는 게 당연할 텐데 그 고객은 긍정적으로 받아들이고 있었다. 그 덕분인지 두 딸들도 그런 동생을 무척 잘 챙겨주고 사랑해 주었다. 나는 그 댁을 방문할 때엔 늘 마음이 따스해졌다. 어느 날 상담을 갈 일이 있었는데, 마침 고객의 생신이었다. 잘됐다 싶은 마음에 생일 케이크를 사들고 갔다. 케이크를 들고 나타나니 고객님 입이 함박만큼 벌어졌다. 마치 생일 케이크를 처음 받아본 사람처럼 아이처럼 기뻐하시는 모습 속에 나도 덩달아 기분이 좋아졌다.

"박래원 씨 덕분에 올해 생일은 더 기억에 남겠네요."

"별 말씀을요. 늘 좋은 가정의 모습을 보여주셨잖아요."

그날은 정말 기쁘게 드리는 선물을 드렸다. 함께 기쁨을 나누고 발걸음도 가볍게 집으로 돌아왔는데 문자가 한 통 도착했다. 그 고객의 따님으로부터 온 문자였다.

'설계사님, 예쁜 케이크 고맙습니다. 덕분에 더 행복했습니다.'

이 문자와 함께 사진 한 장이 첨부되어 있었다. 다섯 식구가 식당에서 밥을 먹고 있는 사진이었는데, 중간에 케이크가 올려 있었다. 누구 한 사람 웃지 않는 사람이 없는 가정, 불편함을 안고 있는 가족이 있을지언정 사랑으로 보듬어주고 서로 감싸주려는 가족의 마음이 뚝뚝 묻어나는 사진이었다. 그 사진을 가만히 보고 있으려니 저절로 기쁨의 눈물이 나왔다. 보고만 있어도 감격인 가족, 뭐든 함께하고 싶어 하는 가족, 이런 가족이 있기에 이 세상 살아갈 가치가 있는 게 아닐까 생각했다. 가족 이야기만 나와도 기쁨과 행복에 젖어 따뜻한 마음을 뿜어내는 분들을 보면 가족이 지닌 힘을 알게 된다. 나는 이렇게 보험 일을 통해 세상을 새롭게 배워가는 중이다.

혼자에서 함께로

가정을 갖는다는 건 내겐 또 다른 도전이었다. 평범하지 못한 배경에서 자란 나는 가정에 대한 잘못된 가치관으로 꽉 차 있었다. 그러니 더더욱 가정을 이루고 싶은 마음이 없었다. 남자 친구도 나의 사정을 알아가면서 이런 마음을 알았던 것인지 사귀면서도 뭔가 요구하는 바가 없었다. 그 점이 참 편했다. 생각해 보면 남자 친구는 날 참 많이 배려해 주었다. 대학 1학년 시절 알게 된 이후로 그는 늘 내 곁을 맴돌았고 내가 어떤 결정을 내려도 존중해 주었다. 게다가 어디를 가도 따라와 주었다. 특히 보험 일을 시작하겠다며 대구에서 구미로 가게 되었을 때에도 그는 내가 내린 결정에 동의해 주었고, 자신도 구미에 직장을 얻어 생활 터전을 옮겼다.

그와 나는 특별한 감정이 싹터서 연인으로 변한 게 아니다. 더러는 찌릿한 감정의 변화를 느끼기도 하고 관계가 급속도로 발전하기도 한다지만,

그는 나의 호위무사였고 나는 그 울타리 속에 있는 조금은 차가운 여자였다. 구미로 와서 보험 일을 하면서 나는 많이 바빠졌다. 마음도 바빴고 몸도 바빴기에 남자 친구와 볼 시간이 더 없었는데 그럼에도 관계가 소원해지는 일은 없었다. 무엇보다 내 마음이 편했던 것은 그가 어떤 부담도 주지 않았기에 친구처럼 편하게 볼 수 있었다. 남자 친구 가정은 더욱 결혼에 대한 이야기를 꺼내지 않았다. 그럴 수밖에 없었던 것은 큰 아들이 병환으로 누워 있는 데에다 그 병의 끝이 어딘지 모르는 상황이니 쌍둥이 아들의 결혼에 신경 쓸 겨를도 없었을 것이다. 게다가 그의 나이 아직 서른도 안 되었으니 더욱 그랬을 것이다. 그런데 보험 일을 시작하고 1년 여 시간이 흐르면서 주변에서 슬슬 걱정하는 소리가 들리기 시작했다. 나이가 찼는데 왜 결혼을 안 하냐, 남자 친구랑 너무 오래 사귀는 것도 결혼에 방해될 수도 있다 등등 그런 걱정들이 자꾸만 크게 들려왔다. 여자 나이 스물여덟이면 빠른 게 아니라면서 말이다.

"결혼이 뭐 그리 급한 거라고 그래?"

"그래도 그게 아니다. 여자 너무 오랫동안 혼자 사는 거 안 좋다. 있을 때 해야 된다니까."

내가 구미에 자리 잡으면서 엄마는 무언가가 불안한 듯 자꾸 결혼이야기를 꺼내곤 하셨다.

"엄마는 왜 자꾸 결혼을 하래?"

"… 내가 잘 못살았으니까 니라도 잘 살아야지."

"아, 됐어. 난 아직 결혼해서 잘 살 자신도 없어. 일이나 더할래."

"그래도 그게 아냐. 여자 혼자 세상사는 건 힘들어. 그래도 울타리가 있어야지."

그랬다. 엄마에게 결혼은 울타리였다. 스스로 울타리가 되려는 생각보다 외부로부터 주어지는, 사람으로부터 얻어지는 울타리를 원했던 것이다. 엄마의 이야기를 통해 올바른 가족관이 세워지지 않은 엄마의 삶이 짠하면서도 속이 상했다.

스물여덟, 나는 이제 막 신인티를 벗어난 보험설계사 2년차였고 주변의 이야기에 못 이겨 결혼을 결정하게 되었다. 그저 단순히 엄마를 비롯한 주변의 종용에서 결혼을 하기로 한 건 아니다. 새로운 일을 하면서 고객들을 통해 가정에 대해 보고 느낀 바가 있었고, 진정한 가족의 의미 가정의 필요성을 체감하면서 혼자보다 둘이, 하나보다 여럿이 가꿔가는 삶이 가치 있는 삶이라는 생각에 이르렀기 때문이다.

그런데 막상 결혼을 결정하니 그때부터 바빠졌다. 시댁이나 우리 집이나 워낙 오랫동안 교제하던 사이였기에 특별히 새로 들어오는 사람에 대한 파악은 필요 없지만 가정을 이루어 사는 건 좀 다른 문제였다. 시댁에서는 우리 집안에 대해 별로 알고 있는 바가 없었다. 결혼은 집안과 집안이 연을 맺는 거라던데, 며느리 집안에 대해 어느 정도 알고 있어야 한다는 마음과 뭐 그리 좋은 내용이라고 시시콜콜 말씀드려 걱정 끼쳐 드릴까 싶은 마음이 충돌했다. 이에 남자 친구는 함께 살 사람이 자신인데 자기만 알면 되지 않느냐며 중재에 나섰다.

숨기고 싶던 속사정을 다시 꺼내놓아야 하는 게 얼마나 힘든 일인지 알았던 남자 친구의 배려 덕분에 결혼은 큰 불편이나 어려움 없이 진행될 수 있었다. 나의 결혼은 그 어떤 화려함도 고급스러움도 없이 현실적으로 진행

되었다.

"집은 직장 가까운 데로 구하자. 둘이 살기에 딱 적당한 크기로. 살림살이는 내가 가지고 있는 것 가지고 가면 되고…"

이미 혼자 사는 생활 10년차였기에 집 구하고 세간 구하는 등의 일은 일도 아니었다. 고맙게도 남자 친구는 모든 일을 내 뜻대로 맡겨 주었다. 시댁에서도 막상 결혼을 결정하자 우리 편한 대로 하라며 모든 결정권을 주었다. 그렇게 2011년, 나는 혼자에서 함께하는 삶을 선택했다. 멋진 프러포즈도 화려한 스포트라이트도 풍요로운 준비도 없었지만 '함께'가 주는 힘을 믿어 보기로 했다. 아주 최소한의 준비가 들어간 결혼식 날, 나는 기분이 묘했다. 지금까지 살면서 나를 붙들던 가정이라는 것, 그것을 스스로 만들게 되다니 시원섭섭함이 있었다. 지금까지는 엄마를 통해 주어진 가정이었기에 늘 부족했고 아쉬웠다. 그런데 더 이상 주어질 필요가 없이 내가 만들어 가면 되는 가정이란 점에서 새로운 기분도 들었다. 스물여덟 해를 살아오면서 스스로 가정을 꾸리게 될 줄 생각하지 못했는데 막상 그 중심에 서 있으려니 책임도 막중했다. 한편으론 혼자 살아가는 게 아닌 남편이 될 사람과 함께 가정의 중심점에 서 있다는 안도감도 있었다. 정말로 기분이 복잡미묘했다.

그래도 결혼식 날 그저 얼굴에 미소가 가득한 신랑을 보니, '그래, 지금까지 해 온 것처럼 앞으로도 그렇게 해 나가면 되지 않을까.' 하는 생각에 마음을 다잡았다. 비로소 나는 혼자에서 함께라는 시작점에 섰다. 혼자에서 둘, 우리의 삶을 시작하면서 달라진 건 없었다. 삶은 비슷했다. 대신 가정을 이루니 삶의 목표가 바뀌었다. 나 혼자 잘 살면 된다는 생각에서 나와 남편, 나아가 가정이 나아가야 할 바를 생각하다 보니 고려해야 할 것이 많아졌다. 신경 써야 할 부분이 많아진 것도 있다. 몸도 마음도 바빠진 까닭에 갈등을 불러일으키기도 했다. 아무리 연애를 오래 해도 결혼하면 달라진다더니 나와 남편도 비슷했다. 사소한 것의 의견 차이가 생기기도 했고 서로의 분야에 대해 충분히 이해한다고 생각했는데 이견도 있었다. 무엇보다 결혼이 가정과 가정이 만나는 것인 만큼 가족 이야기에 민감해지기도 했다.

그런 까닭에 싸우기도 많이 싸웠다. 한번은 남편의 무던한 성격에 무척 서운했던 적이 있다. 한창 업무에 시달리고 사람들과의 관계로 힘들어 할 때였다. 생각해 보니 그때엔 무조건적인 위로가 필요했던 것 같은데, 남편은 무던하고 무덤덤하기만 했지 따뜻한 위로의 말을 건넬 줄 몰랐다. 오히려 그것이 서운했는데, 그날 시댁에 다니러 갈 일이 생겼다. 시댁으로 가는 차 안은 냉랭한 기류가 흘렀다. 위로에 익숙지 않은 남편은 안절부절 못했다.

시댁에 도착한 뒤 나는 아무 일도 없다는 듯 부모님과 인사를 나누고 부엌으로 들어갔다. 평생 시어머니를 모시고 살며 모진 시집살이를 한 시어머니는 부엌에 들어온 나를 밀어 내시며 말씀하셨다.

"나가 있어라. 니 할 일 없다."

"어머니, 그래도 제가 도울게요. 저 며느리잖아요."

"아이다. 내가 하면 된다. 넌 쉬어라."

어머니는 나를 배려해 주셨다. 보통 시집살이를 하신 분들이 시집살이를 시킨다던데 어머니는 그런 대물림이 싫다고 하셨다. 당신이 모진 시집살이를 했지만 며느리에겐 편안한 삶을 살도록 하고 싶다고 하셨다. 그 생각이 감사했다.

아무리 그래도 며느리이기에 일하는 어머니를 두고 나올 수 없어 부엌 언저리에 앉아 어머니를 보고 있는데 식사 준비를 하던 어머니가 무심결에 말씀을 건네셨다.

"아가, 니 힘들제?"

생각지도 않은 말을 듣자 순간 울컥했다. 그 짧은 시간 그런 생각이 들었다. '아, 나는 이런 위로를 받고 싶었구나' 어머니는 내 이런 마음을 아는지 모르는지 계속 말씀을 이어가셨다.

"일하느라 힘든 거 안다. 여자가 살림하랴 일하랴 얼마나 바쁜지 나도 아는데, 내 뭐 해 준 게 없어서 미안하다. 니도 알겠지만 큰 애가 저리 누워 있는 게 몇 년째이다 보니 거기 신경 써야지 노인네 모셔야지 니 도와줄 새가 없다."

어머니의 그 짧은 이야기 속에서 어머니의 고단한 삶, 자신의 인생은 쏙 빠지고 누군가의 어머니 누군가의 아내 누군가의 며느리로의 삶이 그려지면서 존경심이 생겼다. 또한 나보다 먼저 걸어가신 어머니에게 감사한 마음이 들었다. 한창 힘들고 고단했던 삶과 묵은 감정으로 차가워진 가슴 한 구석에 따스함이 느껴졌다. 어머니의 위로가 주는 힘이 그렇게 컸던 것이다.

그날 나는 어머니로부터 큰 선물을 받고 돌아왔다. 결혼은 가정을 이룬다는 것만 생각했지, 또 다른 부모가 생긴다는 것을 미처 잊고 있었는데 그 사실을 깨달은 것이다. 무뚝뚝한 어머니에게서 '해 준 게 없어 미안하다.'

는 그 말이 내 어린 시절의 상처를 진정한 어른으로부터 위로 받는 듯했다. 혼자에서 우리가 된다는 것, 그것은 먼저 삶을 살아간 분들의 위로와 격려라는 선물이 있기도 하다. 나는 결혼을 통해 그것을 새롭게 체험했다.

엄마로 성숙해지다

"축하합니다. 임신입니다."

결혼한 지 1년여 시간이 흘렀을 때 나는 임신 소식을 접했다. 갑작스런 일이었다. 아직 많은 것이 준비되지 않았다는 불안감에 기쁜 마음보단 걱정이 앞섰다. 하지만 양가 어른들은 무척이나 반가워 해 주셨고, 나의 걱정을 아는 주변 사람들은 지금이 제일 좋은 때라 다독여 주었다. 그렇게 나는 임신한 보험설계사가 되었다.

"어머, 우리 설계사님 임신 했나 부다."

"아이구, 축하합니다. 진짜 어른이 되겠네요."

결혼과 부모가 되는 것은 다른 것인지, 임신을 했다니까 진짜로 어른이 됐다며 걱정 어린 마음을 보내 주는 분들이 많았다. 부모가 된다는 것, 사실 생각이 많아지는 말이었는데 어쨌든 그 길을 가 보기로 했다. 임신을 하고

서도 나는 활기차게 움직였다. 다행히 입덧도 심하지 않았고, 뭐든지 잘 먹었다. 주변에서 얼굴이 훨씬 보기 좋다고 이야기할 정도였다. 어느 정도 배가 부르고 무거워 보이는 몸을 이끌고도 고객들을 만나는 것이 즐거웠다. 고객들은 웃으며 나를 반겨 주었고 안부를 물어 주었다.

사실 처음에 임신 소식을 접했을 때엔 일이 제일 걱정이었다. 만삭으로 운전하고 어떻게 움직일지, 또 출산을 하고 어느 정도 케어를 할 때까지 공백기가 있는데 그것이 곧 고객 이탈로 이어지면 어떡할지, 일에 큰 지장을 받을까 불안했던 것이다. 그것 때문에 더 예민하기도 했다. 그런데 그것은 기우에 불과했다. 고객들이 오히려 더 믿고 일을 맡겨 주었다. 아줌마들의 수다에도 낄 수 있는 수준이 되었다는 메리트도 있었다.

"래원 씨, 애기 잘 놓고 만나요. 건강관리 잘하고요."

고객으로부터 받는 이런 위로는 큰 힘이 되었다. 시간은 참 화살처럼 빨라서 어느덧 거의 만삭이 되었다. 겨울의 끝자락에 선 2월의 어느 날, 그날도 나는 하루를 열심히 보내고 잠자리에 누웠다. 그런데 시간이 얼마나 지났을까 느낌이 이상했다. 뭔가 흐르는 듯한 느낌에 깜짝 놀라 눈을 떴다. 아무래도 양수가 터진 것 같았다.

'예정일이 한 달이나 넘게 남았는데...'

불안한 예감은 틀린 적이 없었다. 얼마 전 진찰을 받을 때 의사가 아이 상태를 보더니 조금 조심히 다니라고 했던 말이 선명하게 들렸다. 이렇게 일찍 아기를 만날 예상은 못했던 터라 남편도 나도 당황하며 병원으로 향했다. 다니던 병원이 아닌 더 큰 병원으로 가는데 겁이 덜컥 났다. 무슨 일이 생기면 어쩌나 얼마나 두려웠는지 모른다.

"양수가 터져서 이제 무조건 낳아야 돼요. 촉진제를 놓아 줄게요. 진통이 좀 더 빨리 올 거예요."

간호사의 다급한 말에 나는 정신을 차릴 수 없었다. 대체 상황이 어떻게 돌아가는지 알 수가 없었다. 이렇게 일찍 아이를 낳아도 되나 싶은 걱정이 들었다. 그동안 병원에 다니면서 출산에 대해 두려움을 토로했던 나로서는, 진통을 겪는 게 무서워 수술을 하고 싶다는 말을 했었는데 후회가 밀려왔다. 괜히 그런 입찬소리를 했나 싶었던 것이다.

"후후… 아, 너무 아파요."

촉진제를 맞아선지 갑자기 몰아치는 고통은 너무도 견디기 힘들었다. 그동안 알아두었던 출산 지식은 모두 새하얀 백지가 되었고 그저 배를 부여잡고 진통이 올 때마다 고통을 호소할 뿐이었다. 진통이 휘몰아칠수록 숨은 점점 가빠졌고 눈앞이 캄캄해졌다. 그러면서 정신도 오락가락 결국 산소호흡기가 씌워질 정도였다. 그런데 그때 정신을 번쩍 들게 만드는 간호사의 말이 귓전에 울렸다.

"엄마. 이러면 안 돼요. 아기는 지금 엄마보다 몇 십 배는 훨씬 고통스러워요. 아니 몇 백 배일지도 몰라요. 엄마가 이렇게 힘들어 하면 아기는 어떻게 해요."

그 말이 어찌나 크게 들렸는지 모른다. 갑자기 정신이 번쩍 들었다. 나는 그때까지 내 고통만 생각했지, 뱃속에서 세상을 향해 나오려는 아가의 고통은 생각하지 못했던 것이다. 순간, 나는 정신을 차리고 호흡에 집중했다. 산소마스크를 쓴 상태에서 크게 심호흡을 하기 시작했다. 배가 아픈데 힘을 줘야 하는 기막힌 상황이었지만 그럴수록 이 악물고 호흡하며 힘을 주었다.

그러자 옆에서 나를 질책하던 간호사가 놀라는 표정을 지으며 곁으로 와서 내 상태를 확인했다. 그러곤 곧 나올 수 있을 것 같다며 분만실로 들여보냈다. 드디어 분만실, 아직도 잊지 못할 그 차가웠던 침대에 누워 덜덜덜 추위에 떨며 마지막 출산의 고통을 겪었다.

"엄마, 한 번만 더 힘을 줍시다. 이제 거의 다 나왔어요. 자, 하나 둘 셋!"

이제 정말 마지막이란 생각으로 힘을 짜 내자, '으앙' 하는 아이의 울음소리가 들렸다. 그 순간 정말 깊은 곳에서 터져 나오는 내 눈물은 진정으로 엄마만이 경험할 수 있는, 그 무엇, 그 이상의 것이었다. 나는 그렇게 여자에서 엄마가 되었다. 얼마나 시간이 흘렀을까. 입원실로 옮겨진 뒤 간호사로부터 아기가 인큐베이터 안으로 들어갔다는 이야기를 들었다. 나오면서 약간의 호흡 곤란 증상이 있었다고 했지만 별 문제 없을 거라고도 했다. 어기적거리며 아이를 보러 가겠다며 일어섰다. 남편은 조금 있다가 움직이라고 했지만 그럴 순 없었다. 잠시 뒤 도착한 신생아실, 나는 간호사에게 확인을 하고 안으로 들어섰다. 여러 개의 인큐베이터가 보였고, 아기를 만나러 한발 한발 움직이는 그 순간순간이 가슴 떨렸다. 그리고 어느 인큐베이터 앞에서 발걸음을 멈춘 간호사가 나를 보며 웃자, 어느새 나의 두 눈에는 눈물이 맺혔다.

엄마라는 통로를 통해 세상 빛을 본 아가, 그 아가를 보니 복잡 미묘한 감정이 들었다. 나보다 먼저 엄마가 된 친구가 해 준 이야기가 생각났다. 아기를 처음 만나러 가는 그 시간이 얼마나 떨렸는지, 그 벅차고 감격스런 기분은 무엇으로도 표현할 수 없다던 친구의 심정을 절감할 수 있었다. 고개를 돌리고 있어 얼굴이 자세히 보이지는 않았지만 한눈에도 길쭉해 보이는 다리는 뱃속에 있었을 때 의사선생님이 '이 녀석 다리가 기네' 하는 말을 실감나게 해 주었다. 인큐베이터 안이 좁은 듯 다리를 쭉 펴지 못하고 누워 있는 모습이었다. 그런데 아기의 몸이 파래 보였다. 내 눈물 때문인가, 여러 번 눈물을 훔쳐 내고 다시 보아도 아기의 몸 색깔이 달라 보여 간호사에게 물었다.

"그런데요 간호사님, 아기 몸이 파란 것 같은데 제가 잘못 본 거예요?"

"아, 그건 아기가 멍이 들어서 그래요. 나올 때 힘들었나 봐요. 온 몸에 멍이 들었네요."

"네? 아… 이런…"

엄마라는 통로를 통해 세상에 나올 때 엄마도 고통스럽지만 아기가 더 고통스럽다는 간호사의 말이 생각나면서 나는 미안한 마음에 눈물을 펑펑 쏟았다. 제대로 호흡을 하지 못한 것, 나 아픈 것만 생각해서 수술을 떠올렸던 것, 제대로 힘을 주지 못해 아이를 더 힘들게 했다는 자책감에 쏟은 눈물이었다. 돌아보니, 인큐베이터 앞에 있는 다른 산모들도 나와 비슷한 심정이었는지 다들 눈이 퉁퉁 부어 있었다. 그런데 아이가 힘들게 나온 것으로만 아픔이 끝나지 않았다. 나는 또 한 번 아픈 소식을 들어야 했다. 아이가 예정보다 한 달이나 일찍 나오는 터에 모두 완성된 채로 나오지 않았다고 한다. 아이의 심장에 구멍이 있다고 했다.

"네? 심장에 구멍이 있다고요? 아니 왜요?"

"아직 덜 완성되어서 안 닫힌 것일 수도 있어요. 자라면서 자연스럽게 구멍이 채워지면 괜찮지만 혹시 구멍이 닫히지 않으면 수술을 해야 할 수도 있습니다."

세상의 빛을 본 지 얼마 되지 않은 아이 앞에서 수술 이야기라니, 하늘이 무너지는 것 같았다. 아이를 임신했을 때엔 건강하게 낳는 게 최종 목표였다. 혹시나 좋지 않은 일이 생길 수도 있지만 그 두려움은 애써 외면하기도 했다. 그런데 좋지 않은 일은 예고 없이 다가온다. 나 역시 부지중에 다가올 위험과 리스크를 대비하는 보험 일을 하지만 이런 일이 내게 올 거라는 생각을 별로 하지 못했다. 그 점이 참 송구하면서도 아이러니하게 느껴지는 순간이었다.

'우리 아기 불쌍해서 어쩌나. 미안하다, 아가'

임신의 기쁨과 출산의 경이로움, 나아가 예상치 못한 일을 당함으로 거기서 오는 당황스러움과 걱정을 겪으면서 난 또 한 번 휘몰아치는 현실과 맞닥뜨렸다. 아이를 출산하고 난 뒤, 일을 쉬고 있으니 월급은 반 토막이 났다. 산간을 해 줄 가족도 없었기에 바로 육아로 들어가야 했다. 세상에 태어나 처음으로 엄마가 되어 모든 것이 낯설고 힘들었다. 가족 생각이 더욱 간절했다. 다른 산모들은 친정 엄마나 시댁 어른 등 가족들이 드나들며 이것저것 챙겨 주고 도와주는데 난 혼자 씩씩하게 모든 걸 해야 했다. 그러다보니 새로운 가족이 생겼다는 기쁨을 충분히 느끼지 못한 채 현실을 걱정하는 현실 엄마가 되어갔다. 낮에 산후 도우미가 와서 잠깐 도와줄 때면 꿀 같은 휴식이 주어졌지만 그마저도 중단되었다. 당장 일을 해야 하는 관계로 잠깐의 휴식이 있을 때엔 컴퓨터 앞에 가서 업무를 봐야 했다. 여리게 태어난 아이를 돌봐야 한다는 부담감도 한몫 더하는 바람에 출산 후 한 달만에 예전의 몸무게를 회복할 정도였다.

‘와... 엄마 되는 거 참 힘들구나’

저절로 이런 말이 나올 정도의 시간이 지나가고 있었다. 그래도 남편이 곁에서 함께 있어 줌으로 위로가 되었지만, 엄마가 된다는 건 여성 측에서 감내해야 할 몫이 더 강한 건 사실이었다. 이제는 제법 엄마로서 자리가 잡히고 이 생활에 익숙해졌다. 무엇보다 엄마가 되었기에 달라진 부분이 있다. 겁도 나고 어렵기도 하고 도망가고 싶기는 했지만 그것을 견뎌내고 얻는 삶의 여유와 분명한 목적, 여유롭고 단단한 마음가짐을 갖게 된 건 엄마가 된 축복이기도 하다. 아마도 세상의 모든 엄마가 이런 마음의 변화를 거치지 않았을까 생각이 들면서 나의 엄마에 대해서도 회한이 많아졌다. 이런 변화가 세상의 여자와 엄마를 구분하나 보다. 엄마가 되는 일은 나의 성장 동력이 되었다.

아픔이라는 씨앗

"래원아, 난데 이번에 둘째를 임신했거든. 태아보험을 들어야 하나 싶어서."

"아 정말? 축하해 언니! 근데 다른 건 몰라도 그건 꼭 하는 게 좋을 것 같아. 언니가 보험에 대해 좋은 마음 없는 건 아는데 엄마로서 언니 맘이 안심이 되려면 꼭 필요하지. 태아 때부터 가입을 하니까 태아보험이라고 말하지, 애기 다치는 거며, 병원치료비, 진단비, 배상책임까지 웬만한 보장이 다 되는 보험이야."

"그러게. 근데 첫째 때에도 별일 없다 보니 둘째도 꼭 들어야 하나 싶기도 하고… 그래서."

사촌언니의 전화를 받고 나는 언니에게로 달려갔다. 회사에서 가입 가능한 최고의 보장을 모두 선택해서 말이다. 태아보험에 대한 필요성에 대해 자세히 설명해 주었다. 이미 내가 체험한 좋은 상품이었기 때문에 자신 있었다.

태아보험은 일반 어린이보험과 다르다. 가장 큰 메리트는 태어나서 1년간 신생아 집중 보장이 있기 때문에 인큐베이터에 들어간다거나 신생아의 위험 부분에 대한 보장을 넣어 주는 것이다. 당연히 기존 실손 의료비와 수술비, 진단비 같은 것도 포함이다. 태아일 때부터 가입해 두어야, 아이가 세상에 태어나자마자 혹시 모를 사고나, 질병에 대한 치료비 보장이 가능하다. 형편이 넉넉하다면 생명보험과 손해보험의 상품을 각각 하나씩 가입하는 게 제일 이상적이겠지만 아무래도 보장이 세분화되어 있는 손해보험 쪽 상품이 더 낫다.

예전에는 어린이보험이 15세 만기나, 혹은 20세 만기 이러한 형태였다면, 지금은 태아에서부터 100세까지 가입할 수 있는 보험이 있어, 부모는 아이 보험의 만기를 선택해서 가입할 수 있다. 여러 가지 이유를 비교해 요즘 추세는 태아보험을 100세까지 보장 받을 형태를 많이 선택한다. 어른에 비해 아이일 때만 가입 가능한 보장을 어른이 되어서도 평생 보장 받는 이점도 있지만, 예전 20세 만기 형태를 가입했다가 만기가 끝나고 더 이상 보험 가입이 어려워진 상황이 있을 수 있는 그런 이유도 있었다.

실제 내가 이관 받은 고객 중 이런 사례가 있었다. 예전 20세 만기 어린이 보험을 가입한 고객이었다. 당시 100세 만기의 어린이 보험은 없었을 때였다. 그런데 안타깝게도 그 아이의 보험 만기가 끝나기 불과 몇 달 전 19세에 뇌종양 진단을 받았다. 처음엔 보험 덕분에 큰 병원에서 받은 검사와 치료비 등 병원비를 보상받았지만 만기 후 새로운 보험 가입은 당연히 거절

되었다. 불안한 상태로 성인 시절을 보내게 된 것이다. 자의적으로 보험에 가입하지 않은 것과 타의적으로 보험에 가입할 수 없는 건 다른 상황일 것이다. 참으로 안타까웠던 상황을 보았기에 나는 시간이 흘러 처음 100세 만기의 어린이 보험이 나왔을 때 제일 먼저 이 고객이 떠올랐다. 이러한 이야기를 고객에게도 안내하면서 나는 고객이 보험의 만기를 고민할 때 좀 더 많은 상황을 예로 들어 설명해 준다.

나는 사촌언니를 찾아가 나의 이야기를 들려주었다. 아이가 인큐베이터에 들어가고 또한 심장에 구멍이 있다는 소리를 들은 것, 혹시나 하면서 가입하지만 역시 그런 상황에 믿을 건 보험밖에 없었다는 나의 경험담을 들려주자 언니는 공감했다. 그러곤 상품도 상품이지만 역시 아이를 생각하는 엄마의 마음은 다 똑같다며 보장을 든든하게 설계해 온 나의 청약서에 서명을 했다. 그랬다. 태아보험은 엄마가 자식을 사랑하고 걱정하는 그 마음의 표현이다. 내가 아이를 출산하면서 남의 일처럼 생각했던 것이 바로 나의 일이 될 수 있다는 것을 경험했던 터라 출산 후 본격적으로 일을 하면서 태아 보험에 대해서는 많이 권유한 편이다. 아이에게 혹시나 그런 일이 생길 수도 있다는 두려움도 겪어 본 나는 부모의 마음. 엄마의 마음을 알게 되었고, 그것은 자연스레 보험에 녹아들어 특히 태아 보험을 고민하고 걱정하는 엄마들에게 전보다 더 당당하면서도, 진정으로 마음을 헤아리는 상담을 할 수 있었다. 삶의 경험을 통한 일의 이해 수준이 달라졌음을 느낄 수 있는 순간이기도 했다.

어쨌든 그 언니가 태아보험을 가입하고 몇 달이 지났을 때였다. 어느 날 다시 언니로부터 전화 한 통이 걸려왔다. 병원에 있다는 소식이었다.

"왜? 어디가 아픈 거야?"

"응. 몸이 좀 안 좋아서 입원했는데 이제 퇴원할 거야."

곧 퇴원해서 출산 준비를 할 예정이라던 말에 안심했는데, 그로부터 며칠 뒤 형부로부터 또다시 전화가 걸려왔다. 언니가 출산을 했다는 것이다. 긴급한 상황이 생기는 바람에 어쩔 수 없이 아이를 출산했다는 소식이었다. 나 역시 조기 출산을 했던 터라 더욱 마음이 쓰였는데 언니의 아이는 훨씬 더 작았는지, 큰 병원으로 옮겨 제왕절개로 출산을 했다고 한다. 그 아이는 중환자실 인큐베이터에 있다고 했다. 너무나 놀랐다.

"아… 너무 일찍 나왔나 보네요."

"그렇지. 한 석 달 먼저 나왔으니까… 아마 인큐베이터에서 두 달은 있어야 한다나 봐."

"아이고 그렇구나. 고생이겠네요."

"그나저나 처제! 언니도 궁금해 해서 대신 물어보는데 우리 태아보험 들었잖아. 조산과 인큐베이터 이용에 대한 보상도 받을 수 있는 거지?"

"네 형부. 그럼요. 이런 경우를 대비해서 보험을 드는 거잖아요. 걱정 마세요. 제가 다 알아보고 확실히 보상 받을 수 있도록 할 테니까 형부는 언니랑 애기한테 신경 쓰시면 돼요."

"고마워. 처제 덕분에 보험 들어놓은 게 얼마나 다행인지 모르겠어. 정말 큰 힘이 된다."

형부는 몇 번이고 고맙다는 인사를 했다. 그도 그럴 것이 과거 보험에 대한 인식이 부족했을 때 조산아에 대한 비용은 고스란히 부모의 몫이었다. 문제는 인큐베이터 사용비가 너무 비싸기 때문에 치료를 포기하는 이들도 있을 정도였다. 물론 극단적인 경우이긴 하지만 말이다. 다행히 지금은 보험이 일반화되어 있고 태아보험과 같은 제도 덕분에 비교적 부담이 적게 병원을 이용하며 아이가 건강할 수 있기를 소원하기만 되니 얼마나 다행인지 모르겠다. 나를 비롯한 사촌언니 역시 태아보험의 효과를 톡톡히 볼 수 있었다. 보험이 주는 가치다.

사촌 언니의 아이는 거의 60일간 인큐베이터에 있었다. 다행히 건강해져서 집으로 돌아갈 수 있게 되었는데, 이제부터 할 일은 보상이었다. 나중에 병원비 청구를 위해서 내가 받은 서류에는 아기가 인큐베이터에 입원한 것부터, 황달이나 탈장 증세 등 여러 가지 치료한 내용을 확인 할 수 있었다. 보험금을 타야 하는 보장 내용의 개수가 여러 가지였다. 입원 치료에 대한 것이므로 기본적으로 실손 의료비, 질병 입원 일당, 저체중아 입원 일당, 주산기 질환 입원 일당 등 해당 되는 것은 모두 받을 수 있었다. 태아보험이었기에 가능한 것이었다.

보험금을 청구한 다음 날 보험금을 지급받은 형부에게서 인사 전화가 걸려왔다.

"처제, 정말 고마워. 사실 병원비 무척 부담이었는데 보험 덕분에 한숨 돌렸다."

"저도 뿌듯하네요. 그리고 무엇보다 아기가 아무 탈 없이 퇴원해서 정말 다행이에요."

언니의 제왕절개수술과 입원비는 보험이 안 되니 비용이 컸는데, 거기에 아기 병원비까지 보험이 없었다면 얼마나 눈앞이 캄캄했을까. 형부는 나에게 몇 번이나 고맙단 인사를 했다. 그리고 나는 이제 마지막으로 고객에게 지급된 보험금을 확인하는데, 뭔가 미심쩍은 부분이 보였다. 금액이 좀 적은 것 같은 느낌이 들어 보상과에 확인 전화를 해 보니 아니나 다를까 중환자실 입원 일당이 누락되었던 것이었다. 아기는 중환자실 인큐베이터에 있었는데, 보상과 에서 일반 병실인 줄 알았던 것이었다. 나는 그것을 확인하여 형부에게 다시 누락된 금액을 추가로 지급할 수 있었다. 바로 이 부분에서 고객의 만족도는 최고가 된다.

"와, 래원아. 정말 고마워. 난 거기까지 생각도 못했는데... 이미 받은 것으로도 만족했었어.

정말 너 하는 일 대단하다. 앞으론 보험 하면 박래원을 생각할게."

물론 이런 일이 자주 있는 건 아니지만 어디든 사람이 하는 일이다 보니 실수가 있기 마련이다. 그럴수록 일하는 사람이 좀 더 꼼꼼하게, 내 일처럼 해야 한다는 것을 새삼 깨닫는다. 어쨌든 사촌언니는 그 일을 계기로 보험에 대한 필요성을 절감했고 고마워했다. 덕분에 언니를 통해 몇몇 고객을 소개받기도 하며 언니와 나는 친척관계를 넘어 신뢰 있는 고객과 설계사 관계를 유지했다.

돌아보면 헛된 경험은 없는 것 같다. 특히 엄마가 된 경험은 보험 설계사라는 직업에 좋은 영향을 미쳤다고 생각한다. 실제로 엄마가 되고 난 이후, 보험설계사로서든, 인간 박래원 그 자체로든 마음가짐이 또 한 번 달라졌기 때문이다. 그전엔 머리로만 이해하고, 판단했던 것이 이제는 가족이 생긴다는 것이 어떠한 마음인지, 진정으로 누군가를 지켜야 한다는 마음이 어떤 것인지, 또한 머리와 가슴이 이해하는 영업을 하게 되었다. 마침내 아픔은 경험이 된다.

보여지는 나와 보이지 않는 나 사이에서

"아휴 보험 설계사들 만나 보면 처음엔 다들 간이라도 빼줄 것처럼 그러다가 나중엔 싹 바뀌더라고요."

보험 일을 시작하면서 가장 많이 들었던 말이 아닐까 싶다. 나 역시 이 일을 시작하기 전엔 막연하게나마 그렇게 생각하기도 했었다. 그리고 실제 필드에 나가 보니 이 직업 세계가 이동이 잦다는 사실을 알 수 있었다. 그도 그럴 것이 처음에 도전할 수 있는 문턱이 너무 낮다. 누구나 문을 두드릴 수 있다는 것이 평등한 기회를 의미하기도 하지만, 막상 일을 시작하고 난 뒤 영업의 특수성 때문에 이직이나 퇴직률이 높은 것을 볼 때 오히려 고객에겐 혼란이 된다. 보험 영업은 고객과 설계사의 관계 형성이 아주 중요한데 이렇게 문턱이 낮은 진입이 오히려 방해가 된다고 생각하였다.

그런 까닭에 막상 고객들과 만날 때마다 그러한 불신을 허무는 시간이 필요했다. 나는 결코 변치 않는다고 어필해 봤자 공허한 말이 될 게 뻔했고, 사실 나 역시도 어떻게 될지 모르기에 함부로 말할 수 없지 않은가. 대신 나는 고객에게 믿음을 주는데 중점을 주었다.

보험을 하면서 알게 된 사실 하나가 있는데, 고객은 자신의 곁에서 실제로 도움을 줄 사람이라고 느끼면 계약을 한다는 것이다. 우리는 정보의 홍수 시대를 살고 있기에 인터넷만 열면 알고자 하는 정보를 얼마든지 얻을 수 있다. 다만 어떤 것이 진짜인지, 나에게 맞는 것인지 판단하는 힘이 부족할 뿐이다. 그 답을 줄 수 있는 것이 전문가다. 보험 설계사가 할 수 있는 영역이 바로 그것이다. 설계사가 자신에게 신뢰할 만한 정보를 줄 때 계약은 비로서 이루어진다. 그렇다면 고객과 만나 그의 신뢰를 얻기 위해 인간적으로 잘해야만 할까? 아니다. 그보다 앞서야 할 것이 실력이다.

예전에 대학생 시절, 숙모 가게에서 아르바이트를 한 적이 있다. 옷가게를 하는 숙모 가게에서 판매 직원으로 일을 했었는데, 하루는 한 여자 분이 들어왔다. 숙모를 비롯한 몇 명의 동네분이 모여 있었는데 그 여자 분은 쭈뼛거리고 오더니 뭔가 말을 하려고 했다.

"옷 보시려고요? 여기 신상품도 있으니까 마음껏 구경하세요."

"아… 그게 아니고. 저, 저는 00보험회사를 다니거든요. 지나가다가 잠깐 들어와 봤는데 좀 얘기를 할 수 있을까요?"

갑자기 매장 안에 흐르던 냉랭한 공기를 잊을 수 없다. 숙모는 이왕 들어오셨으니 하실 말씀 있으시면 하라고 하셨고 그때부터 그 여자 분의 난감했던 일이 시작되었다. 어린 내가 봐도 그 분은 훈련되지 않은 설계사였다. 보험이 왜 필요한지 보험이 어떤 기능을 가지고 있는지 요즘 뜨는 보험은 무엇인지 여러 이슈가 있을 텐데 다짜고짜 처음 본 사람들에게 어떤 보험을 가지고 있는지 물었다. 게다가 그 보험들에 대해 가지고 있는 정보도 없었다. 더듬거리던 말투에 제대로 풀리지 않는 대화로 홍당무가 된 얼굴빛까지 옆에 보고 있는 내가 더 민망해질 지경이었다. 어찌어찌해서 이야기를 마무리 짓고 서둘러 나가는 그분의 뒤통수에 대고 다들 한마디씩 했다.

"에고. 저런 사람한테 누가 보험을 들겠나?"

"그러게 말이다. 나 같아도 안 들겠다. 나보다도 모르는 것 같다. 하하"

정보는 곧 실력이다. 고객에게 가장 적합한 상품을 취합하여 제공해 주고 올바른 설명을 통해 제대로 인지시키고 선택할 수 있는 과정까지 매끄럽게 가이드 해 주는 역할이 곧 실력이다. 이것은 곧 고객이 설계사를 판단하는 기준이기도 하다. 그래서 나는 실력을 길렀다. 사람마다 경쟁력이 있는데, 아직까지 나는 연륜이 깊지 않고 쑥스러움을 타는 성격이기에 상품에 대한 정보와 지식을 장착한 실력으로 우선 승부를 걸어야 한다고 생각했다. 그러려면 배우는 게 우선이었다.

다행히 공부하는 걸 좋아하는 덕분에 교육을 정말 많이 들었다. 상품은 무궁무진했고 사라지기도 생기기도 했기에 교육은 날마다 새로웠다. 또 새로운 정보에 대해 발 빠르게 습득하는 것 못지않게 중요한 것이 실제 현장의 분위기다. 이 부분은 경험자들이나 교육 강사들의 경험이나 실전 팁을 알아두었다. 그런 정보는 노트에 꼼꼼히 기록해 두었는데, 그 노트엔 실전에서 고객과 나눠야 할 대화의 방법, 신문이나 기사 내용 스크랩, 좋은 글귀에 이르기까지 가장 나에게 필요한 내용들로 채워졌다.

'보험은 유지가 중요하다. 고객에게 권할 때 이 분이 얼마나 보험을 유지

할 수 있을지 체크해서 권해야 한다. 고객의 비밀을 끝까지 지키되 비밀을 털어놓도록 하자'

이런 글들을 적어 놓고 반드시 설명해 주어야 할 팁에 대한 나만의 설명서, 나만의 약관 설명서 등을 써서 현장에서 활용했다.

1만 시간의 법칙이란 게 있다. 어떤 분야든 1만 시간 이상 그 업무에 투자하면 전문가가 될 수 있다는 이야기다. 그만큼 오랜 시간의 투자와 노력이 필요하다는 것인데, 나는 이 법칙에 전적으로 공감한다. 보험에 대해 아예 문외한이던 나도 꾸준히 공부하며 노력의 시간을 쌓아가니 어느 순간 보험의 종류들이 눈에 들어오기 시작했고, 어떤 고객에게 어떤 상품이 적합할지 머릿속에서 매칭이 되기에 이르렀다. 공부가 계속 이어지다 보니 이제 각각의 상품 특징과 제외 조건 등의 특수한 상황들이 정리되어 들어왔다.

언젠가 우리나라 김연아 선수의 이야기를 들은 적이 있다. 그 역시 매번 훈련마다 한계를 느꼈다던 그녀도 늘 그만두고 싶은 마음이 함께였다고 한다. '이만하면 됐어 충분해' 라는 달콤한 말에 속아 넘어갈 뻔도 했단다. 그런데 마지막 1도를 높여 물을 끓게 만들기 위해 날마다 단련했고 그 결과 세계적인 피겨 선수, 대한민국을 대표하는 브랜드가 되었다.

이처럼 꾸준한 습관과 시간의 힘은 우리 자신을 속이지 않는다. 지금까지 내가 소중하게 생각하는 비밀노트 두 권이 있다. 한 권은 스케줄 표 위주로 적혀 있는데, 고객과의 만남에서 준비해야 할 자료가 무엇인지 알림장처럼 써 놓으며 방향을 잡아주는 등대다. 또 한권은 스크랩노트를 정리해 놓은 것으로, 나만의 설명서를 적어놓은 전문적인 공간이기도 하다. 참고서 같은 노트다. 물론 이 두 종류의 노트를 쓰기 시작하면서 고객 앞에서 버벅거리기도 하고 해야 할 말을 잊어버려 창피한 때도 있었다. 하지만 그것으로 치워 버렸다면 쓰다만 연습장에 불과했을 것이다. 그래서 꾸준한 시간을 투자하고 훈련하고 노트를 쓴 결과 이제 제법 전문가 티가 나는 사람으로 된 게 아닌가 싶다.

이렇듯 사람들에게 보여지는 나는 실력을 갖춘 보험계의 프로페셔널이 되는 것이었다. 그런데 그것으로 끝날 수 없었다. 보여지는 나와 함께 보여지지 않는 나에 대해서도 고민을 하게 되었다. 처음 이 일을 시작하면서 나를 가졌던 생각을 바탕으로 보여지는 나와 보이지 않는 나의 모습의 밸런스를 맞추고 싶었다. 보여지지 않는 나, 즉 내면의 내가 추구해야 할 모습은 보험업계에 발을 들여놓으면서 가졌던 초심이기도 했던 사람을 남기겠다는 생각이었다.

영업을 하다 보면 어느 순간 수치에, 건수에 연연할 때가 생긴다. 알 수 없는 경쟁심리도 작동하고 실적에 대한 부담감 때문에 그런 일이 발생하는데, 그때마다 보이지 않는 내가 말하는 것에 귀 기울이려고 한다.

'박래원, 지금 너, 사람을 더 중요하게 생각하고 있는 거니?'

어떤 땐 부끄럽게도 사람이 뒷전일 때가 있다. 그런 생각이 들 때면 즉시 돌이켜 생각했다. 어디서부터 잘못된 건지, 어디에서 욕심을 부렸던 것인지 따져 보면 반드시 구멍이 있었다.

회복 탄력성이란 말이 있다. 제자리로 돌아오는 힘을 의미하는 이 회복 탄력성은 뭔가 궤도에서 벗어났을 때 제자리를 돌아오게 만드는 근원적 힘을 가진 사람에게 발달된다고 한다. 보험 설계사라는 쉽지 않은 일을 시작하면서 때때로 궤도에서 벗어난 것 같은 상황이 벌어질 때마다 회복 탄력성을 갖도록 해 준 건 초심이었다고 생각한다. 사람 얻기를 추구한 삶의 방향이 회복을 돕는 방법이 되었던 것이다.

신기하게도 그 회복 탄력성은 시간이 지날수록 더 강해졌다. 보험 설계사 일을 하면서 나는 오히려 사람에 대한 관심이 더 커졌다. 또한 그 관심은 진심어린 걱정으로 이어졌다. 아이를 낳아 기르며 엄마 보험설계사가 되다 보니 고객 중에 나와 비슷한 상황을 겪고 있을 때엔 그들의 마음을 좀 더 이해했고 그들이 가진 고민이 곧 나의 고민이란 마음으로 접근하게 되었다. 이런 마음가짐으로 30대를 맞으면서 보여지지 않는 내가 더 중요하게 되었다.

막상 30대가 되어 보니 고객들의 마음을 이해하는 창이 넓어졌음이 느껴졌다. 대한민국의 30대라 하면 어느 정도 직업에 대한 안정성도 있지만 여전히 흔들리고 불안하다. 게다가 가정을 이루고 살면서 자녀를 두고 한창 육아와 일, 여러 관계 속에서 시행착오를 겪는다. 재정에서 자유롭지 못하고 집값에 늘 연연하고 교육비에 몸살을 앓는 시작점에 있다. 이런 고민을 나도 똑같이 겪고 있기에 고객을 만날 때 그들을 더욱 마음으로 보게 되었다.

'아, 이 고객은 지금 두 아이를 출산해서 육아에 전념하고 있으니까 육적으로 심적으로 고단할 거야. 또 경력이 단절됐다는 불안감도 있는 데에다 수입도 적어졌으니 어느 쪽으로 강화하면 좋을까. 새로운 상품보다는 기존의 것을 강화하는 방향이 좋겠다'

어떤 동료들은 남 좋은 일 시킨다며 나의 스타일을 이해하지 못하기도 한다. 그런데 웬일인지 나는 그들의 마음이 너무도 이해가 되었다. 그들의 가족이 더 행복했으면 좋겠고 덜 힘들었으면 좋겠다는 마음이 컸다.

"설계사님, 이렇게 도와주기만 하다가 월급 마이너스 되는 거 아니에요?"

"에이 그럴 리가요. 그렇다고 제 욕심만 또 부릴 수 있나요?"

"정말 감사해요. 근데 설계사님은 제 사정을 정말 잘 이해해 주시는 것 같아요."

이런 인사를 받으면서 또 힘을 낸다. 사람이 주는 힘이다. 좋은 사람과 만나며, 좋은 사람을 만나면서 얻는 힘이다. 영업 실적이 좀 떨어져도 마음 뿌듯한 게 더 좋았다고나 할까. 그런데 신기한 건 설계사로 시작하고 난 뒤부터 지금까지 한 번도 실적을 채우지 못한 때가 없었다. 어떻게든 채워지는 걸 보면 돕는 손이 있는 것 같다.

어떻게든 실적으로 연결해 보험 1등이 되기보다 고객 좋은 일을 도모하며 물 흐르듯 채워 가는 삶에 더 치중하면서 한 가지 절실하게 깨닫는 게 또 하나 있다. 보여지지 않는 내가 다져질수록 보여지는 나 역시 더 멋지게 보인다는 것이다. 그래서 더욱 사람의 마음을 얻는데 힘쓸 수밖에 없다.

야전형 인간

우리 지점에서 최연소로 보험인이 되었고 경험도 적고 말수도 숫기도 적었던 나는 사무실 내에서 있는 듯 없는 듯한 존재였다. 모든 동료들이 나를 두고 언제 그만두는지 카운트다운을 했었지만 오기로 버틴 결과 점점 단단해졌다. 모두들 이런 나를 보고 잘 버틴다고 대견해했다. 그럼에도 프로페셔널한 선배들과 만나면 주눅이 들기도 하고 부럽기도 했다. 과연 '보험 왕'이라 불리는 분들은 생활 패턴부터 달랐고 삶도 무척 긍정적이고 적극적이었다. 그런 분들을 볼 때면 배울 점을 찾고 벤치마킹하기도 했다. 어찌 보면 새롭게 도전한 보험 일은 긴장할 만한 환경이었고 그 점이 싫지 않았다.

다만, 한 가지 받아들이기 힘든 현실과 맞닿을 때도 있었다. 손해보험 설계사 일이라는 게 서류 싸움이기도 하다. 모든 근거 자료들이 서류로 남겨지다 보니 누락되는 것도 있고 오히려 부풀려지기도 한다.

"래원 씨, 이런 건 그냥 눈 한 번 감고 넘어가. 다들 그렇게 해."

"아뇨. 저는 안 되겠어요."

나는 편법과 과장, 이런 부분에 꽤 민감했다. 좋은 게 좋은 거라는 식의 업무 처리가 받아들여지지 않아서 답답하다는 얘기도 들었다. 하지만 내 속엔 정직만큼 좋은 무기는 없다는 믿음이 있었다. 새아빠와 생활하던 7년간 그분에게서 보고 배운 마음가짐이기도 하다. 함께 살던 시절, 그분은 지나칠 정도로 정직했고 대쪽 같았다. 아닌 건 아니고 맞는 건 맞다고 해야 했고 남들에게 말을 부풀리거나 빼거나 그런 적이 없다. 아니 그런 걸 혐오했는데, 답답할 수도 있는 그런 모습이 내겐 참 좋게 남아 있었던 것 같다. 아마도 편법을 지양했던 것도 그 영향이 크다고 생각한다. 그래서 내가 선택한 나만의 경쟁력은 '야전형 인간'이었다.

'내가 술수가 좋은 것도 아니고 수단이 좋은 건 아니지만 그래도 열심히 뛰어다닐 자신은 있다'

손해보험은 아무래도 사고 사건과 관련된 손해를 배상하는 일이 많기에 현장이 아주 중요하다. 특히나 자동차 사고 시 보상담당자와 고객 사이에서 상황을 빨리 이해하는 데 큰 도움이 되었다. 부족한 게 많았던 내가 고객의 신뢰를 쌓는 것이며, 고객에게 당당해지기 위해 현장에 나가는 것은 최고의 선택이었다. 나는 고객으로부터 사고 소식이 들리면 무조건 현장으로 나갔다. 경찰들이 자주 한다는 '현장에 답이 있다'는 논리가 우리 업계에도 통한다고나 할까.

"선배님, 아까 들으니까 사고가 난 것 같던데… 혹시 현장 가세요?"

"맞아. 그걸 또 들었어?"

"근데요, 죄송한데요. 저도 거기 따라가면 안 될까요?"

"래원 씨가? 아니 왜?"

"저도 현장 따라가서 사고 보험 처리 어떻게 진행하는지 보고 싶거든요"

"그래? 정 그렇게 따라가고 싶으면 그렇게 해. 근데 래원 씨 대단하다. 평소엔 그렇게 얌전하고 말도 안 하더니 이런 일은 엄청 적극적이네. 역시 사람은 겪어 봐야 알아. 허허허"

실제로 많은 동료들이 나의 이런 적극적인 모습에 깜짝 놀랐다. 그럼에도 불구하고 나는 이 일을 걸어가신 분들의 말을 듣고 따라다니며 현장을 익혔다. 그렇게 따라간 사고 현장은 매일 같은 모습은 단 한 건도 없었다. 정말 별일 아닌 접촉 사고에서 괜히 목소리를 높여 싸우기도 하고, 거짓말을 하다 블랙박스로 들키기도 하고, 좋게 이야기하고 헤어졌다 다음날 180도 바뀌는 상황이 오기도 했다. 그날도 평소 엄마와 같은 마음으로 조언해 주시던 선배를 따라 현장을 나갔다. 특히나 눈이 펑펑 쏟아진 겨울 어느 날이었다.

"아휴 어디 다친 데는 없으세요?"

"네, 저는 일단 괜찮은 것 같아요."

"고객님, 상황을 좀 설명해주시겠어요?"

"그러니까 오늘 눈이 와서 도로가 엄청 미끄러웠잖아요. 좌회전을 하는데 차가 확 미끄러지면서 인도 위로 이렇게 콱 처박혔어요."

고객은 놀란 가슴을 최대한 진정시키며 말을 이어갔다. 실제 현장은 아수라장이었다. 미끄러진 차량이 인도 위로 올라와 어느 상가를 덮친 사고였다. 상가의 유리창이 모두 깨져 있었는데, 그나마 다친 사람이 없어 천만다행이었다. 생각만 해도 아찔했다.

"고객님, 그런데 차량이 워낙 튼튼해서 그런지 차는 별로 부서진 곳이 없네요."

"그건 그래요."

보통 상가에 차량이 부딪힐 정도면 차량도 많이 부서질 것인데 희한하게 차량은 멀쩡했다. 오죽하면 현장에 있는 사람들이 'oo차량이 역시 단단하네' 라고 말할 정도였다. 사고 현장을 따라 가 보니 유선으로 전해 듣는 것보다 그 생동감은 말할 수 없었다. 특히 사고를 당한 측과 사고를 낸 측 모두 정황이 그대로 드러나기에 말을 보태거나 누락되는 일도 적어 보였다.

'과연, 듣는 것보다 한 번 해 보는 게 낫다더니 현장이 이렇게 중요하구나'

이런 사실을 몸으로 느낄 수 있었다. 그 후 나는 가능한 한 사고 현장에 나갈 것을 다짐했다. 사실 현장에서 중요한 건 사고처리만이 아니다. 여자인 내가 얼마나 많은 것을 할 수 있겠는가. 놀라고 당황스럽고 어떨 때에는 겁이 나고. 그런 상황의 고객에게 내편 한 사람이 더 있다는 그런 위안이 사실 제일 클 것이다. 어떤 이들은 굳이 저렇게까지 할 필요가 있는가 하고 말했지만 한 번 그것을 경험한 후 나는 현장이 더 좋아졌다. 사무실에 앉아 미숙하게 일 처리하는 것보다 현장에 나와 고객과 한 번 더 만나 위로할 수 있고 현장 요원들과 안면도 트면서 더 효율적으로 사고를 처리할 수 있는 팁도 얻고 살뜰히 챙겨 주는 관계를 맺다 보니 현장 전문가란 소리를 들을 수 있었다. 특히나 현장에 나가면 사고 현장이라 그런지 남자들로 드글거린다. 그도 그럴 것이 출동 요원부터 힘을 쓸 일이 많아선지 남성이 많은데, 그 속에 여자 손해보험설계사가 출연하면 다들 놀란 눈으로 보곤 한다.

"아니. 설계사님이 여자 분이세요?"

"네. 놀라셨나요? 저도 현장 좋아합니다."

이렇게 인사를 나누다 보면 삭막했던 분위기도 어느 정도 분위기가 유해지면서 사고처리도 유연하게 흘러가는 것을 느낄 수 있다. 또한 고객들과 만나 이야기를 할 때에도 백문이 불여일견이라고 내가 현장에서 보고 듣고 느낀 생생한 체험담을 통해 간접 경험을 하고 그로 인해 보험의 필요성을 더 절감하는 것 같아 일석이조다. 손해보험 설계사로 일을 하면서 가장 잘한 일을 꼽으라고 하면 현장 전문가를 선택한 점을 꼽고 싶다. 물론 몸은 고되었다. 또한 겁도 났다. 아무리 강심장도 사고가 난 현장에선 당황하기 마련인데 나도 경험이 많지 않은데에다 미숙할 수 있기에 두려운 마음이 컸지만 그것을 버티게 만든 건 고객과의 관계였다. 나 하나로 누군가 위로를 얻을 수 있을 거란 마음이 나를 움직였다. 그로 인해 아주 먼 곳은 제외하고는 밥을 먹다가도 사고가 나면 현장으로 향했고, 특히 고객이 여성일 경우엔 더 신속히 현장으로 향했다. 사고 접수를 시킨 후 현장 출동 요원을 보내고 나는 그 뒤를 따랐는데, 현장에서 나를 발견한 고객은 그렇게 고마워할 수가 없다.

"어머 설계사님이 직접 오셨어요?"

"네, 저의 고객님이시니 당연히 와야죠. 괜찮으세요?"

"좀 놀랐지만 괜찮아요. 그래도 이렇게 와 주시니 정말 위안이 돼요."

"다행입니다. 제가 위로가 되셨다니... 이제부터 저희가 처리해 드릴게요. 놀란 가슴 진정시키세요."

현장에서 최선을 다하는 모습에 고객은 또 한 번 감동을 받았다는 인사를 건넸다. 그 인사로 난 다시 일할 맛을 얻는다. 사람에게서 힘을 얻고 사람을 통해 용기를 얻는 것, 나는 그것이 현장에서 시작되었다고 믿는다. 그렇게 현장이 나를 성장시켰다.

3대 진단비와 실손 의료비의 차이

이제는 실손 의료보험이 필수가 된 가운데 정작 고객들은 실손 의료비와 함께 진단비도 필요한지, 그럼 진단비의 가입 금액은 얼마만큼 있어야 하는지, 진단비와 실손 의료비의 어떤 점이 다른지 명확히 모른다. 진단비와 실손 의료비의 차이를 짚고 넘어가자.

현재 실손 의료비는 표준화되면서 어느 보험회사에 가입하든지 보장 내용이 동일하고 갱신해야 한다. 비갱신이 없다. 앞서 설명했듯이 한도만 정해 두고, 쓴 병원비만큼 보상해 준다. 가입 연도에 따라 자기부담금의 범위는 다르지만 말이다. 갱신을 이어가는 실손 의료비는 보험료를 계속 납입해야 한다. 자신이 가입한 보험이 '20년납 100세 만기' 안에 실손 의료비가 포함되어 있다면, 20년이 지나 납입이 끝나도 실손 의료비에 대한 보험료만큼은 계속 납입해야 한다. 자신이 해약하기 전까지는 말이다.

3대 진단비는 우리가 흔히 알고 있는 암 진단비, 뇌출혈 진단비, 급성심근경색증 진단비가 있다. 우선 갱신과 비갱신 상품 중 선택이 가능한데, 갱신으로 가입한 부분에 대해서는 보험료를 계속 납입해야 하고 갱신 주기에 따라 보험료가 달라진다. 상품에 따라 3년, 15년, 20년 등 갱신 주기를 달리 선택할 수 있다. 갱신을 선택했을 때 실손 의료비와 동일하게 보험료를 쭉 납입해야 하지만 3대 진단비는 진단을 받는 최초 1회 보장을 받고, 보장받은 그 담보가 삭제된다. 그렇다면 없어진 것에 대한 보장 보험료는 내지 않는다. 한마디로,

'실손 의료비는 계속 리필되는 시스템이고, 암 진단비는 한 번 받으면 없어지는 1회용이다'

예를 들어 내가 중이염에 걸려 병원진료를 받고 보상을 받았지만, 일주일 뒤 또는 몇 년 뒤 다시 중이염에 걸릴 경우 실손 의료비를 가입했다면 보장을 받을 수 있다. 같은 병명이라도 상관없이 계속 리필이 되기에 진단비와 확연한 차이점이 있다. 물론 최근에는 두 번 받는 암보험이라는 것도 나왔지만, 일반적인 보험의 암 진단비 성격은 한 번으로 끝나는 경우가 대부분이다. 어떤 설계사들은 갱신형 암 진단비 상품을 가입한 고객에게 '얼마나 보험료가 오를지 모르는데 20년 30년 계속 돈을 내야 되는 왜 이런 상품을 넣었습니까' 하며 겁을 주기도 한다. 이 말이 맞기도 하지만 틀린 부분도 있다. 어느 한 부분만 부각시켜선 안 된다.

예를 들어 30세 여성이 '암 진단비 3천만 원'을 보장받기 위해 '20년 납 100세 만기' 보장이 되는 보험에 가입했다. 이 보험은 여성이 50세가 되면 납입이 완료된다. 재무적 관점으로 젊은 나이에 시작해서 50세에 납입을 완료하니 앞으로 노후를 생각하는 측면에선 유리하다.

그런데 이 여성이 암 진단을 받을지 안 받을지 알 수 없고, 혹시 50세에 진단을 받을지 60세에 진단을 받을지 알 수 없다. 또 건강하게 늙다가 99세 암 진단을 받을 수도 있다. 그럴 경우를 대비해 20년 동안 100세까지의 보

험료를 미리 모두 내놓는 상황이 되는 것이다. 게다가 돈을 미리 넣은 이 여성이 50세나 60세에 암 진단을 받아 3천만 원을 보장받았다고 할 때, 해당되는 담보는 삭제된다. 그렇게 되면 여성은 암 진단 이후 50년치, 40년치 보장받을 돈을 보험회사에 그냥 기부한 셈이 된다. 반면, 이 여성이 암 진단비 3천만 원을 보장받는 데 '15년 갱신형'으로 보험에 가입했다고 하자. 일단 이 상품은 15년 동안 보험료가 오르지 않는다. 그 사이 암 진단을 받았을 때 진단비 3천만 원을 받고 담보는 삭제된다. 만약 50세에 진단을 받으면 그 사이 보험료가 한 번 올랐겠지만 진단비를 받으면서 더 이상 보험료는 내지 않는다. 이처럼 갱신형은 3년 갱신, 15년 갱신, 20년 갱신 등 주기 선택이 가능하다.

그러므로 갱신, 비갱신 어떤 것이 좋은 것이다 나쁜 것이다 성급하게 판단할 문제가 아니다. 일찍 진단 받으면 갱신형이 유리하고 늦게 받으면 비갱신형이 유리하다고 생각할 수도 있겠으나, 통계적으로 우리나라 암 진단 나이가 점점 어려지고 있기에 갱신을 무조건 배척할 것도 아니라고 본다. 설계사는 언제까지 돈을 내야 한다는 막연함으로 겁주기에 연연하지 않아야 하며 갱신과 비갱신을 적절히 섞어서 고객에게 양질의 정보를 주어야 할 것이다. 고객도 객관적인 정보를 바탕으로 선택의 폭을 넓혀 자신의 상황에 맞는 상품을 유지해야 한다.

'둘 다 필요한가요?' 하고 묻는 분들에게 '실손 의료비는 최소한의 병원 치료를 위해, 암 진단비는 실직하고 난 뒤 최소한의 생활을 위해, 요양을 위한 자금으로 준비해야 함을 말하고 싶다. 현 시대는 웰빙으로 시작해 욜로(YOLO). 자신의 행복을 중요시 하는 시대 아닌가. 돈 없이 너무 길어진 수

명도 큰 리스크라고 말하는 현재, 진단비는 치료 중인 나의 생활 모습에 큰 작용을 하니 그 보장들의 필요성의 의미를 이해할 수 있겠다.

Chapter 4.

내일이라는 담보를 잡다

담보는 맡아서 보증할 수 있는 수단이다.

나만의 방책, 나만의 비법, 나만의 피난처가 되기도 한다.

결과를 알 수 없고 방향을 알 수 없지만 무한한 가능성을 안고 있는 '내일',

내일은 청춘에게 최선의 담보다.

불확실하지만 가능성을 품은 담보가 있는 한, 오늘을 열심히 살 수 있지 않을까.

진심은
영원한 보장이다

"와, 설계사님, 진짜 솔직하시네요!"

고객과 만나는 자리에서 이런 이야기를 종종 듣는다. 솔직하다는 것, 그것이 무기가 되기도 하지만 처음 내가 경험한 영업 현장에서는 아마추어 같은 모습이었다. 그래서 나의 비밀 노트에도 영업 현장에서 지켜야 할 원칙, 효과적인 영업을 위한 영업 전략 등이 적혀 있는 반면 '솔직'이라는 덕목은 없다. 프로페셔널하게 고객을 설득하기 위해, 어떻게 대화의 포문을 열어야 하는지 고객을 어떻게 하면 효과적으로 겁을 주면서 이야기를 이끌어 갈 수 있는지 등등 실전 팁이 쓰여 있다. 물론 이런 팁이 아주 효율적으로 사용되고 있지만 마음속으로 이 모든 스킬을 앞서는 것은 사실 '진심'이다.

보험업계에 발을 디디고 막 초보티를 벗으면서 소위 겉멋이 들 때였다. 상품에 대해서도 뭔가 아는 것 같고 그 어렵던 고객들도 조금씩 확보하다 보니 실적에 살짝 욕심이 났다. 그러다 보니 만나는 고객에게 안 해도 될 말을 보태고 있던 나를 발견하게 되었다.

'아니지. 내가 이러면 안 되지. 사람을 얻겠다고 해 놓고 이러지 말자'

스스로 마음을 다독이며 욕심을 내고 싶어 하는 본심을 다스렸다. 무조건적으로 고객의 입장에서 가장 필요한 부분이 무엇인지 생각해 보자는 마인드를 유지하자고 다짐했다. 그래서 취급하는 상품들에 대해 더 공부하는 습관을 갖게 되었다. 한 사람을 두고도 이것저것 여러 상품을 설계하고 다양하게 분석해 보는 것이다. 한번은 고객에게서 반가운 전화가 걸려왔다. 젊은 사람이 열심히 산다며 기특하게 여기시던 고객은 지인을 소개해 주시겠단다. 한번 만나 보라며 일부러 연락한 게 감사하여 바로 지인분께 연락을 드렸다. 다행히 별다른 거부감 없이 연락을 받아 주셨고 그렇게 그분의 사무실로 찾아갔다.

"내가 연락을 받긴 했는데 사실 나는 뭐가 뭔지 잘 몰라요."

"네, 그러실 겁니다. 이해합니다."

처음 만난 분과 대화를 할 때엔 더욱 긴장이 된다. 그 사람에 대한 정보가 거의 없기 때문에 상대방의 성향이나 니즈 등을 미리 알 수 없으니 준비하는 데에도 한계가 있다. 그럼에도 만남의 목적이 같아지도록 만남을 이끌어가야 했다. 그날 나는 그 분이 하시는 일이나 종사하시는 업종, 연배 정도만 알고 있었기에 꽤 범위를 넓혀서 준비를 한 뒤 나갔다. 조금은 서걱거리는 대화 속에서 나는 그분이 어떤 것을 중요하게 생각하고, 재정적인 부분에서 어떤 점을 어려워하는지 집중해서 들었다. 그렇게 대화를 나누다 보니 신기하게도 지혜가 떠올랐다. 마치 내가 사업체를 운영하는 50대 사장이 되어 재정적인 이벤트와 위험에 대비할 수 있는 상품들이 지나가면서 설명을 해드려야겠단 생각이 든 것이다.

"사장님, 저는 사장님만큼 살아본 건 아니지만 그래도 꽤나 파란만장하게 살았습니다. 살면서 먹구름 끼일 때고 있고 구름 위로 올라가고 싶을 만큼 기분 좋을 때도 있었어요. 그런데 따져 보니 그런 감정을 가져오는 데에는 돈이 연관될 때가 많더라고요. 그렇지요?"

"뭐 아무래도 그렇죠."

"사장님께선 지금 한창 경제활동을 해 오다가 노후로 가는 길에 계시잖아요. 물론 경제활동은 계속 하시겠지만 앞으로는 자녀분들이 더 활발하게 경제활동을 할 수밖에 없는데, 상대적으로 그 자녀들에게 짐이 되면 안 될 거예요. 그래서 더욱 자금이 필요한 시기이고요."

"그걸 누가 모르나. 근데 자식들 대학 공부에 유학 자금에 쓰다 보니 모으는 게 쉽지 않더라고. 사업도 정체된 상태고..."

"아무래도 사업은 월급과 다르니까요."

이렇게 이야기를 풀어 가다 보니 자연스럽게 노후 자금을 확보하는 이야기로 흘러갔고, 나는 그분의 상황에 가장 적절한 방안 책을 제시했다. 미팅 전에 준비해 간 자료들이 도움이 되었다. 그날 나는 최선을 다해 고객을 위해 컨설팅을 도와드렸다. 꽤 오랫동안 설명의 시간을 마쳤을 때였다.

"이봐요. 박래원 씨"

한참 설명을 듣고 있던 그분이 나를 지긋이 불렀다. 고객에게 다양하게 이름이 불리곤 하는데 그때처럼 따뜻하게 느껴지던 때도 드물었던 걸로 기억한다.

"네, 사장님."

"젊은 사람이 진심이 보이네. 한번 진행해 봅시다."

처음 만난 분으로부터 진심이 보인다는 이야기를 들으면서 나는 이 업계에 뛰어든 자부심을 느낄 수 있었다. 다행히 그날 만난 고객과 아직까지 설계사와 고객 관계를 유지하는 중이다. 그날의 경험 덕분인지 나는 진심의 힘을 더욱 믿게 되었다. 진심만큼 큰 위력을 발휘하는 것이 없음을 확신하기에 고객에게 내 마음을 숨기지 않는다.

때론 그 진심 때문에 고객이 오히려 걱정할 때도 있다. 고객층이 점점 다양해지면서 이제는 제법 내 또래의 고객들도 확보가 되었는데, 그들에겐 더욱 솔직하게 된다. 그들이 느끼는 고민이 나와 다르지 않기에 더욱 그런데, 그럴 때일수록 내 솔직한 심정을 털어놓는다. 실제 내가 S화재의 둥지를 떠나 더 넓은 세상으로 발을 내딛을 때에도 그러한 영향이 컸다.

"고객님, 솔직히 지금 원하시는 목적에 맞는 보험 상품은 저희 회사보다 다른 회사 상품이 더 맞을 수도 있어요. 손해보험은 돈 모으기 위한 목적으론 부족한 면이 많습니다."

"아 그런가요? 그럼 어떻게 하나요? 일부러 오셨는데!"

"제가 소속된 곳이 이 회사가 맞지만, 제 고객이시잖아요. 또 사실 저와 비슷한 또래이기도 하고요. 저라면 이 상품만 보지는 않을 것 같습니다."

"어머, 그렇게 솔직히 말씀해 주시니까 신뢰가 더 가네요."

이런 일이 잦아지고 있었다. 물론 내 판단이 틀릴 수도 있기에 그 부분에 대한 언급도 빼놓지 않는다. 다만, 설계사로서의 진심어린 조언과 정보를 주고 좀 더 이 분야에 대해 아는 사람으로서 의견을 제시한다면 고객은 한

번 더 생각할 수 있고 자신에게 유리한 그리고 필요한 보험과 재정 설계를 해 나갈 수 있을 것이다.

그래서 나는 진심을 다해 고객을 대하는 덕목을 최우선으로 삼고 있다. 진심을 다한다는 건 특별한 게 아니다. 자신이 사랑하는 자녀를 위한 보험을 소개해 달라고 하면, 내 자녀를 위한 보험을 준비하는 마음처럼 하는 것, 보험이 가장 빛을 발하는 것은 꾸준히 유지하여 최대한 보상을 받을 수 있도록 할 때이기에 꾸준히 보험을 유지할 정도의 좋은 상품인지 꼼꼼히 체크하는 것이다. 내가 모르는 것. 이해되지 않는 것은 여러 경로를 통해 알아보고 그래도 모르겠으면 솔직하게 인정하는 것 그런 것이다. 그러다 보니 물론 손해 볼 때도 있다.

어떤 때에는 높은 보험료를 내게 할 수도 있는 상품이지만, 솔직히 보장 내용이 고객의 상황과 맞지 않으니 가격대를 확 낮춘 다른 상품을 권하기도 했다. 어떤 때엔 가지고 있는 보험만으로도 충분히 가능하니 신규 가입은 안 해도 될 것 같다는 속 쓰린 말을 하기도 했다. 그럴 때면 오히려 고객 측에서 실적이 낮으면 어찌 하냐고 걱정해 주기도 했다.

"아 그렇지요. 저는 어쨌든 신규 가입을 하면 좋지요. 하지만 제가 알고 있는 지식으론 이렇게 하는 게 맞으니 있는 그대로 말씀드린 겁니다. 저는 욕심 부려서 다른 말을 하면 언젠가는 고객이 알 거라고 믿는 게 제 영업 철칙입니다."

솔직한 게 가장 큰 무기가 되는 영업 세계라면 살아볼 만하지 않을까 싶다. 지금 당장은 고객이 진짜 이게 좋은지 알 수 없어도 시간이 흐르면 알게 되어, 나의 말이 더 큰 힘으로 돌아온다는 것을 믿기 때문이다. 돌아보면 이런 진심을 알아 준 고객은 아직도 나와 같은 길을 걷고 있다. 진심을 나누어 주면서 말이다. 사람 사는 것이 특별한 게 없다. 점점 가족 단위가 작아지고 삭막해지고 믿음이 사라진 세상이지만 알고 보면 사람들은 자신의 마음을 털어놓을 곳을 찾지 못해 우울해 한다. 이런 상황에서 누구 한 사람이라도 자신을 진심으로 대해 준다면 그 하나만으로 사는 이유가 있을 것이다. 나는 그런 사람이 되고 싶다. 학창 시절 벼랑 끝에 서 있는 심정으로 하루하루 버티던 그때, 진심을 다해 나를 대해 주는 사람들이 있었기에 나는 그 고통의 시간을 버텨 냈다. 이런 나이기에 내 고객에게도, 어디선가 힘겨워 하고 있을 수도 있고 진심어린 마음이 절실한 이에게 나의 진심을 전해 주고 싶다. 진심이야말로 영원히 사라지지 않을 삶의 보장이 될 것을 믿는다.

진짜 자존심을 지키다

"휴… 이 짓도 정말 못해 먹겠다. 아쉬운 소리해 가면서 자존심 다 구기고…"

영업 세계에 입문한 뒤 동료들로부터 자주 듣던 말이다. 물론 이런 말을 달고 사는 동료들 다수가 이 세계를 떠났지만, 어쨌든 '영업 = 아쉬운 소리'라는 공식은 누구나 가지고 있는 마음인 것 같다. 나 역시 처음엔 이 점이 가장 스트레스 받는 대목이었다. 보험이 갖는 본래의 기능이 삶에서 있을 수 있는 위험에 대비하는 것이고 누구에게나 필요한 일인데도 고객과 만나 대화를 나눌 때엔 마치 부탁하는 입장이 된다.

"내가 좀 바쁜데 할 말 있으면 빨리 해 줄래요?"

"그래서 내가 뭘 도와드리면 되는 건가요?"

이런 식으로 나를 당황시키는 말을 들으면 자존감은 바닥에 떨어진다. 이런 일들은 주변에서 쉴 새 없이 벌어진다. 함께 일하던 동료 한 분이 어느 날 얼굴이 잿빛이 되어 들어왔다. 무슨 일이 있었는지 한마디도 안 하길래 용기를 내서 조심스럽게 말을 건넸다.

"저, 커피 한잔 타드릴까요?"

"아냐. 고마워."

"근데 무슨 일 있으셨어요? 표정이 안 좋아 보이세요."

"아니 그냥. 오늘은 좀 힘드네."

그 쓸쓸한 표정을 잊을 수 없었다. 분명히 뭔가 크게 상처를 입고 온 표정이었기에 더 이상 묻지 않았다. 그런데 얼마 뒤 그 분이 이런 말씀을 하셨다.

"래원 씨, 나 오늘 거머리 됐다."

"네? 거머리요?"

"응. 고객 만나서 이야기를 나누다가 잠깐 자리를 비웠거든. 얼마 뒤 다시 돌아오는데 그 사람이 누구랑 통화를 하는지 설계사가 하도 거머리처럼 붙어서 보험 하나 들어주고 끝내겠다고 하더라. 나 참... 우리, 이런 취급 받으면서 다녀야 하니?"

"..."

갑자기 그분의 감정에 이입이 되어 울컥했다. 인간은 감정의 동물이고 사람과의 관계를 통해 그 감정이 극대화된다는데, 영업이 곧 관계이다 보니 감정 소모와 과잉이 커진다. 어떤 분은 감정 따윈 주머니에 처넣고 다닌다고 하기도 하고 아예 버렸다고도 하는데, 나는 그것이 그리 좋아 보이지 않았다. 잘 처리하는 게 중요하다고 생각한다.

거머리로 취급받으며 자존감이 바닥까지 떨어진 그 선배님은 결국 이 업계를 떠났다. 더 이상 견디지 못한 것이다. 이곳에 있다 보니 새로운 만남 속에서 동료들의 떠남을 경험한다. 떠남과 만남이 늘 익숙한 공간인데, 특히나 떠남의 끝이 좋지 않기에 나 나름대로 고민을 했다.

어떻게 하면 머물러 있는 동안 잘 살아낼 수 있을지 고민을 하면서 얻은 결론은 하나였다. 자존심을 버릴게 아니라 어떻게든 내 자존심은 끝까지 지키자는 거였다.

"얘, 네가? 네가 보험을 한다고? 말도 안 돼."

S화재에서 일한다는 말을 들은 이모가 단번에 내뱉은 말이었다. 이모의 눈에 비친 나는 남에게 아쉬운 소리도 못하고, 낯도 두껍지 못해서 영업은 못한다는 판단이었던 것 같다. 그 말을 듣고 내심 고개를 끄덕였던 기억이 난다. 그런데 그 편견을 깨고 수년째 영업 필드에서 뛰고 있지 않은가. 이미 그 한계를 벗어났다는 게 희망이 있지 않을까 싶었다. 그때 생각이 들면서 나는 '자존심'에 대해 생각했다. 누군가에게 상처 되는 말을 들었을 때엔 자존심이 상했다고 표현한다. 뭔가 억울한 말을 듣거나 폄하를 당했다거나 부정적인 감정을 받으면 자존심이 상한다. 그것을 극복하는 건 미연에 방지하는 것이다. 이미 생채기가 난 피부는 그만큼 아물어야 할 시간과 치료가 필요하다. 그러니 상처를 입지 않도록 예방하는 게 최선의 방책인 것이다.

'보험 설계사로서 자존심은 지킨다'

나는 최소한 자존심은 지키자는 원칙을 세웠다. 일반적으로 보험 영업이 힘들고 아무나 할 수 없는 경지라고 일컫는데 이런 말이 나온 이유는 자존심까지 버리면서까지 실적을 쌓았기 때문일 것이다. 진정한 보험의 의미는 퇴색되고 실적 올리기만 급급할 때 만들어진 안타까운 상황, 나는 그 상황까지는 가지 말자고 다짐했다. 그래서 고객과, 또는 고객의 소개로 만난 잠정적인 고객들과의 만남에서도 인정에 의해, 부탁에 의해, 어쩔 수 없이 계약을 체결하는 것은 지양했다.

"제가 그 친구랑 친한데 그 친구가 부탁해서 하나 들어줄게요."

이런 이야기를 들을 때엔 과감히 저지하며 나섰다.

"고객님, 저를 생각해 주시는 마음은 정말 감사한데요, 좀 더 생각해 보시고 정말 필요하시다 싶으시면 연락 주십시오. 보험은 유지하는 게 중요한데 시간을 두고 유지할 수 있을지 고민해 보시고 결정하시면 좋을 것 같아요."

"네? 아니 들어주겠다는데도…"

"아휴, 저야 정말 감사하죠. 그래도 고객님 삶을 위한 보험인데 고객님 상황이 더 우선적으로 고려되어야죠."

여기까지 이야기를 들은 고객은 부류가 나뉜다. 한 부류는 내가 이렇게까지 말한 이유를 잘 깨닫지 못하고 덜 급한 듯 돌아서서 가는가 하면 또 한 부류는 나의 진심을 알아차리곤 좀 더 적극적으로 보험에 관심을 갖는다. 더 나아가 자존심을 지키는 또 하나의 방법으로 내 스스로 괜찮은 설계사가 되기 위해 노력하는 동시에 가치를 높이는 것이다. 보험 설계사로서 지켜야 할 자존심, 그것은 내가 하고 있는 일에 대한 자신감과 자부심을 갖는 것이다. 이 일이 왜 필요한지, 어떤 도움을 주는지, 그 유익에 초점을 맞추고 나는 그 유익을 전달하는 사람이라는 믿음을 가지고 한 사람 한 사람 만났을 때 나의 자존심의 두께도 점점 두터워져갔다.

"고객님, 설계사를 잘 만나는 게 참 복 있는 겁니다."

"어머, 그 말씀은 박래원 설계사님이 괜찮은 분이란 말인 거죠?"

"하하. 그렇게 생각해 주시면 감사하지요. 그런 사람이 되려고 노력합니다. 어디든 다양한 사람들이 모이다 보니 이런 사람 저런 사람 있잖아요. 좀 더 전문적인 담당자를 만나지 못해서 맞지 않는 상품을 넣기도 하고, 보험회사 좋은 일만 시키면 곤란하죠. 고객들은 설계사들의 말에 많이 좌우되기 때문에 설계사가 가지고 있는 주관과 소신을 봐야 해요."

객관적인 입장에서 설계사를 판단하는 기준을 제시해 줌으로써 고객은 나라는 사람에게 믿음을 갖는다. 그와 함께 일에 대한 소신과 원칙을 전달해 주기에 자존심은 당연히 지켜질 수밖에 없다. 정에 의해, 어쩔 수 없이 계약을 맺는 영업 현장은 늘 비겁해지고 주눅 들고 뭔가 불균형스럽다. 하지만 자존심을 지킬 때에는 서로가 WIN-WIN 할 수 있다. 자존심을 세우면 처음부터 정도에 어긋난 요구를 하지 않게 되고 서로에 대한 예의를 지켜나갈 수 있다. 진정한 자존심이 이루는 결과다. 지금도 나는 고객과 만나러 나갈 때면 늘 거울을 보고 마음속으로 외친다.

'어떤 상황에서든지 자존심은 지킨다'

이런 원칙에 맞추다 보니 자존심도 지키고 일도 해 나갈 수 있었다. 롱런하고 싶다면 자신이 가진 자존심의 한계를 정하고 그 원칙대로 살아내야 한다. 그것이 곧 방향이 되고 직업의 지침이 된다.

Give & Take

주고받는다는 것을 의미하는 '기브 앤 테이크', 이 말은 굉장히 민주적이다. 주는 만큼 받겠다는 것이니 요행을 바라는 것도 아니고 밑지는 것도 하지 않겠다는 태도이기 때문이다. 그런데 또 한편으론 이 말이 정 없이 느껴지기도 한다. 자로 잰 듯이 준 만큼 받고, 받은 만큼 돌려주는 것이 무척 형식적으로 생각되기 때문이다. 받는 건 생각지도 않고 무조건 퍼주기만 좋아하는 엄마의 사랑을 너무 기대하며 살았던 때문일까, 늘 더 주는 마음에 연연했던 것 같다. 그렇기 때문에 더 받지 못했을 때엔 오히려 내가 사랑을 덜 받는 것 같이 느끼기도 했고 왠지 서운한 마음을 갖기도 했었다.

그런데 영업하는 사람이 되면서 그 생각이 바뀌었다. 기브 앤 테이크만큼 명확한 것이 없더란 말이다. 처음에 보험을 시작하고 사람을 만나면서 나는 상대로부터 그냥 받기만 해야 한다는 생각에 기가 죽어 있었다. 아쉬운 소리를 하면서 상대방의 결정에 일희일비하는 내 모습을 보는 것도 힘들었다. '오늘은 어떤 '거리'를 만들어서 고객을 만나야 하나?' 이런 고민이 앞설 때엔 '이렇게까지 하면서 일해야 하나' 싶기도 했다.

하루는 고객 파일을 정리하면서 명단을 체크하고 있는데 자동차보험 고객 명부를 자세히 살펴보다 갑자기 의문점이 생겼다. 그 시기는 자동차 사고와 관련된 법률 하나가 바뀐 지 얼마 안 된 시점이었다. 그로 인해 보험업계에서도 관련 제도가 바뀌는 등의 약간의 변동 사항이 있었는데, 고객들이 아직 그것을 잘 모르고 있을 것이었다.

'아, 고객에겐 알아야 할 권리가 있지? 내가 알려드려야겠다'

그것이 지혜라고 생각한다. 아주 자연스럽게 만날 수 있는 기회이고 이야기 나눌 수 있는 주제인 데에다 고객 입장에서는 알아두면 유용한 정보였다.

"고객님, 저 박래원 설계사입니다. 잘 지내시죠?"

"네, 잘 지내고 있습니다."

"제가 연락드린 건요 이번에 자동차 사고 관련법이 개정됐는데 그 사실을 아시는지 해서요."

"아 그래요? 뭐 바뀐 게 있어요?"

"네. 알아두셔야 할 내용이어서 연락드렸어요."

"와, 고맙습니다. 지금까지 저는 이런 전화를 받아보지 못했거든요. 한 번 보험에 가입하면 그것으로 끝인데 설계사님은 이런 소소한 것까지 알려주시려 전화도 주시고..."

그날 그 고객과의 통화는 만남으로 이어졌고, 그 만남은 또한 소중한 결실로 맺어졌다. 비단 그 고객뿐 아니라 자동차 관련 보험 고객들에게 정보를 드리고 알려드림으로 고맙다는 인사를 참 많이 받았던 것 같다. 특히 그날의 경험으로 나는 새로운 영업 전략의 비결이랄까 나만의 노하우를 터득할 수 있었다. 바로 주고 받기였다. 설계사의 입장에서 고객에게 뭔가를 주고, 고객을 통해 실적을 받는 것이다. 이렇게 되면 내가 일방적으로 받는다는 생각도 안 하게 될 것이고 쓸데없는 피해의식 같은 건 없을 것이다.

그날 이후 나는 영업을 할 때마다 기브 앤 테이크 정신으로 무장했다. 대신 내가 먼저 주는 것을 원칙으로 했기에 그만큼 정보도, 공부도 해야 했다. 고객 입장에서 가장 받고 싶어 하는 것은 정보일 것이었다. 그래서 그날그날 경제를 비롯한 사회적인 이슈 등을 스크랩해서 읽고 고객에게 필요한 정보를 추렸다. 각자 원하는 정보가 다르고 가입한 상품에 따라 또한 달랐기에 고객의 정보를 완벽히 파악하면서 그들이 필요할 만한 것들을 찾아갔다.

"고객님, 겨울철이라 길이 미끄러울 때가 많을 텐데 운전하시기 괜찮으세요?"

"네 덕분에요. 그래도 얼마 전에 눈이 많이 내리던 날엔 도로가 엄청 미끄럽더라고요."

"그렇죠? 저도 그날 애 좀 먹었습니다. 그나저나 이번에 운전자 보험에 달라진 내용이 생겨서요. 알려드리려고 전화드렸어요."

"그래요? 우리 그때 보험들 때랑 달라진 거예요?"

"추가 된 거죠. 기존에 가입하셨던 보험이 11대 중과실과 같은 형사적 책임에 중상해 담보라는 게 생겼거든요."

이렇게 고객에게 법이나 정책이 바뀔 때면 새로운 정보를 알려주었다. 실제 자동차 운전을 할 때 사고는 늘 위험 요소가 된다. 보통 사고가 나면 민사 형사 행정적 책임이 있기 마련인데, 자동차보험으로는 민사 부분은 해결되지만 횡단보도, 중앙선 침범과 같은 11대 중과실은 형사 책임이 생겨 벌금이나 합의가 필요하다. 이 부분을 책임지는 게 손해보험에서 취급하는 운전자보험이다. 그런데 사고라는 게 11대 중과실로만 발생하는 게 아니므로 보상 사각지대에 놓이기도 했는데 중상해 담보라는 부분이 생기면서 보상의 범위를 넓힌 것이다. 전화를 받은 그 고객은 늘 운전을 하고 다니던 터라 이 부분에 민감했고, 곧바로 보상의 범위를 넓혀 준비할 수 있었다. 하나를 주고 하나를 받는 영업이 통한 것이다. 먼저 준다는 것은 그만큼 책임과 공부가 필요하다. 또한 자신감도 필요하다. 내가 제공하는 것이 상대방에게 도움이 될 거란 믿음을 가져야 함으로 철저하게 준비하고 확신을 갖고 움직여야 한다. 그래서 나는 더욱 주기 위해 노력했다. 좋은 것을 주기 위해 공부했다. 고객과 만날 약속이 잡히면 미팅을 잡은 그 시점부터 만나기 전까지 그 사람의 파일을 훑어보며 필요한 정보가 무엇인지, 어떤 부분에서 취약할지 상기하며 정보를 수집했다. 고객과 만나 어떻게 대화를 시작하고 어떤 질문을 할지 마음속으로 시뮬레이션을 했다. 과연 학습의 효과는 컸다. 고객과 만났을 때 아는 정보가 많으면 자신이 붙는다.

"아, 고객님 지난번에 자녀분 결혼 계획 있다고 하셨죠? 준비는 잘 되세요? 신혼부부들에게 가장 취약한 부분이 재정 관리인데, 제가 관련 정보를 좀 드릴까요?"

누구나 자신에게 관심을 갖고 정보를 제공해 주면 그것을 마다할 사람은 없다. 자신도 미처 생각지 못한 바를 짚어 주고, 정말 필요한 것이 무엇인지 다시 상기시켜 주는 모습 속에 그들은 감동을 받는다.

“래원 씨, 고마워요. 늘 나를 위해서 노력하고 있다는 게 느껴져요. 그 마음이 고마워서라도 보답하고 싶다니까요.”

나는 내가 할 수 있는 것을 생각했다. 아쉬운 이야기를 하니 못 하니 성격을 탓하기 전에 남에게 도움을 줄 수 있는 거리를 만들어 주되 당당하게 받는 전략을 선택했을 뿐이다. 당당하게 상대에게 좋은 정보를 제공하고 즉, 내가 서비스를 제공하고 고객이 도움이 된다고 생각하면 ‘나’ 라는 사람에게 설계를 맡겨 보고 계약을 하게끔 되는 것. 그것이 나의 영업의 전략이었다. 다행히 그 전략은 아직까지도 유효하며 앞으로도 그럴 것 같다.

나는
오늘도 듣는다.

어느 덧 보험설계사로서 10년차에 접어들었다. 많은 사람이 영업 잘하는 법. 대화하는 법 등 여러 가지에 대해 이야기하는데, 나는 무조건 말을 많이 하는 것이 영업하는 필수 조건이 아니라고 말하고 싶다. 누군가 내게 상담의 기본자세를 묻는 다면 나는 '듣는 것' 이라 말한다.

처음 이 분야에 발을 들여놓았을 때부터 나는 말하는 것에 많은 부담을 느꼈다. 뭔가 목적을 가진 채 갖는 만남에서 대화를 주도해야 할 사람은 만남을 제안한 쪽이다. 그래서 나는 고객과 만남이 잡히면 노트에 수첩에 뭘 여쭤 봐야 하는지 질문을 수없이 쓰곤 했다.

대부분 여성 고객에겐 공통적인 주제가 있어서 그나마 대화가 끊기지 않고 이어지곤 했지만, 손해보험 설계라는 주력 분야를 선택했을 때 만난 고객들은 대부분 남성이었다. 남성 중에 섬세하게 대화를 잘해 나가는 경우도 있지만 대부분의 남성은 여성 설계사와 만났을 때 부담스러워한다. 게다가 20대에 일을 시작했던 나로서는 나보다 연배가 훨씬 많은 남성 고객과 만남의 자리가 자연스럽지만은 않았다. 그러다 보니 공연히 분위기를 좋게 만든다고 날씨 얘기를 하거나 경제 이슈 등을 꺼내놓고 뻘쭘할 때가 있었다.

"고객님, 요즘 관심을 두고 계신 분야가 있으세요?"

"관심 있는 거요? 그런 거 없습니다. 먹고 살기 바쁜데요…"

"아, 아무래도 가장으로 갖는 책임감이 크시지요?"

"아가씨가 가장의 책임감을 아나. 그나저나 오늘 왜 만나자는 이유나 이야기 해 봐요. 나는 시간이 별로 없는데…"

"아. 그게…"

뚝뚝 끊어지는 이런 대화가 이어지면 그날은 열에 아홉은 소득 없는 만남이 된다. 여기서 소득이라 함은 무슨 성과를 의미하는 게 아니다. 적어도 고객과 만나 서로의 관심사를 나누고 알아가는 과정이 곧 성과일 텐데 그마저도 되지 않을 때엔 정말이지 참 속상하다. 그러다 보니 내가 이 일에 정말 적성이 안 맞나 보다 좌절감이 들 때가 있었다. 계속되는 답답함에 내 표정이 밝지 않았는지 어느 날 지점장님이 한마디 던졌다.

"요즘 왜 이리 힘이 없어요? 질문도 잘하더니만, 어려운 일 있으면 이야기 해 보세요."

어린 신입이 불안해 보였는지 그 염려의 한마디에 나는 푸념을 늘어놓았다.

"답답해서요. 고객과 이야기할 때 무슨 말을 해야 할지 잘 모르겠어요.

저보다 나이 많은 고객들과 어떤 공감대 형성을 할지, 내가 하고 싶은 이야기를 이끌어가야 할 텐데, 너무 어렵고 사람을 만날수록 힘이 빠져요. 어떻게 해야 하나요?"

"아, 그러셨구나. 그런데 내가 먼저 말을 많이 할 생각을 하지 마세요. 말하는 것에 부담을 많이 가지시는 듯한데, 상대가 말을 더 많이 하게끔 해 보세요. 나는 그저 한 번씩 질문해 보시고, 들으면 됩니다."

"네? 그게 무슨 말인지…"

"사무실에선 궁금한 거 잘 묻고 또 열심히 듣고 잘하시잖아요. 여기 사무실에 거의 부모뻘 되는 분들이 훨씬 많은데 이야기 잘 맞추고, 일 열심히 하시잖아요. 그것과 크게 다르지 않습니다. 잘할 수 있으세요."

그 이야기를 듣는데 말할 수 없는 위로가 밀려왔다. 확실한 답은 아니어도 무언가 알 것만 같았다. 그랬다. 생각해 보니 사무실에서의 생활이 내 고객과 만나는 것과 많이 차이 나지 않았다. 기라성 같은 선배들은 밖에서 부모뻘의 고객 나이 대와 비슷했고, 그 분들에게 내가 많은 이야기를 하는 것보다 더 많이 듣고 경청했다. 또 그런 나를 좋게 봐 주었고 도움준 분들도 많았다.

'그래, 나는 듣는 건 잘할 수 있지. 차라리 부담감을 빼고 들어보자'

그때부터 듣는 일이 시작되었다. 경청이라고 하는 귀를 열고 들어주는 일은 생각보다 쉬운 일만은 아니었다. 듣다 보면 말하고 싶고 참견하고 싶기 때문이다. 사무실에선 내가 궁금한 것에 대한 이야기여서 경청이 잘되었지만 고객과의 이야기는 또 달랐다. 그냥 수다처럼 시간을 보내기엔 남는 게 없는 것 같았고, 답답함의 갈증이 가시지 않았다. 그러던 어느 날, 공장을 운영하는 사장님을 만나러 갔다. 그것은 지점장의 요청이었는데, 법인 화재보험 추진과 관련해 미리 관리를 도와준다는 취지였다. 나는 특별한 소득이 없을 거라 앞서 못 박으며 함께 고객을 만났다. 그냥 가서 무슨 인사를 하고 온다는 건지 나는 마음이 불편했지만 한편으론 이번 기회에 대화하는 모습을 볼 수 있을 것 같은 기대감도 생겼다.

"안녕하세요. 사장님, 잘 지내셨죠? 오늘은 저희 지점장님이 인사드리러 같이 오셨어요."

"안녕하십니까. 박래원 설계사님 잘 부탁드린다고 제가 인사하러 왔습니다. 열심히 하는데 궁금한 점 있으면 많이 물어봐 주십시오."

예상치 못한 지점장의 출현에 놀라하면서도 고객 분의 표정이 밝았다. 웃으며 반갑게 맞아주셔서 내가 안심이 되었다.

"사장님, 생각보다 더 젊으십니다. 나이 대가 있으실 거라 생각했어요. 짧은 시간에 어떻게 회사를 이 정도 일구셨나요?"

"아닙니다. 이제 시작인데요. 물론 예전에 혼자서 작은 창고 같은 곳에서 시작했던 거 생각하면 많이 커지긴 했지요."

지점장의 물 흐른 듯 자연스러운 질문에 대화가 매끄럽게 이어졌다. 내가 지금까지 고객을 만나 쭈뼛거리며 말하는 것과는 엄청 달랐다. 실제로 한 번씩 고객의 상황에 맞는 질문을 던지면 그것에 맞게 이야기를 풀어가는 건 고객이었다. 질문을 한 지점장은 고개를 끄덕이며 경청했고, 자신의 이야기를 풀어놓는 고객에게서 나는 지금까지 몰랐던 이야기를 들었다.

"사장님이 하시는 일이 휴대폰 관련 일이라고 들었습니다만, 무엇을 만드는 건가요?"

"아, 우리가 화면을 보는 휴대폰 액정이지요. 요거입니다. 이게 또 기종마다 재료가 달라서
기계도 다르고 은근 복잡해요."

"그렇군요. 저는 매일 휴대폰 사용하고, 기종도 여러 번 바꿨지만 다 똑같은 것인 줄 알았습니다. 덕분에 새로운 것을 알았네요. 사장님."

"허허, 뭘요. 이게 내 일인데, 나는 보험에 대해서는 하나도 모르는데, 그것에 관해서는 또 박래원 씨가 나보다 더 많이 알 거 아니겠어?"

갑작스럽게 내 이름이 튀어나와 나는 멋쩍은 웃음을 지어보였다. 그런데 질문만 한 번씩 하고 듣고 있던 지점장은 이 기회를 놓치지 않고 이야기를 이어갔다.

"그렇죠. 사장님. 박래원 씨 열심히 합니다. 항상 배우려는 자세로 노력하니 젊은 열정 좋게 봐 주시고 도움주세요. 사장님 공장 화재보험 준비할 때 다른 설계사 분도 많이 아시겠지만 저희 S화재 박래원 씨한테도 꼭 문의해 주시면 대단히 감사하겠습니다."

나는 속으로 적잖이 놀랐다. 이것이 고객과의 대화하는 모범적인 케이스라고 할까? 고객의 이야기를 정성스럽게 듣기 위해 그에 합당한 질문을 한 것 같았고, 이야기 주체는 고객이었다.

마지막에 지점장은 본인이 하고 싶은 말을 한 번 던지면서 오늘 여기에 온 성과는 낸 것이다. 나는 지금까지 내가 먼저 말을 많이 하고 이끌어내려 애썼고, 괜히 분위기를 매끄럽게 하려 꺼낸 질문은 너무 범위가 넓었거나, 고객의 관심 밖 주제였음을 느꼈다. 사실 사람간의 대화는 그 사람의 일, 가족 등 평범함 속에서 이루어지는데, 경험이 적었던 나에겐 이것이 참 어렵

게 느껴지는 일이었던 것 같다.

이날 나는 고객의 여러 이야기를 들으며 경청했고, 더 친근해지는 것을 느꼈으며, 많은 것을 배웠다. 나는 시간을 내 준 사장님에게 감사하다 인사를 했는데, 고객은 일부러 인사하러 지점장과 함께 온 것을 감사해 하며, 오히려 자신이 많은 이야기를 하는 바람에 시간을 뺏은 것 같다고 하셨다. 고객의 그런 인사로 그날 하루가 얼마나 보람 있게 느껴졌는지 모른다. 그 이후 열심히 애써 보려는 노력으로 봤던 것인지 고객은 훗날 공장 화재보험에 가입했고, 그것을 계기로 회사의 자동차보험이며, 가족의 건강보험까지 나를 지지해 주는 VIP고객이 되었다. 이제 나는 고객의 이야기를 듣는 것을 좋아한다. 소개로 처음 만난 고객에겐 최대한 질문을 많이 하며 그 고객이 많은 이야기를 할 수 있게 하고, 기존 고객에겐 최근에 생긴 즐거웠던 일이며, 속상했던 일까지 말할 수 있게끔 해 준다. 고객의 보험 생각은 물론이며, 그들의 가족 이야기, 주변의 이야기를 듣는다. 어느 덧 고객과 함께 나이 먹어가며, 인생 선배인 그들의 이야기 덕분에 내가 배우는 것이 더 많았다는 걸 알게 해 주었다. 나도 고객도, 서로가 들어주는 세상, 나는 보험 일을 통해 듣는 중요성을 깨달아 가는 중이다.

인생도
갱신이 필요하다.

어느 날 나에게 꿈을 자극하는 일이 있었다. 고객 상담을 나갔는데 그 고객은 한국인과 결혼한 중국 여성이었다. 다행히 우리말을 잘 이해하는 것 같았고 나는 준비해 간 이야기를 빠짐없이, 쉽게 풀었다.

"제가 하는 말, 잘 이해가 되셨나요?"

"네, 알아요. 말."

"와, 한국 온 지 얼마 안 됐는데도 한국말 잘 하시네요."

"저... 열심히 해요. 할 거예요."

그 여성은 누구보다 내가 하는 말을 열심히 들었다. 또 한국말로 뭐든 대답하려는 강한 의지를 보였는데, 현재 어학당을 다니며 공부한 덕분이란다. 보험에 가입하고 싶다고 만났으나 우리의 대화는 자연스럽게 삶으로 이어졌다.

"고객님은 앞으로 어떤 일을 하고 싶으세요?"

"저... 꿈 있어요. 한국어 능력 시험에 합격해서 한국인과 똑같이 취업할 거예요."

"진짜요? 와... 대단하시다."

외국인으로서 취업하는 게 아니라 한국인으로 살겠다는 그녀의 생각이 똑똑해 보였다. 그 도전이 멋졌다. 다른 이와 생각하는 바가 달랐던 그녀를 보면서 나는 내 가슴 깊숙이 뭔가가 꿈틀대는 것을 느꼈다. 당시 나는 보험 일에 익숙해 있었는데, 좋게 말하면 노련해진 것이고 나쁘게 말하면 꾀가 많아졌다. 얼마 전까지만 해도 나는 도전하는 걸 즐겨 했었다. 아이를 출산한 뒤 그 아이를 여기 저기 맡기며 일을 하는 가운데에서도 신입사원을 교육하는 파트로 옮겨 간 뒤 신입사원 교육을 담당하기도 했다. 강사와 관리자로의 도전은 새로운 경험이었다. 고객 상대로 상품을 판매하는 것에서, 이젠 그 판매자들에게 정확한 정보와 스킬을 교육하는 위치에 있다 보니 다각도에서의 관점을 갖고, 그 세계에 대한 이해도가 더 깊어졌다고 할까.

그뿐만 아니라 공부하는 것을 좋아하기에 금융에 관한 공부는 빠짐없이 하려 했고 그 외에도 필요한 공부가 있을 때엔 스스럼없이 도전했었다. 그런데 이러한 도전도 지속성을 잃어버려선 안 된다. 끊임없이 지적인 자극과 호기심이 필요하다. 어느 순간 현실에 너무 익숙하다 보면 그것으로부터 금세 멀어진다.

그날, 중국인 여성과 만나고 돌아가면서 그간의 내 모습이 주마등처럼 지나갔다. 결혼과 육아와 일에 지쳐서 형식적으로 살았던 내 모습이 마음에 들지 않았다. 도전에 또 멀어진 것이다. 사무실에 들어와 있는데, 그날따라 사무실이 북적거렸다. 새로운 가족이 들어왔다며 신인들이 들어와 인사를 하고 있었다. 함께 인사를 하는데 대부분 40대 이상은 되어 보였다.

'그래. 저 나이에도 새롭게 시작하는데. 나도 무엇인가를 더 꿈꾸어도 절대 늦지 않아'

나는 내가 가야 할 길이 여기가 끝이 아니라는 생각을 언제나 품고 있었다.

'그냥 이대로 머무른다면 내가 이일을 얼마나 더 할 수 있을까?'

'30대를 넘긴 내가 이대로 40대를 맞이해도 후회하지 않을까?'

이런 막연한 내면의 외침에 답답한 날이 많았던 것이었다. 그러던 나에게 길을 제시해 주는 것은 언제나 고객이었다. 앞서 중국 여성의 도전을 본 이후 얼마 지나지 않아 고객에게 전화가 왔다. 전화기에 찍힌 그분의 성함과 차량 번호를 보니 웃음이 나왔다. 번호를 볼 때부터 미소가 지어지는 고객, 그는 내게 고마운 분이었다. 나를 믿어 주었고 격려해 준 분이며 인생 선배로서 멘토의 역할도 해 준 분이었기에 반가운 마음으로 전화를 받았다. 만났으면 좋겠다는 말씀을 듣고 가정으로 방문을 했는데, 대뜸 보험 증권 한 장을 내밀었다. 나는 그분의 손해보험 담당자였고, 새로 가입한 보험은 생명보험의 증권이었다. 돈 모으기 최적의 상품이라고 가입했다는 그 상품명에는 '00변액 종신보험'이라고 적혀 있었다.

"어? 이 상품은..."

"왜요? 무슨 문제 있는 것 같아요?"

"아뇨. 고객님, 일단 제가 알아보겠습니다."

손해보험 전속 설계사인 나는 그 상품명에 적잖이 당황했다. 상품 이름은 그 성격을 나타내는데 고객이 적금이라고 가입한 상품이 내가 나쁘다고 교육 받았던 변액 종신보험이라니. 게다가 우리 회사에 들어오는 설계사들을 대상으로 상품 교육을 하면서 웬만한 상품들을 비교 분석할 때에도 변액 종신보험에 대해서는 비판적으로 말했던 나로서는 이해하기가 힘들었다. 이 상품을 권유한 설계사도 분명히 교육을 들었을 텐데 어떻게 이런 무책임한 권유를 했을까 싶었다.

'혹시 고객을 속인 건 아닐까?'

이런 의심이 계속되었다. 그때부터 내 고객을 위해 정보 수집에 나섰다. 일하는 직장이 손해보험사였지만 주변 설계사들을 통해 상품에 대해 알아보았다. 혹시라도 내가 잘못 알고 있을 수도 있으니 확인하려는 마음에서였는데, 대부분 나와 비슷한 생각을 가졌을 뿐 이에 대해 정확한 답변을 주거나 긍정적인 답은 돌아오지 않았다. 답답함이 목구멍까지 차올랐다.

이제 웬만한 상품을 비교 분석하고 속속들이 많은 것을 안다고 자부했던 나인데, 나는 이 일을 겪으면서 '내가 너무 현실에 안주하고 있구나' 하는 반성이 들었다. 시대가 변함에 따라 고객의 보험을 갱신해 주고 업그레이드를 시켜 주면서 막상 나의 일도 갱신, 리모델링이 필요한 것을 느낀 것이다. 보통 사람들은 갱신이란 말에 무척 민감하게 반응한다. '갱신 = 보험료 인상'으로 생각하기 때문이다. 그런데 그건 잘못된 생각이다. 시대가 달라지면서 제도도 정책도 달라지기에 보험도 달라진다.

예를 들어 과거 당뇨나 고혈압이 있을 때엔 보험 가입 자체가 불가했지만 요즘은 가입 가능한 상품이 많아졌다. 반면 암 진단이 많아지면서 과거에 비해 현재 암보험 상품은 신체 부위별로 진단비를 다르게 주는 형태로 변경되었다. 그러니 어떤 것은 고객에게 유리하게 또 어떤 부분은 불리하게 바뀐다. 그렇기에 자신이 가입한 보험 증권을 장롱 속에 고이 모셔둘 게 아니라 꺼내 확인하고 새롭게 리모델링하는 지혜가 필요하다. 설계사는 이 부분에 대해 올바른 지식을 바르게 안내해야 한다고 생각한다. 고객도 언젠가는 알게 되기에 더 많이 아는 입장에서 제대로 알려주어야 한다. 비록 얻는 것이 없더라도 말이다.

이와 함께 갱신에 대한 의미를 다시 되새겼다. 보험을 하면서 하루에 몇 차례씩 갱신이란 말을 달고 살면서도 나는 그 의미를 제대로 이해하지 못했던 것 같다. 물론 금융 상품에서 말하는 갱신은 잘 알고 있다. 동전의 양면성과 같은 갱신, 우리나라의 경우 생명보험사와 손해보험사의 영업적인 싸움에서 시작되었다고 봐도 무방하다. 갱신에는 단점도 있지만 장점도 있다. 특히 TV 홈쇼핑에서 보험 상품을 판매할 때 소비자들에게 '절대 갱신이 필요 없습니다' 하고 말하며 원래 갱신이 없는 상품을 자기 상품만 특별히 그런 것인 양 광고할 때엔 참 답답하다. 갱신의 원래 의미를 왜곡시키는 현실에 답답하지만 그럴수록 갱신이 지닌 장단점을 잘 설명해 주는 게 내가 할 수 있는 최선이라 여기며 열심히 설명한다.

미래의 물가 변동에 따라 지금의 보험료는 오를 수도 내릴 수도 있다. 물론 지금까지 물가가 거의 상승했고 나이가 증가함에 따라 아플 확률과 병원비 높아질 확률이 커지기에 보험료가 오르는 갱신이었지만, 정부 시책에 따라 다시 말해, 최근 들어선 정부가 국민건강의료보험의 보장을 넓히면서 보험 적용이 안 되는 비급여를 줄이는 등의 시책이 강화된다면 보험료가 더 이상 오르지 않거나 오히려 내려갈 수도 있다. 갱신은 한마디로 고쳐진다는 것이다. 그렇기에 상황에 맞춰 새롭게 바라보는 관점이 필요할 뿐이다. 인생갱신, 이 말에 꽂힌 나는 인생을 갱신하기 위해 어떤 것들이 필요할지 주변을 둘러보았다. 기본의 보험인이라는 틀은 갖추되 좀 더 근사하고 좀 더 나은 전문인이 되고 싶었다. 그러자 세상을 좀 더 넓게 바라보는 시각이 필요하다는 사실을 스스로 깨달았다. 뭔가 안에서 다시 꿈틀거리기 시작한 것이다.

일,
가치를 먼저 생각하다.

한창 하던 일에 대해 매너리즘에 빠지기 쉬운 시점, 나는 다행히 고객으로 인해 정신을 차렸다. 내 소중한 고객의 '돈 모으기 최적의 상품'으로 그것의 적절성을 알아보는 과정에서 내 일에 대한 갱신을 생각했다. 지금껏 너무 한쪽 분야만 보고 달려왔다는 생각이 들면서 좀 더 교육의 범위, 활동의 범위를 넓혀갈 계획을 세웠다.

그 시작이 생명보험 교차 판매였다. 교차 판매란 기존에 손해보험사에서만 하던 분야를 생명보험 분야까지 확장하는 것이다. 한 분야에서 베테랑이 된 후 새로운 분야를 받아들일 때가 된 것이었다. 그러려면 우선 생명보험 시험을 봐서 통과해야만 했다. 그렇게 다시 공부를 시작했다. 그동안 교육도 많이 받았지만 시험을 위한 공부를 하다 보니 부담도 되었다. 하지만 역시 공부는 그 자체로 얻어지는 게 있었다. 시험에 통과하는 것보다는 생명보험 관련 상품까지도 취급할 수 있단 점에서 서로 상호 보완할 수 있겠다는 기대치가 생긴 것이다. 과연 공부는 잘한 선택이었다. 다시 초심으로 돌아와 공부를 하다 보니 자연스럽게 생명보험사에서 주로 취급하는 상품에 대해 자세히 알고 손해보험 쪽과도 비교 분석이 가능했다. 공부가 재미있다는 표현이 맞을 정도로 몰입한 결과 때마침 시험에서도 좋은 결과를 얻을 수 있었다. 마침내 교차 판매 등록을 했고, 일전에 고객이 의뢰했던 상품에 대해 자세히 알아보았다. 이제는 당당하게 알아볼 위치가 되었기에 가장 먼저 담당 매니저를 통해 '00변액종신보험'에 대해 알아보았다. 그런데 가입설계서를 출력했을 때 담당 매니저는 예전과 다른 태도로 나를 대했다.

"박 설계사님, 이 고객의 경우에는요..."

예전에 손해보험사 설계사로서 이 설계에 대해 문의했을 때에는 반쪽짜리 설명이었다면 이제는 자세하고 친절한 설명이 이어졌다. 매니저 입장에서도 이제 생명보험사 설계사로도 활동하니 온전한 설명을 할 필요를 느낀 것 같다. 자격에 따라 설명의 강도, 대하는 태도가 달라지다니 참 얄궂다는 생각도 들었다. 어쨌든 매니저를 통해 상품에 대해 자세히 알아보니 동전의 양면과 같은 이치였다. 어디에 관점을 두는가에 따라 보험은 최상의 상품도 최악의 상품도 될 수 있었다. 그 말은 설계사가 고객의 입장에 가장 근접하게 설계를 도와드려야 할 책임이 더 크다는 말로 들렸다. 보험을 보는 눈이 한층 더 확장되는 순간이기도 했지만 이 일을 통해 나는 실망감에 빠졌다. 과연 설계사는 보험회사가 원하는 사람이 되어야 하는가, 고객에게 필요한 사람이 되어야 하는가. 이 두 가지가 같은 방향으로 갈 수 없을

지 의문이 들었다.

우리나라에서 보험이 너무 어렵게 여겨지는 것은 각각의 보험회사에서 자신들에게 유리한 방식으로 설계사를 키워내기 때문이다. 생명보험, 손해보험이 무엇인지조차 모르는 상황에서 수십 개의 회사가 그 회사 상품 판매만을 위해 설계사를 공부시키니 회사별로 일하는 설계사들 간의 지식도, 판단도 천차만별이 될 수밖에 없다. 아무리 인터넷이 발달되고 정보의 홍수 속에 있다고 하지만 고객은 결국 설계사의 설명을 통해 상품을 이해한다. 그래서 생명과 돈을 다루는 보험을 제대로 알고 양심적으로 일할 수 있는 전문가가 더욱 필요하다.

안타깝게도 나의 고객에게 그 상품이 최고의 상품은 아니었다. 목돈을 마련하려는 시점과 그들의 사정, 상품이 가진 한계가 모두 맞지 않았다. 일련의 과정을 통해 그러한 확신을 갖게 된 뒤 바로 고객에게 연락하여 새로운 방법을 찾았다. 이런 과정을 겪으면서 나의 고민은 더욱 깊어졌다. 인생을 갱신하는 것에 대해 더 깊게 생각한 것인데, 그것은 앞으로 보험인으로 살아가면서 궁극적으로 지향해야 할 것이 무엇인가에 관한 고민이었다.

'앞으로 내가 어떤 방향으로 나가야 하지?'

나는 다시 눈을 뜨고 세상을 바라보았다. 초저금리 저성장 초고령화 시대가 도래하고 있다. 이와 함께 취준생이 해마다 늘어나며 미래까지 포기한 n포 세대를 보면서 그들과 함께 살아가는 세대로서 시대적 동질감을 지닌다. 이런 어려운 세대에 보험을 한다는 것은 나 혼자 살아남으려는 발버둥이 아니다. 함께 살고 싶기 때문이다.

보험은 짧게는 몇 년 길게는 몇 십 년 이어가는 장기 상품이다. 그런 점에서 부담스럽고, 가입 전이나 이후 염려를 안고 있다. 특히 잘못 가입했을 때에는 다른 금융상품보다 피해가 크다. 원금을 회수하는 게 힘들뿐더러 늦으면 늦을수록 새로 시작하는 데 부담이 있다. 반면 보험의 효력을 받는 일이 생겼을 때에는 그 보험으로 인해 삶의 질이 달라질 수도 있다. 그래서 보험에는 가치와 매력이 있다. 내가 할 일은 그 가치와 매력이 빛을 발하도록 가이드 라인을 잘 안내하는 게 아닐까 싶다. 이러한 생각에 이르자 나는 지금 서 있는 곳이 좁다는 생각을 했다. 이미 손해보험사 쪽의 일을 수년째 해 오는 데에다 교차 판매 등록을 통해 생명보험 쪽 일까지 겸하고 있기에 어느 정도 보험사의 상품은 다룰 수 있다. 그런데 이 분야에 대해 알면 알수록 회사마다 보험 상품이 지닌 장단점이 다르기에 늘 아쉬움이 있었다. 나는 가능한 여러 상품을 다루며 고객에게 최선의 방법을 제시하고 싶었다. 그런 상황에서는 A회사 상품이 좋고 다른 상황에서는 B회사 상품이 유리하기에 그 모든 상품을 광범위하게 다룰 수 있는 자유로운 영업을 원하는 내 자신을 발견한 것이다. 마침내 나는 고심 끝에 퇴사를 결심했다. 현재 소속된 곳에서 한 회사 상품만 다루는 것이 아닌 여러 회사 상품을 모두 다루며 설계해 줄 수 있는 자유로운 설계사가 되어 좀 더 넓은 세계에서 일하기로 결심한 것이다.

"래원 씨, 정말 회사 나갈 거야? 나가면 추울 텐데…"

"네, 그렇겠죠. 그래도 저는 이 길이 더 맞는 것 같아요."

주변의 염려는 충분히 이해하고도 남았다. 회사라는 조직이라는 틀을 벗어나 프리랜서로, 맨땅에 또다시 헤딩하며 영업 틀을 구축해 나가야 한다는 막연함에 망설여지기도 했다. 그리 깡이 있는 것도 아니고, 속된말로 줄이 있는 것도 아닌데 그저 믿는 거라곤 내가 생각하는 일의 가치뿐이었다. 그럼에도 그 길이 맞다 여기며 가는 게 옳다고 생각했다.

"박래원 설계사님 다시 생각해 봐요. 이제 생명보험 교차판매 등록도 하셨으니 더 낫잖아요. 지금 고객들도 꽤 되시는데..."

"그렇게 말씀해 주시니 감사해요. 저 정말 이 회사에서 많이 배웠어요. 그 점 정말 감사하게 생각합니다. 이곳에서 열심히 배웠기 때문에 나가서도 잘할 수 있을 것 같아요."

한 회사와 전속 계약을 맺고 일하는 것, 편할 수 있다. 대신 나를 믿어 준 고객들에게 권할 수 있는 설계 내용에 한계가 있다. 또 회사의 틀에 벗어나면 더 많은 상품을 자유롭게 접할 기회를 줄 수 있었다. 다만 고객 확보는 처음부터 다시 시작해야 한다. 누가 봐도 전자가 유리한 것이었지만 보험이 장기 상품인 것처럼 나의 미래도 장기적인 안목으로 보기로 했다. 부딪혀 보기로 했다.

"그래, 어차피 난 아무것도 없이 시작했잖아. 또 다시 시작하면 되지. 그리고 또 나 같은 사람도 있어야 돼."

물론 겁도 났다. 지금까지 쌓아놓은 계약을 놓고 나오고 고객 역시 두고 나와야 한단 점에서 송구스러웠다. 하지만 이것은 일보전진을 위한 이보후퇴란 확신이 있었다. 누군가 말했다. '속도가 아니라 방향이다'라고. 나는 조금 늦더라도, 조금 돌아가더라도 내가 믿는, 사람을 얻는 보험인으로서의 방향에 손을 들어주기로 했다. 그렇게 난 다시 자유로운 사람이 되었다.

내 안의 나를 다스려라

"우리, 새로운 마음으로 일 잘해 봅시다."

"잘 부탁드립니다."

어찌 보면 온실 속에서 벗어나 광야로 간 나는 처음부터 다시 시작했다. 명함 속엔 예전에 소속된 회사의 마크가 사라지고 새로운 조직의 회사명이 들어갔고, '보험재무컨설팅전문가'란 직함이 찍혔다. 모든 것을 제로에서부터 시작했다. 한 회사가 아닌 여러 회사의 상품 공부와 전산 다룸 등 시행착오들을 당연히 겪어야 했지만, 내가 생각했던 보험인의 길을 가는 것이기에 기쁘게 감내할 수 있었다. 그래도 이번엔 덜 외로웠다. 내겐 누구보다 소중한 가족이 있었고 회사생활의 경험이 있었다. 그것이 얼마나 큰 위로가 되었는지 모른다. 게다가 나를 끝까지 믿어 준 고객이 있었다.

"박래원 씨, 관리 안 해 줄 거야?"

"고객님 저도 해 드리고 싶어요. 하지만 말씀드렸다시피 예전 회사에서 관리를 넘겨주지 않습니다. 상품은 좋으니 유지하세요. 그래도 제가 해드릴 수 있는 부분은 도와드릴게요."

"에이 당신같이 더 잘할 사람이 있나? 그러지 말고, 또 좋은 거 하나 소개해 줘요. 그러면 박래원 씨가 우리 집 재무 컨설팅 해 줄 거 아냐."

"네, 그건 그렇죠. 어쨌든 감사합니다. 이렇게 잊지 않고 찾아 주셔서."

눈물 나게 고마운 고객들이 믿고 나를 다시 찾아주면서 새로운 터전에서의 적응도 빨리 자리를 잡아갔다. 고객과 나를 위해 더 나은 선택이라고 믿었지만, 실제로는 겁도 많이 났다. 겉으론 괜찮은 척 했지만 속으론 사실 안 괜찮았다. 그럼에도 사람을 얻겠다는 마음으로 시작한 보험 영업관이 끝내 빛을 발했다. 새롭게 확보한 고객도 많았지만 예전에 관리하던 이들이 다른 채널로 컨설팅을 받고 싶어 하며 또다시 고객이 되어 주었다. 가장 좋은 것은 마음껏 재량을 발휘해 고객에게 맞춤한 보장 설계를 할 수 있다는 점이다. 회사 눈치를 보거나 무조건적으로 권유하는 일 없이 고객 입장에서만 컨설팅 할 수 있다는 메리트는 나로 하여금 프리랜서로 일하는 보람을 찾기에 충분했다.

물론 예전보다 더 불안한 점도 있다. 아직도 우리 사회는 '나'를 소개할 때 그 사람의 배경과 학력, 소속된 곳 등을 함께 보기 때문에 영업 활동을 하는데 프리랜서란 점이 좋지만은 않다. 그래도 일의 범위를 넓혀 사람을 얻자고 결심한 만큼 나의 길을 가고자 했다. 그러려면 나만의 기준이 필요했다. 아직도 흔들리고 불안에 떠는 30대 아니던가. 그래서 나만의 몇 가지 기준을 세워 스스로를 다스리고자 했다.

제일 먼저, 일상에 대한 감사를 시작했다. 사실 나는 감사에 인색했다. 감사할 게 별로 없는 인생이라는 생각 때문이었는데 아이러니하게도 전쟁터 같다는 일터에서 오히려 감사를 배웠다. 열심히 살아가는 고객과 만나며 감사를 배웠고, 따뜻한 정을 나눔으로 감사를 알았다. 워킹 맘이기에 육아와 일 사이에서 갈등도 겪고 남다른 가정사로 인해 고통스러운 일도 많이 겪어야 했지만 일을 통해 위로를 받기도 했다. 때론 나를 믿어 주지 않는 고객에게 상처를 받기도 하고 미숙한 일처리로 스스로를 탓하며 자책하기도 했지만 그를 통해 성장했음을 알았으니 감사할 일이었다.

'아, 그나마 이 정도라서 다행이다. 감사하다'

참 희한하게도 이 말 한마디가 내겐 큰 위로가 되었다. 세월이 지나면서 마음이 안정을 찾아서 일수도 있지만 늘 사람과 만나 감정 소모를 하는 나로서는 지금의 상황을 잘 받아들이는 것이 필요했는데 그것이 바로 감사였다. 그나마 이 정도가 되니 얼마나 다행인가, 더 나쁠 수도 있었는데 이만하길 다행이라고 받아들이다 보니 모든 게 감사의 조건이 되었다. 불과 20년 전만 해도 '나에게 스무 살이 오기나 올까' 생각하던 때가 있었다. 건물 옥상에 올라가 뛰어내릴 생각을 하며 절망에 빠졌던 나였다. 내 인생에 스무 살은 없다며 인생의 어두운 터널을 지났지만 지금의 나는 30대 중반을 향해 부지런히 달려간다. 지금의 내가 있었기에 열심히 짐을 지고 달려 갈 수 있다는 게, 이 인생의 과정을 경험하는 게 얼마나 감사한 일인지 모르겠다. 그래서 나 스스로를 다스리는 첫 번째 기준을 감사에 둔다.

'그래, 너 참 대견하다. 오늘 하루도 열심히 보내서 감사하다. 나를 만나 준 고객이 있어 감사하다. 꼭 어떤 성과를 낸 건 아니지만 최선을 다했으니

그것만으로 감사하다'

두 번째 기준은 '좋고 나쁨을 지금 판단하지 않는다'이다. 지금 좋은 일이 생겼다고 너무 기뻐하지 말고 나쁜 일이 생겼다고 너무 슬퍼하지도 않기로 했다. 그 일의 진짜 모습은 시간이 지나야 알 수 있기 때문이다. 처음 보험업계에 뛰어들고 1년이 체 지나지 않던 때였다. 경험도 부족하고 자기관리도 부족하던 시기였기에 스스로 스트레스를 많이 받았다. 20대 아가씨로서 3-40대, 더 나아가 50대 고객들과 만나는 게 참 어려웠었다. 나름대로 많은 노력을 하여 상담을 잡았으나 단칼에 거절당했을 때의 상처, 어리다는 이유로 경험이 부족하다는 이유로 억울하게 폄하당하는 데에서 오는 상처가 참 컸다. 굳은살이 박이고 또 박이어야 나아질 텐데 그게 언제가 될지 막막하기도 했다. 그런 이유에서였을까. 어느 날부터인가 두통이 자주 찾아왔다. 처음엔 일시적인 현상이겠지 싶어서 그냥 지나쳤는데 두통의 횟수와 강도가 갈수록 심해졌다. 모든 통증이 힘들겠지만 두통으로 인한 고통은 일단 사람과의 만남 자체를 어렵게 만든다. 진통제로만 버티는 데 한계를 느낀 뒤에야 괜찮다는 한의원을 찾아갔다. 진맥을 짚어보시던 한의사가 나를 빤히 쳐다보더니 물었다.

"뭐가 이래 답답해요? 나이도 어린 사람이. 신경을 너무 많이 쓰는 것 같은데..."

"아, 그런가요? 제가 일 때문에 스트레스를 많이 받았나 봐요."

"신경을 안 쓰고 살 수는 없는데 조금 무심해지는 것도 필요해요. 모든 걸 지금 기준으로 판단하지 마세요. 오늘 당장의 일이 기분 좋은 일이었어도 시간이 흘러야 진짜 모습을 판단할 수 있지, 지금은 모르는 겁니다. 또, 지금 나쁜 일인데 시간이 흐르면 그때 일이 도움이 될 때가 있잖아요. 그러니 지금 하나하나에 너무 신경 쓰지 않는 훈련이 필요합니다."

신경 덜 쓰라는 상투적인 이야기를 들으면서 말은 참 쉽다고 생각했다. 그런데 그 말은 두고두고 참 필요한 말이 되었다. 힘들어지는 많은 요인이 내가 성급히 판단하고 감정까지 판단해서 생긴 예민함 때문이었다. 그러다 보니 나도 주변의 가족도 힘든 상황이 발생했다. 어느 날부터 그 한의사 선생님 말이 생각나면서 지금 판단하지 말자고 마음먹었다. 그러자 극도로 예민해졌던 감정의 폭이 확실히 줄어드는 것이다. 시간이 흘러야 판단할 수 있다는 건 삶의 태도를 여유롭게 만든다. 매일 매일 사람들과 만나 이야기를 나누고 때론 계약으로 미묘한 신경전을 벌일 때에도 일일이 신경 쓰다 보면 아무것도 할 수 없다. 오히려 무심하게 상황을 받아들일 때 담대하게 상황을 넘길 수 있다. 순간에 최선을 다하되 판단은 미루자는 마음으로 삶에 임할 때 자신을 압박하는 조건으로부터 벗어날 수 있다.

한번은 어떤 고객이 내게 화재보험에 대한 문의를 해 온 적이 있다. 나의 고객이었던 미용실 원장의 손님이었다. 그분은 무책임한 설계사에게 보험을 계약한 뒤로 설계사에 대한 인식이 좋지 않았는데, 그 선입견을 버리게 하기까지 나름대로 노력을 많이 기울였다. 마침내, 마음을 열었을까. 자신의 집(주택)화재보험을 가입하고 싶다 하셨다. 나름 준비를 하고 떨리는 마음으로 고객을 만나러 갔는데, 그분이 대뜸 일반 집이 아닌 점을 봐 주는 보살집도 주택화재보험이 가능하냐는 질문을 했다.

"점을 봐 주는 보살 집은 일반 주택과는 달라요. 그래서 집이 아닌 상가화재보험으로 들어놓으셔야 될 것 같습니다. 그런데 보살 집은 절과 같은 개념이라 요율도 비싸게 적용되어 일반적인 2~3만 원으론 가입이 어려울 수도 있습니다. 또 심사를 하는 절차도 있고요."

"아… 복잡하네요."

내 설명을 들은 고객은 저렴하게, 주택화재보험을 가입하기 원했기 때문에 나의 말에 적잖이 실망을 하며 자리에서 일어섰다. 그러곤 얼마 뒤 그 고객은 다른 설계사를 통해 주택화재보험을 들었다고 연락해 왔다. 의아한 마음에 보험회사에서 그것을 받아주었는지 묻자 냉큼 받아주더란다. 마치 웃으며 항의하는 것 같아 당황스러웠다. 예전 같았으면 고객을 뺏긴 것 같은 상실감에 많이 속상했을 테지만, 그날은 '그래 그럴 수도 있다' 하고 마음을 달랬다.

그런데 몇 년 뒤, 그 고객에게 전화가 왔다. 그 점집에 정말 불이 났다는 것이다. '에이 설마' 했던 일이 진짜로 벌어졌다. 그런데 여기서 문제가 생겼다. 가입했던 보험사에서 나와 같은 얘기를 했다는 것이다. 일반주택화재 보험은 처음부터 보살 집은 가입이 불가하며, 고지 의무를 위반한 것으로 이것으로 인한 화재는 보상이 불가하다는 통보를 해 왔다.

역시나 잘못된 계약이었다. 내가 알려준 정보가 맞았던 것이다. 고객은 황당하기 그지없었다. 불이 나서 내부도 탔지만, 그을음으로 인해 윗집이며, 피해가 가서 보상을 해 주어야 했다. 게다가 불로 인한 연기를 마셨다며 이웃의 몇 분이 병원을 가야 한다며 보상을 요구했단다. 다행히 보험이 들어 있으니 병원가라고 이야기했는데 막상 보험회사에서 보상이 안 된다니 이 무슨 청천벽력 같은 말이었겠는가. 고객은 보험을 가입시켜 준 설계사에게 강하게 항의했지만 돌아오는 대답은 나는 모르겠다는 무책임한 말뿐이었다며 정말 답답한 마음에 내게 전화를 해 온 것이다.

이 일을 곁에서 지켜보면서 정말 세상일이란 어떻게 될지 알지 못한다고 생각했다. 그렇기에 보험인은 역시나 정도 영업이 필요하다는 것을 다시 한 번 느꼈다. 그래, 나도 욕심이 있는 사람이다. 그때 계약하지 못한 것에 많이 속상해 했었다. 내가 만약, 당장 계약의 기쁨을 누리기 위해 '설마, 불이 나겠어?' 생각하며, 괜찮다고 가입시켰다면 어땠을까. 난 비로소 그때 한의사 선생님이 나에게 해 준 이야기의 의미를 깨달았다. 난 고객을 다른 사람에게 뺏기는 기분 나쁜 일을 당했지만, 나의 일은 옳은 행동으로 그것이 나쁜 일이 아니었음을 시간이 흐른 뒤에야 진정으로 안 것이다. 마지막으로 스스로 세운 기준은, 하루하루 작은 성취감을 맛보자는 것이다. 그동안 나는 너무 내일에 대한 염려가 많았다. 내가 걸어온 10대 20대의 삶이 홀로 버텨가야 하던 삶이다 보니, '내일은 무슨 일을 하지?' '내일은 뭐 먹고 살지?' 늘 내일을 걱정해야 했다. 누군가 책임질 어른이 없었기에 스스로 어른이 되어 오늘보다는 내일에 집중한 삶이었다. 그러니 오늘을 즐길 여력이 없었던 것이다.

영업 현장에서도 그랬다. 처음에 보험 일을 하면서 능력별로 페이를 받다 보니 불안함이 컸다. 그냥 '한 달 생활비만 벌어도 좋겠다' 하고 기대했다. 참 신기하게도 일이 미숙할 때에도 어떻게든 실적이 맞춰지는 등 수입이 채워졌다. 물론 실적에 대한 부담은 있었다. 영업은 소위 '한 달 인생'이라 부른다. 계약을 한 건 한다고 해서 그 실적이 계속 유지되는 게 아니다. 다음 달이 되면 다시 제로부터 시작한다. 회사에 소속되어 있으면 다달이 해야 하는 실적이 있다. 달이 바뀌면 새로운 계약, 즉 신규 실적이 필요하다.

실적은 곧 실력. 실력은 곧 체력이라 부르는데, 이 분야에서도 체력이 좋아야 일을 잘하고 능률이 높아진다.

처음엔 그 말이 이해가 되지 않았는데 이내 알 수 있었다. 영업은 체력 싸움이라서 나처럼 체질적으로 약한 사람에겐 불리한 조건이 많았다. 일찌감치 그것을 알곤 나는 질적 성장, 질적으로 승부수를 띄웠다. 인맥이 약해 만나는 사람의 수가 적은 만큼, 최대한 한 번 만나는 그 고객에게 높은 퀄리티의 상담을 해서 계약을 이끌어 내는 것이다. 그럼에도 하루에 3세트, 즉 3번 방문으로 고객을 만나 계약을 해 내는 고능률의 선배에 비하면 아무것도 아니었기에 '언제 따라가나' 싶었지만 그래도 나만의 질적 승부수를 통해 노하우를 차곡차곡 쌓아 갔다.

그런데 경제적인 면에서는 오히려 더 안일한 태도를 가졌던 것 같다. 늘 내일을 걱정하며 살던 이유였을까, 어느 정도 궤도에 올라오면서 실적을 다음 달을 위해 배분하다 보니 늘 제자리였다. 그냥 이 정도로만 벌어도 괜찮다고 자족했다. 보험회사에 소속되었을 때 엄마처럼 따르던 멘토 설계사가 있었다. 그분은 인간적으로도 많은 도움을 주었을 뿐만 아니라 업무에서도 따뜻한 조언을 해 준 능력자였다. 한번은 그분이 내게 이런 말씀을 하셨다.

"래원아, 너는 매달 실적을 평균적으로 맞추는 것 같더라. 한 달에 어느 정도 실적을 하면 다음 달로 넘겨 버리지?"

"네, 다음 달에 할 게 있어야 되잖아요."

"맞아. 어떻게 보면 그게 방법일 수도 있어. 부담감을 덜 수 있으니까. 그런데 래원아. 그렇게 하면 그냥 그것뿐이야. 일반 회사는 월급을 주니까 그 시간만 어떻게든 보내면 월급이 나오지만 우리는 다르잖아. 네가 어떻게 하느냐에 따라 천차만별이야. 너는 지금 네 나이에 그 정도 벌면 적당하다고 생각할 수도 있지만, 꼭 돈만이 아니라 네가 할 수 있는 최대치를 끌어올려 보는 거, 요즘 애들 말로 하얗게 불태운다고 하지? 내일 먹을 거 챙겨 놓지 않고 지금 현재에 최선을 다해서 해 보면 신기하게 다음 달에도 그럴 가능성이 높아."

"그럴까요? 제가 할 수 있을까요?"

"당연하지. 근데 그러려면 지금의 패턴을 버려야 해. 다음 달 보지 말고 이 달이 마지막인 것처럼 끝까지 해 보고, 다음 달에는 다시 제로에서 출발하는 거야. 네 한계를 느껴 볼 필요가 있어."

그 이야기를 듣고 나는 가슴이 뛰었다. 늘 내일 내일을 걱정하며 살았기에 나는 현재에 만족하지 못했다. 늘 뭔가 부족한 채로, 내일에 이월시켜 놓고 현재의 성취감을 얻지 못했던 것이다. 물론 처음부터 나의 패턴을 완전히 버리진 못했다. 선뜻 용기가 나지 않아서다. 하지만 이내 '해 보지 않으면 느낄 수 없다'는 선배의 말을 떠올리며 그때그때 한계치까지 끌어올리는 시도를 했다. 다음 달로 실적을 이월하는 일 없이 오롯이 그달 성과를 냈고, 그 결과 나는 지금까지와는 또 다른 성취감을 얻었다. 그러자 신기하게도 자신감이 붙었다. 물론 내일에 대한 염려가 완전히 사라진 건 아니지만, 적어도 오늘을 살아낸 것에 후회가 없었다.

다시 초심으로 돌아온 나는 스스로가 세운 기준에 따라 새로운 환경에 적응하며 고객과 만나는 중이다. 지금 나는 내가 선택한 인생을 토닥이며 꿈을 꾼다. 예전에 타의적 홀로서기가 어쩔 수 없는 선택이었다면, 지금의 홀로서기는 나를 성장시켜 준 조직을 떠난 자의적 선택이다. 가슴 뛰는 선택이었기에 더 마음껏 꿈을 꿀 수 있다. 나는 보험인으로서의 1인 기업가를 꿈꾼다. 이 업에 종사하면서 나는 이 업계로 진출하는 문턱이 너무 낮다는 것이 안타까웠고, 제대로 평가받지 못한 것이 아쉬웠다. 그로 인해 질적으로 성장하지 못한 프로페셔널이 양성되지 않았기에, 이러한 갈증을 더 넓은 세상에서 풀어내고 싶었다.

'1인 기업가'로서 보험 설계사가 설 수 있을지 나도 모른다. 하지만 꿈을 꾼다. 하늘은 스스로 돕는 자를 돕는다는 격언이 헛된 말이 아니란 걸 알고, 길지 않지만 결코 녹록치 않은 인생의 길을 걸어왔다고 자부하기에 그 경험과 생각이 일에 스며들기를 바란다. 전문적으로 보험 분야에 대해 공부하고 교육받은 전문가들이 보험을 비롯한 전반적인 재무상태를 컨설팅하여 개개인의 이익을 도모하며 나아가 삶의 질을 높이는 데 일조할 수 있는 컨설턴트로서의 역할과 책임이 중요하다. 이미 미국을 비롯한 선진국은 개인 재무 컨설턴트가 활동하며 전문 분야로 자리 잡고 있기에 우리나라에도 이런 움직임이 이른 시일 내에 자리 잡을 것으로 생각한다.

누군가의 절실한 필요가 있고 그것이 다수의 바람으로 이어지면 그것은 곧 길이 된다. 그래서 나는 부지런히 꿈을 꾸며 나아간다. 당장은 실적을 위해, 회사에서 좋아하는 설계사가 아닐지언정, 고객을 위해 최적의 설계를 해 주는 직업인, 보험인이 되기 위해 노력 중이다. 우스갯 소리지만 전혀 우스갯소리같이 들리지 않는, 앞으로 보험 설계인의 최고의 경쟁자는 AI가 될 것이다. 그들의 데이터 분석력과 사람보다 정확한 수치에 의한 예상 등과 경쟁하려면 더욱 인간다워지는 것, 더욱 인간답게 영업을 하는 게 아닐까, 그를 위해 오늘도 부지런히 꿈을 꾼다.

보험은 적금이 아니다

[보험 : 우발적 사고나 병 따위의 장차 발생할 수 있는 일에 대비하여 미리 일정한 돈을 내게 하고, 약정된 조건이 성립될 경우 그에 맞는 일정 금액을 지급하는 제도]

보험의 사전적 의미다. 보험은 사람들에게 피로도가 높은 말이다. 필요성에 대해 절감하지만 여전히 믿기 쉽지 않고 어렵다. 특히 많은 사람이 보험에 대해 잘못 이해하는 부분은 '보험=적금'으로 생각하는 것이다. 확실히 말하건대 보험은 적금이 아니다. 여기서 말하는 보험은 보장성 보험이다. 우리나라에서 금융, 즉 돈을 다루는 회사는 은행과 증권회사, 보험회사다. 다들 돈을 다루지만 쓰임에 따른 특성이 다르다. 은행이나 증권이 자산을 관리하는 쪽에 비중을 둔다면 보험회사는 대비책과 관련이 더 깊다.

"아니 내가 꼬박꼬박 돈을 냈는데 나중에 돈 받을 때 보면 뭐 수수료다 뭐다 해서 해약금이 원금의 반도 안 주다니... 보험회사 도둑놈들이에요."

자신이 낸 돈을 그대로 돌려주지 않는다며 보험회사를 마치 사기꾼처럼 얘기하는 경우를 흔히 본다. 그런데 한번 생각해 보자. 우리는 매달 건강보험공단에 의료보험료를 낸다. 그런데 1년 내내 병원 한번 가지 않아도 보험료를 돌려주지 않는 보험공단을 욕하지 않는다. 매달 내는 돈이 아깝지만 그래도 아플 때 저렴한 병원비로 치료받을 수 있기에 기꺼이 보험료를 내며 복지국가라며 칭찬한다. 그렇다면 보험회사에서 운영하는 보험 상품도 비슷한 의미로 해석해야 하지 않을까. 우리가 보험회사의 상품을 계약하는 건 국가 의료보험만으로 부족한 부분을 필요에 의해 채우기 위해서다. 그런데 많은 사람이 보험을 보험으로 보는 게 아니라 '나중에 낸 돈을 돌려주니 적금이라고 생각해' 라고 말한다. 이런 인식을 갖게 된 데에는 설계사들의 잘못된 세일즈도 작용한다. 내가 좋아하는 보험인 중 한국파이낸셜에듀(주) 배승현 대표는 상식선에서 벗어나는 보험은 거의 없다고 말한다. 전적으로 동감하는 말로, 보험은 상식선에서 벗어난 횡재 같은 건 없다. 상식을 벗어나 소비자를 우롱하는 것도 없다. 다만 보험회사도 이익을 남겨야 하는 기업이기에 그에 따른 이윤이 있어야 한다. 그래서 만기 환급금, 약속한 기간이 되어 환급할 때에는 특약 보험료를 제외한 주 계약 보험료를 돌려주어 차익을 남긴다. 대신 만기 때까지, 납입한 보험료를 담보로 고객의 보험 내용을 보호해 주는 것이다. 덕분에 고객은 위험한 이슈로부터 최소한의 울타리를 확보한다. 그러므로 일정 금액을 넣고 이자까지 받아 회수하는 적금 개념으로 보험을 바라보아서는 안 된다. 물론 보험 중 적금이나 연금 상품은 당연히 적금 개념을 적용할 수 있지만 그것이 아닌 보장성 보험은 적금으로 연결 지어선 곤란하다. 오히려 이러한 보험을 들었을 때엔 끝까지 유지한다는 생각을 가지고 위험 이슈로부터 가족을 보호한다는 의미에 집중하되. '내가 살아가는 동안, 앞을 알 수 없는 삶 속에서 이러한 보장을 받는 데에도 돈을 적립해서 쓸 수 있기도 하는 구나' 하는 부가적인 기능으로 인식할 필요가 있다. 보험도 시대에 발맞춰 업그레이드가 되고 있다. 트렌드도 빨리 변화하는 터라 보험을 통해 위험 보장은 물론, 저금리 시대에 돈 모으는 기능, 중도에 찾아 쓸 수 있는 기능, 노후 대비 연금 등 인생의 이벤트를 함께 준비할 수 있으니, 전문가와 상의할 필요가 있다.

보험왕이 아닌
보험인을 꿈꾸다

나의 오랜 고객 중에 우리 동네에서 맛있는 고기를 파는 정육점 사장님이 있다. '내가 못 먹으면 남도 못 먹는다'는 슬로건을 내건 사장님은 직원들 사이에서 까다롭기로 정평이 나 있다. 함께 일하는 직원들과 만나면 사장님 이야기에 고개를 절레절레 흔든다. 대신 손님들 사이에선 인기폭발이다. 얼마나 싱싱하고 맛있으면 멀리에서도 고기를 사러 이곳으로 온다.

"사장님네 고기가 정말 맛있어요. 다른 곳과는 너무 차이가 나요. 지난번 소고기를 사서 집에서 구워 먹었는데 깜짝 놀랐습니다. 웬만한 유명식당 저리가라 더라고요. 그래서 또 사러 왔습니다."

손님 사이에서 정평이 나 있는 곳이라 나 역시 소고기를 사서 구워 먹었는데 과연 괜한 소문이 아니라는 걸 알 수 있었다. 그 마음을 바로 전하자 사장님이 이런 말씀을 하셨다.

"고기를 떼올 때 얼마나 까다롭겠어. 그리고 손질 다 되어 있는 것만 골라오면 나야 편하겠지만 나는 가져와서 직접 손질하거든. 이렇게 하는 데에는 다 이유가 있어요. 손질하는 사람에 따라 고기의 신선도도 맛도 변하거든요. 그래서 그 점은 내가 꼭 지켜요. 다른 거 다 바꿔도 꼭 지키는 거죠."

별일 아니라는 듯 비결 아닌 비결을 말씀하시는 사장님의 뒷모습이 얼마나 든든했는지 모른다. 그 말씀 속에 나는 한 단어를 떠올렸다. 다 바꿔도 꼭 지켜야 하는 것, 사장님만의 철칙이요 소신이 아닐까 싶다.

'굳게 믿고 있는 바. 또는 생각하는 바 (사전발췌)'

사전에서 말하는 '소신'의 정의다. 고기 파는 정육점 사장님의 소신은 '신선한 고기를 떼어 와 직접 손질해서 제공하는 것'일 것이다. 어디 이분뿐일까. 헤어숍을 운영하는 원장님, 과일 가게를 운영하시는 사장님 등 평범한 소시민인 나의 고객들과 만날 때마다 나는 소신과 만난다. 오랜 기간 장사를 해 오며 오늘에 이르기까지 지켜 오셨던 바, 기업을 유지할 수 있는 비결은 바로 그 소신을 굳게 지켰기 때문일 것이다. 그래서 나의 고객들에게 더욱 고개가 숙여진다.

그 고객들과 만나며 내 자신을 돌아본다. 혹시 처음의 마음과 달라진 것은 없을까, 처음엔 화려했으나 곧 시들어버린 열정은 아니었는지, '에이 이 정도야' 하는 마음으로 현실과 타협했던 건 없었는지 돌아본다.

보험업계에서 일하면서 알게 된 사실은 모두가 보험왕을 꿈꾼다는 것이다. 보험왕, 화려한 실적과 두툼한 연봉, 무에서 유를 창조했다는 화려한 미사여구 사이에서 보험왕은 우리와 같은 사람들에게 선망의 대상이 되었다. 물론 그분들의 삶은 정말 훌륭하다. 프로페셔널한 삶과 능력을 발휘하는 모습 속에 고개가 저절로 숙여진다.

그런데 나에게는 보험왕이 되고 싶은 마음이 없다. 수천 명의 고객을 관리하고 수많은 자산을 관리하는 프라이드는 있을 수 있겠지만 한 사람 한 사람에게서 배울 수 있는 지혜와 함께 걸어가는 삶의 여유를 가진 보험인이고 싶다. 한 가지 다행인 것은 아직도 나는 미생이란 사실이다. 앞으로 나아가야 할 길이 더 많이 남았고 더 부딪힐지언정 부서지지 않을 소신이 있으니 괜찮다. 애초에 사람을 얻겠다는 마음으로 이 분야에 뛰어든 만큼 그 마음 변치 않게 내일도 소신 있게 나아가면 된다고 생각한다. 물론 여전히 나는 불안하다. 육아와 일, 가정과 직업 사이에서 고군분투하며 흔들리지만, 흔들리며 꽃은 핀다. 남들보다 조금 일찍 세상을 알았고, 깊은 상처를 통해 사랑하는 법을 배워가고 있으니 더욱 사람답게 보험인의 삶을 살아가고 싶다. 빠르지 않지만 멈춰서는 일 없이, 빠르진 않아도 차근차근 가 보려고 한다.

서두르지도 말고 쉬지도 마라

서두르지도 말고 쉬지도 마라
이 말씀을 가슴에 깊이 지니고
비바람 속에서도 꽃 피는 길에서도
한결같이 한 생을 살기를

서두르지 마라
이 한 말씀을 마음을 바로잡는
고삐로 삼아
깊은 사려 올바른 판단
한 번만 결심이 끝난 다음엔
온 힘을 기울려 앞으로 나가보기를

쉬지 마라

세월이 강물처럼 흘러간다

반짝이는 인생이 덧없이 가기 전에

영원히 길이 남을 보람 있는 업적을

이 세상에 유물로 남겨 놓으라

서두르지도 말고 쉬지도 마라

운명이 폭풍에 꾸준히 견디면서

나침처럼 한결같이 의무에만 살고

무엇에도 굽히지 않고 정의에만 살아라

인고의 모든 날이 지나간 훗날에는

역사 위에 찬란히

그대의 면류관이 빛나리라.

- 독일의 시인 괴테

백조가 아니어도 괜찮아

1판 1쇄 인쇄 | 2019년 6월 7일
1판 1쇄 발행 | 2019년 6월 13일

지 은 이 | 박래원
펴 낸 이 | 천봉재
펴 낸 곳 | 일송북

주 소 | 서울시 성북구 성북로 4길 27-19(2층)
전 화 | 02-2299-1290~1
팩 스 | 02-2299-1292
이 메 일 | minato3@hanmail.net
홈페이지 | www.ilsongbook.com
등 록 | 1998.8.13(제 303-3030000251002006000049호)

ISBN 978-89-5732-270-3 (03800)
값 13,800원
CIP제어번호 2019010221

일송포켓북 일송포켓북은 일송북의 자회사로 한국문학 베스트 시리즈를 출간하고 있습니다.

이문열 《아우와의 만남》
이문열의 소설을 다 읽었다 해도 이 책에 수록된 작품들을 읽지 않고는 결코 이문열 문학을 논할 수 없다!

박범신 《겨울강 하늬바람》
영원한 청년 작가 박범신이 혼신의 힘을 다해서 쓴 이 소설에는 시대의 아픔을 껴안는 그의 문학 정신이 녹아 있다.

이청준 《날개의 집》
초기작부터 최근작에 이르기까지, 이청준 문학의 큰 흐름을 형성하는 소설 중에서 가장 중요한 작품들을 엄선했다.

이승우 《에리직톤의 초상》
'스물두 살의 천재'라는 찬사를 들으며 화려하게 등단한 이래 관념을 소설화하는 독특한 작품세계를 펼쳐 온 이승우의 대표작!

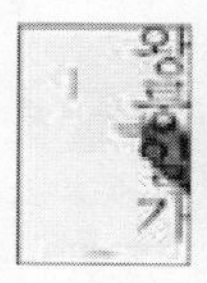

박영한 《왕룽일가》
서울 근교의 우묵배미라는 농촌을 삶의 무대로 살아가는 사람들의 슬프지만 우스꽝스런 이야기들을 형상화한 박영한의 대표작!

윤흥길 《낫》
일본에서 먼저 출간되어 대단한 화제를 불러일으킨 이 작품은 윤흥길 소설만이 갖고 있는 특별한 매력을 물씬 풍기고 있다.

전상국 《유정의 사랑》
전형적인 사랑 이야기와 김유정의 평전이 자연스레 녹아 한 편의 퓨전 소설 형식을 취하며 문학의 새 지평을 연 놀라운 작품이다

윤후명 《무지개를 오르는 발걸음》
윤후명이 아니면 도저히 쓸 수 없는 특유의 문체와 독특한 작품 분위기, 그리고 각별한 재미!

이순원 《램프 속의 여자》
전방위 작가 이순원이 외롭고 슬픈 한 여자를 통해 우리가 살아온 각 시대의 성의 사회사를 살펴본 탁월한 소설이다.

고은주 《아름다운 여름》
아나운서인 여자와 우울증 환자인 남자의 이야기를 통해 '진짜' 당신을 만날 수 있게 해주는 '오늘의 작가상' 수상작.

이호철 《판문점》
분단 문학을 새로운 차원으로 끌어올린 이호철의 대표작 중 미국과 프랑스에서 출간되어 호평 받은 작품만을 엄선했다.

서영은 《시간의 얼굴》
'너를 진정으로 사랑하여 나를 부수고 다른 나로 태어나려는' 주인공의 열망을 심정적으로 온전히 치른 역작.

김원우 《짐승의 시간》
유니크한 작품세계를 구축하고 있는 김원우 문학의 원형을 보여주는, 젊은 시절의 열정을 고스란히 바친 첫 번째 장편소설.

한승원 《아버지와 아들》
토속적인 세계와 역사의식을 통해 민족적인 비극과 한을 소설화하면서 독보적인 세계를 구축한 한승원의 '기리야마 환태평양 도서상' 수상작.

송영 《금지된 시간》

미국 펜클럽 기관지에 소설이 소개되어 새롭게 주목받은 송영이 심혈을 기울여서 쓴 한 몽상가의 이야기.

조성기 《우리 시대의 사랑》

성과 사랑의 경계에 대한 질문을 던지며 많은 화제를 모았던 이 작품은 조성기를 인기 소설가로 만들어준 출세작이다.

구효서 《낯선 여름》

다양한 주제를 섭렵하면서 독특한 자기 세계를 구축하고 있는 우리 시대의 중요한 소설가 구효서의 야심작.

한수산 《푸른 수첩》

짙은 감성과 화려한 문체로 한 시대를 풍미했던 한수산이 전성기 때의 문학적 열정으로 그려낸 빛나는 언어의 축제.

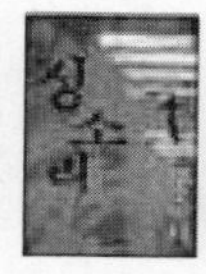

문순태 《징소리》

향토색 짙은 작품으로 우리 소설의 한 축을 굳게 지키고 있는 문순태는 이 작품에서 한에 대한 미학의 극치를 보여준다.

김주영 《즐거운 우리집》

한국 문단의 탁월한 이야기꾼 김주영의 주옥같은 작품들을 한자리에 묶은 대표작 모음집.

조정래 《유형의 땅》

'네티즌이 선정한 2005 대한민국 대표작가' 조정래의 문학적 뿌리는 이 책에 수록된 빛나는 단편소설이다.